봉신연의

봉신연의
5
허중림 지음 • 홍상훈 풀어 옮김
솔

| 5권 주요 등장인물 |

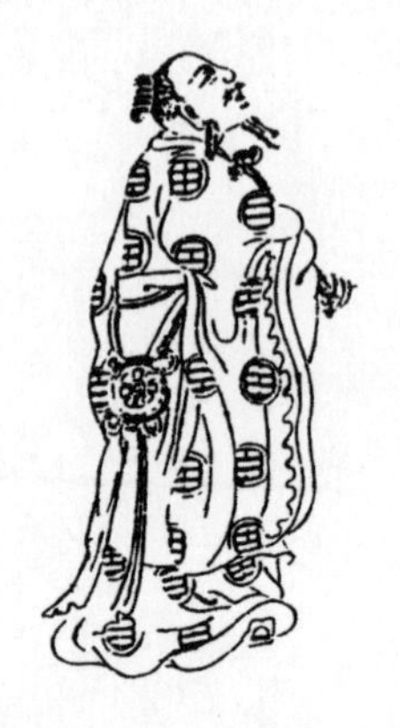

광성자

곤륜산 12대선 중 한 명으로 구선산 도원동에 동부를 열고 주왕의 큰아들 은교를 제자로 삼아 훈련시킨다.

신공표

원시천존의 제자이나 봉신 계획을 막기 위해 절교도들로 하여금 상나라를 도와 천교의 선인들과 싸우게 한다.

이정

곤륜산 도액진인에게서 도술을 배우고 하산해서 상나라 진당관의 사령관으로 지내다가 강상의 군대에 합류한다.

적정자

곤륜산 12대선 중 한 명으로 태화산 운소동에 동부를 열고 주왕의 둘째 아들 은홍을 제자로 삼아 훈련시킨다.

은교

상나라의 황태자로 광성자의 명령을
받고 역성혁명을 도우러 가던 중
동생의 죽음을 접하고 복수를 하기로
결심한다.

은홍

상나라의 황자로 적정자의 명령을
받고 하산하여 서기군을 도와야 하나
신공표의 꾐에 넘어가 상나라의
편에 선다.

접인도인

선계 3교의 하나인 서방교(불교)의
도인으로 태상노군, 원시천존,
준제도인과 더불어 사성四聖이라
불린다.

홍금

원래는 절교도였으나 주나라에
귀순하여 용길공주를 아내로 맞고
많은 공을 세운다.

| 선계 3교의 계보 |

천교 闡敎

태상노군
↓
원시천존 연등도인, 강상
↓
남극선옹 등화, 소진

곤륜산 12대선

- 구선산 도원동 광성자 —— 은교
- 태화산 운소동 적정자 —— 은홍
- 건원산 금광동 태을진인 —— 나타
- 오룡산 운소동 문수광법천존 —— 금타
- 구궁산 백학동 보현진인 —— 목타
- 옥천산 금하동 옥정진인 —— 양전
- 청봉산 자양동 청허도덕진군 —— 황천화, 양임
- 금정산 옥옥동 도행천존 —— 위호, 한독룡, 설악호
- 이선산 마고동 황룡진인
- 협룡산 비운동 구류손 —— 토행손
- 공동산 원양동 영보대법사
- 보타산 낙가동 자항도인

✿ 종남산 옥주동 운중자 —— 뇌진자
✿ 구정철차산 팔보영광동 도액진인 —— 이정, 정륜
✿ 오이산 백운동 교곤, 소승, 조보
✿ 서곤륜 육압도인

✿ 용길공주

✿ 신공표

절고 截教

통천교주

벽유궁
- 금령성모 —— 문중, 마씨 사형제
- 귀령성모
- 다보도인
- 무당성모
- 규수선
- 오운선
- 금광선
- 영아선

→ 일성구군
- 금광성모
- 진천군
- 조천군
- 동천군
- 원천군
- 손천군
- 백천군
- 왕천군
- 장천군
- 요천군

- ✿ 구룡도 사성 —— 왕마, 양삼, 고우건, 이흥패
- ✿ 금오도 함지선
- ✿ 구룡도 성명산 여악 —— 주신, 이기, 주천린, 양문휘
- ✿ 봉래도 우익선
  - 일기선 여원 —— 여화
  - 법계 —— 팽준, 한승, 한변
- ✿ 분화도 나선, 유환
- ✿ 구명산 화령성모
- ✿ 아미산 나부동 조공명 —— 진구공, 요소사
- ✿ 삼선도 세 선녀 —— 운소낭랑, 벽소낭랑, 경소낭랑
- ✿ 고루산 백골동 석기낭랑, 마원
- ✿ 장이정광선
- ✿ 비로선

서역 西域

준제도인　접인도인

| 조가와 서기를 중심으로 한 은·주 시대의 중국 |

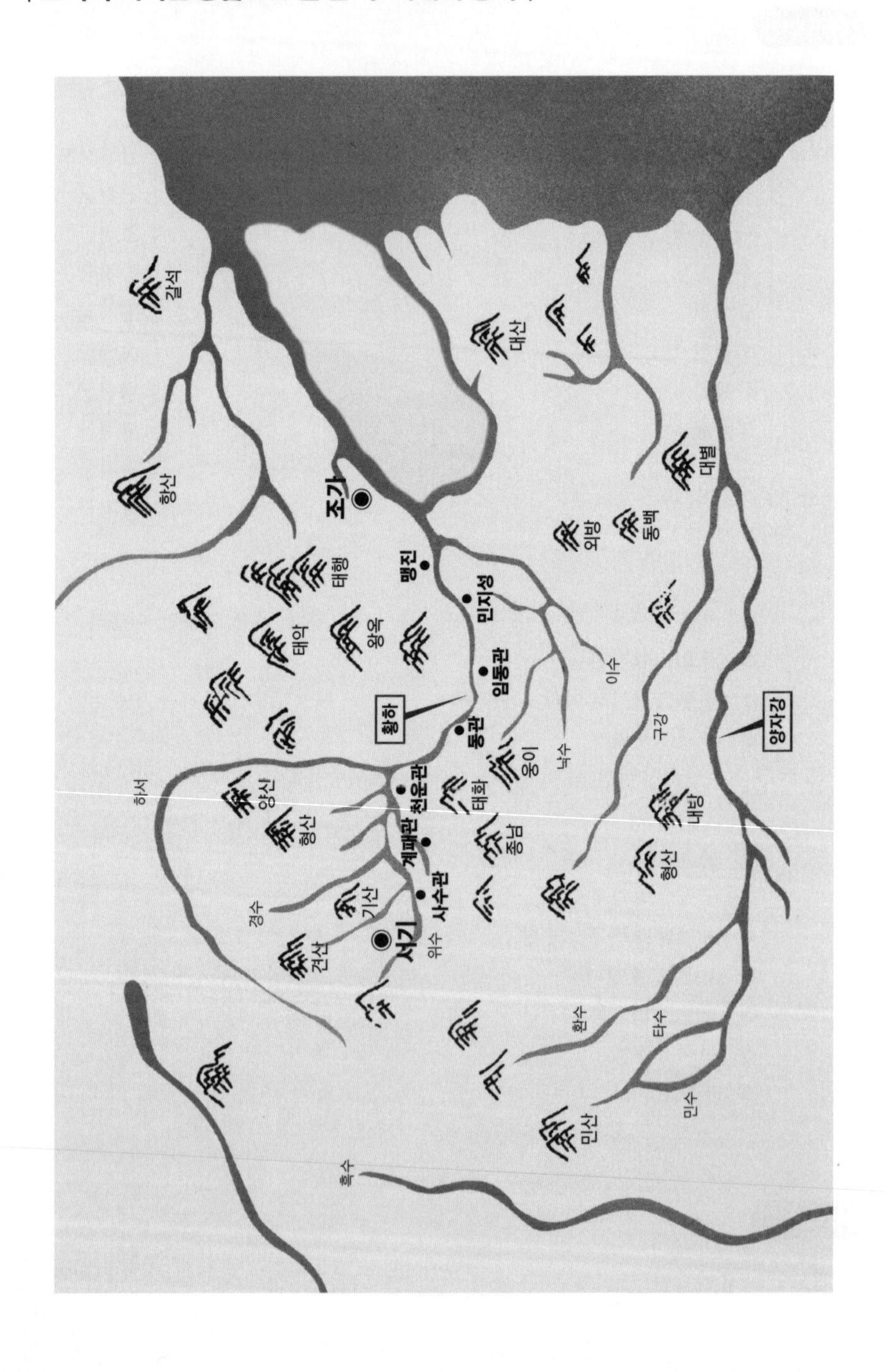

차 례

일러두기

- 이 책은 (明) 許仲琳 編著, 『封神演義』(上海:上海古籍出版社, 2000)를 저본으로 하고 (明) 許仲琳 著, 『封神演義』(北京:中華書局, 2009)와 (清) 許仲琳 著, 『封神演義』(北京:中國長安出版社, 2003)를 참조하여 원문을 교감한 후 번역한 것이다.
- 이 책에 각 회마다 실려 있는 본문 삽화는 『中國古代小說版畫集成』(北京:漢語大詞典出版社, 2002)에서 발췌한 명나라 때 목판화를 그대로 수록한 것이다.
- 이 책은 기본적으로 전체 완역이지만 가독성을 높이기 위해 "詩曰", "以詩爲證"과 같은 장회소설의 상투적인 표현 가운데 일부는 번역을 생략하기도 하고 본문 가운데 극히 일부의 중복된 서술은 간략히 요약하는 방식을 취했다.
- 이 책에서 주인공의 이름은 본명 표기를 원칙으로 하였기 때문에 원문에서 '자아子牙'와 같이 자호字號를 써서 표기한 것은 '강상姜尙'으로 바꾸었고 '희백姬伯'과 같이 성姓과 작위爵位를 합친 호칭도 '희창姬昌'으로 바꾸는 방식을 일괄적으로 적용했다.
- 이 책에 인용 또는 제시된 원문 가운데 시사詩詞와 부賦를 제외한 산문은 원문을 함께 수록하지 않고 번역문만 제시했다.
- 이 책의 주석은 온전히 역자 개인의 지식을 바탕으로 각종 자료를 검색하여 작성한 것이기 때문에 혹시 있을 수도 있는 오류 또한 역자의 책임이다.
- 이 책에서 저서는 『 』로, 단편 작품의 제목과 편명篇名과 시 및 노래의 제목은 「 」로 표기했다.

제60회

마원, 은홍을 도우러 하산하다

馬元下山助殷洪

도교 문하에서 오래 수련한 진정한 신선

포학하기 그지없고 성품은 더욱 잔인했지.

비린 음식 먹고 탐욕에 빠져 죄를 지었나니

삼화취정의 훌륭한 성취 허사가 되었구나.

주왕의 왕실은 뽕나무 숲°에 드리운 어둠처럼 저물어가고

주나라 무왕의 군대는 위세가 상서로운 눈처럼 차갑다.

아아, 마원은 부처가 되어 떠나갔지만

서기는 아직 심장을 에일 듯한 두려움 겪어야 했지.

玄門久煉紫眞官　暴虐無端性更殘

五厭貪癡成惡孽　三花善果屬欺謾

紂王帝業桑林晚　周武軍威瑞雪寒

堪嘆馬元成佛去　西岐猶是怯心剜

그러니까 황비호와 은홍이 창과 방천극을 휘두르며 격전을 벌여 어느새 스무 판쯤 맞붙었다. 황비호의 창술은 바람이 휘몰아치듯 번개가 번쩍이듯 빠르게 은홍의 가슴을 노리고 몰아치니 막기에 벅찼다. 그 모습을 본 방홍이 지원하려고 말을 달려 나오자 이쪽에서는 황천록이 말을 달려 창을 휘두르며 그와 맞섰다. 또 유보가 칼을 휘두르며 달려 나오자 황천작이 가로막았고 순장이 달려 나오자 이제 갓 열네 살이 된 황천상이 "멈춰라! 내가 간다!" 하고 소리치면서 창을 휘두르며 맞섰다. 이어서 필환이 말을 달려 나오며 쇠몽둥이를 휘두르자 황천화가 두 개의 추를 휘둘러 맞섰다.

한편 황비호를 감당할 수 없다고 판단한 은홍은 고삐를 돌려 도주했는데 황비호가 바짝 쫓아오자 음양경을 꺼내 그를 향해 하얀 면을 흔드니 황비호는 그대로 안장에서 떨어져버렸다. 그리고 재빨리 달려 나온 정륜이 그를 낚아채 갔다. 부친이 떨어진 것을 본 황천화는 필환을 내버려두고 아버지를 구하러 달려갔는데 은홍은 그가 옥기린을 타고 있는 것을 보고 도사라는 것을 눈치챘다. 이에 먼저 당하기 전에 재빨리 음양경을 꺼내 똑같이 흔드니 황천화도 안장에서 떨어져 포로 신세가 되고 말았다. 순장은 어린 황천상을 우습게 보았다가 창에 왼쪽 다리를 찔려 영채로 패주했다. 어쨌든 은홍은 첫 번째 전투에서 두 명의 장수를 사로잡고 승전고를 울리며 영채로 돌아갔다.

황씨 부자 다섯 명이 성을 나갔다가 두 명이 사로잡히자 강상은 깜짝 놀라서 어찌 된 일인지 물었다. 이에 황천작 등이 은홍이 거울을 흔들자 사람이 안장에서 떨어져 사로잡혔다는 이야기를 들려주었고 강상은 기분이 몹시 울적해졌다.

그 무렵 영채로 돌아온 은홍은 수하에게 명령했다.

"사로잡은 두 장수를 끌고 와라!"

이제 그 도술을 잘 쓸 수 있게 된 은홍은 음양경을 꺼내 붉은 면을 두 사람을 향해 흔들었다. 황비호 부자가 눈을 떠보니 자신들이 오랏줄에 묶여 적군의 막사에 끌려왔다는 것을 알고는 삼시신이 날뛰고 칠공에서 연기가 날 정도로 화가 치밀었다. 그때 황비호가 은홍에게 말했다.

"너는 둘째 전하가 아니다!"

"뭐라고! 어째서 아니라는 것이냐?"

"당신이 둘째 전하라면 어찌 나 무성왕 황비호를 몰라볼 수 있겠는가? 예전에 내가 십리정에서 전하를 놓아주고 오문 앞에서 목숨을 구해주기도 했거늘 네가 그런 일을 기억이나 하느냐?"

"아니! 알고 보니 내 크나큰 은인이신 황 장군이셨구려!"

은홍은 황급히 내려와 직접 황비호의 오랏줄을 풀어주고 수하에게 황천화도 풀어주라고 분부했다.

"그런데 그대는 왜 주나라에 투항했소이까?"

황비호가 허리를 숙여 예를 표하며 말했다.

"전하, 부끄러워서 차마 말씀조차 드릴 수 없나이다. 무도한 주왕이 제 아내를 희롱했기에 저는 우매한 주왕을 버리고 현명한 무왕에게 귀의했사옵니다. 게다가 지금 천하의 삼분의 이가 주나라에 귀의했으며 팔백 명의 제후들 가운데 누구 하나 주나라의 신하로 복종하지 않는 이가 없사옵니다. 주왕은 천하에 열 가지 큰 죄를 저

질렀으니 대신을 죽여 살로 젓갈을 담그고 올곧은 선비에게 포락형을 써서 죽이고 현량한 이의 심장을 가르고 자신의 처자식을 죽였으며 황음무도하고 주색에 빠져 있으며 엄청나게 크고 화려한 토목공사를 일으켜 하늘도 근심하고 백성이 원망하게 만들었사옵니다. 이러니 온 천하가 모두 함께하고 싶어 하지 않사옵니다. 이것은 전하께서도 잘 아실 것이옵니다. 그리고 이제 저희 부자를 석방해주시니 너무나 큰 은혜를 입었사옵니다."

그러자 정륜이 옆에서 황급히 저지했다.

"전하, 저들을 경솔히 풀어주시면 아니 되옵니다. 지금 돌아가면 또 못된 무리를 도와 살상을 일삼을 게 분명하니 부디 통촉하시옵소서!"

"하하! 예전에 황 장군이 우리 형제의 목숨을 구해주었으니 오늘은 당연히 갚아야 하지 않겠소? 이번에는 석방해주겠지만 다시 사로잡히면 국법에 따라 처결하겠소. 여봐라, 저들에게 갑옷을 돌려주도록 하라!"

그런 다음 은홍은 다시 황비호에게 말했다.

"황 장군, 오늘 지난날의 은혜는 갚았으니 이후로는 절대 다른 말씀을 하시면 아니 될 것이오. 다시 만나게 되거든 조심하시기 바라오. 크나큰 재앙을 자초하는 일이 절대 없어야 할 것이오!"

이에 황비호는 감사 인사를 하고 영채를 나왔으니 그야말로 이런 격이었다.

지난날 은혜 베풀어 오늘 갚게 되었나니

그로부터 만 년 동안 속된 생각 일어나지 않았지.

昔日施恩今報德 從來萬載不生塵

황비호 부자가 성으로 돌아와 강상을 찾아가자 강상이 무척 기뻐하며 물었다.

"장군, 포로로 잡혀갔다고 들었는데 어떻게 탈출하셨소이까?"

황비호가 일련의 상황을 자세히 설명하자 강상이 무척 기뻐했다.

"이야말로 '하늘은 복된 사람을 돕는다'라는 격이구려!"

한편 정륜은 황비호 부자가 석방되자 기분이 안 좋아져서 은홍에게 말했다.

"전하, 이번에 다시 사로잡으시면 절대 쉽게 처리하지 마시옵소서. 그자는 저번에도 제게 사로잡혔는데 몰래 도망쳐버렸사옵니다. 그러니 이번에는 단단히 조치를 취하셔야 하옵니다."

"그 사람이 나를 구해주었으니 당연히 나도 보답을 해야 했소이다. 하지만 그 사람도 결국 내 손에서 벗어나지 못할 것이오."

이튿날 은홍은 다시 장수들을 이끌고 성 아래로 가서 강상에게 나오라고 요구했다. 정찰병의 보고를 받은 강상이 제자들에게 말했다.

"오늘 은홍을 만나면 반드시 그가 가진 거울이 무엇인지 잘 살펴야겠구나. 여봐라, 성을 나가도록 대오를 갖춰라!"

잠시 후 포성이 울리고 깃발이 펼쳐지면서 주나라 병력이 성을 나갔다. 기마병들은 쌍쌍이 좌우로 나뉘어 섰고 제자들도 기러기 날개 모양으로 포진했다. 그러자 은홍이 말에 탄 채 방천극으로 가리키며 말했다.

"강상, 왜 반역을 저질렀느냐? 너도 한때는 상나라의 신하였거늘 하루아침에 은혜를 저버리다니 정말 괘씸하구나!"

강상이 사불상에 탄 채 허리를 숙여 예를 표하며 말했다.

"전하, 그것은 잘못된 말씀이옵니다. 군주가 위에서 하는 행실은 아랫사람이 본받기 때문에 그의 처신이 올바르면 명령을 내리지 않아도 저절로 시행되지만 군주의 처신이 바르지 않으면 명령을 내려도 따르지 않는 법이옵니다. 그런데 군주의 명령이 백성이 좋아하는 바와 어긋난다면 누가 그런 군주를 믿으려 하겠사옵니까? 주왕은 무도하여 백성이 근심하고 하늘도 원망하니 온 천하가 그를 원수로 여기고 반기를 들고 있사옵니다. 어찌 저희 주나라만 일부러 천자의 명령을 거역하겠사옵니까? 지금 천하가 주나라에게 돌아간다는 것은 모두가 믿고 있는 사실이온데 전하께서는 왜 굳이 억지로 하늘을 거스르시옵니까? 틀림없이 나중에 후회할 것이옵니다!"

그러자 은홍이 호통쳤다.

"여봐라, 누가 강상을 잡아 오겠느냐?"

그러자 왼쪽 대열에서 방홍이 "찻!" 하고 소리치면서 말을 달려 앞으로 나가 두 개의 은으로 장식한 쇠몽둥이를 휘두르며 공격했다. 그러자 나타가 풍화륜을 타고 나가 화첨창을 휘두르며 맞섰다. 이에 유보가 말을 달려 나오자 황천화가 그를 상대했고 필환이 도우러 나오자 양전이 막아섰다. 소호가 소전충과 함께 원문 밖으로 나와 지켜보는 가운데 은홍이 말을 달려 달려들자 강상이 칼을 들어 맞섰다.

둥둥 북소리 울리고
휘리릭 펄럭이는 깃발 주사를 스친다.
빈랑마를 탄 이가 사로잡으라고 소리치니
곧바로 인삼을 붙잡는다.
암암리에 날아오는 바람 쫓은 화살 방어하니
까마귀 머리는 날아오는 갈고리에 걸린다.
아아, 엄청나구나!
치열한 격전에 부자가 황사를 물들이니
이 모두 저 인간 세계의 천자 때문이지!°

撲咚咚陳皮鼓響　血瀝瀝旗磨硃砂
檳榔馬上叫活拿　便把人參捉下
暗裏防風鬼箭　烏頭便撞飛抓
好殺　只殺得附子染黃沙　都爲那地黃天子駕

어쨌든 양쪽에서 천지를 진동하는 징 소리와 북소리가 울리고 천지를 뒤집을 듯한 함성이 일어났다.

한편 강상은 은홍과 서너 판쯤 맞붙고 나서 즉시 타신편을 공중에 던졌는데 갑옷 속에 자수선의를 받쳐 입은 은홍이 채찍에 맞고 아무 일도 없었던 듯이 공격하자 강상은 황급히 타신편을 회수했다.

그에 비해 나타가 던진 건곤권에 맞은 방홍은 바로 낙마해 화첨창에 옆구리가 찔려 죽고 말았다. 그 모습을 본 은홍이 고함을 질렀다.

"이런 비천한 놈, 감히 내 장수를 해치다니!"

은홍이 강상을 내버려두고 나타에게 달려드니 창과 방천극이 맞부딪치면서 호랑이 굴처럼 살벌한 기운이 피어났다. 그 무렵 필환과 싸우고 있던 양전이 몇 판 맞붙고 나서 곧바로 효천견을 풀어놓자 필환이 효천견에게 물려 고통에 휩싸여 머리를 움찔하다가 양전의 칼에 맞아 비명에 죽고 말았다. 이렇게 해서 두 사람의 영혼은 모두 봉신대로 떠났다. 나타와 싸우던 은홍은 황급히 음양경을 꺼내 흔들었지만 나타는 연꽃의 화신인지라 보통 인간처럼 정혈을 가진 몸이 아니었으니 어찌 그를 죽일 수 있었겠는가? 영문을 모르는 은홍이 몇 번이나 음양경을 흔들었지만 도무지 소용이 없자 어쩔 수 없이 방천극을 휘둘러 싸워야 했다. 그때 양전이 은홍의 손에 들린 음양경을 발견하고 황급히 강상에게 알렸다.

"사숙, 어서 후퇴하시옵소서! 은홍이 들고 있는 것은 음양경이옵니다! 조금 전에 타신편에 맞고도 무사한 것을 보니 틀림없이 몸에 숨겨놓은 보물이 보호해주는 것 같사옵니다. 지금도 그 보물로 나타를 어찌해보려 했지만 나타는 피와 살로 이루어진 몸이 아니기 때문에 아무 탈이 없었사옵니다."

그 말을 들은 강상은 급히 등선옥을 불러 은밀히 나타를 도우라고 했다. 이에 등선옥은 말을 몰아 은홍을 향해 달려가 오광석을 내던졌다.

돌팔매 솜씨 정말 부러워할 만하구나.
은홍은 어쩔 수 없이 얼굴이 퍼렇게 멍들고 말았지!

發手石來眞可羨　般洪怎免面皮青

은홍은 나타와 격전을 벌이다가 뜻밖에 등선옥의 오광석에 맞아 머리가 시퍼렇게 멍들고 눈이 퉁퉁 부어 "아이고!" 하고 비명을 지르며 고삐를 돌려 달아났다. 그 틈에 나타가 화첨창을 비스듬히 내질러 그의 가슴을 찔렀지만 자수선의 덕분에 작은 생채기조차 내지 못했다. 이에 나타도 깜짝 놀라서 감히 추격하지 못했다. 강상은 승전고를 울리며 성으로 돌아갔고 얼굴에 퍼런 멍이 들어 퉁퉁 부은 은홍은 막사에서 이를 갈며 강상을 저주했다.

"오늘의 이 치욕을 갚지 못하면 사나이가 아니다!"

한편 양전은 은안전에 있는 강상에게 이렇게 말했다.

"조금 전에 보니 은홍이 들고 있는 것은 분명 음양경이었사옵니다. 오늘 상대가 나타였기에 망정이지 다른 사람이었다면 틀림없이 몇 명쯤 당하고 말았을 것이옵니다. 제가 태화산에 가서 적정자 사백을 뵙고 어찌 된 일인지 알아보고 오겠사옵니다."

강상은 한참 동안 말없이 생각에 잠겨 있더니 비로소 다녀오라고 허락했다. 양전은 곧 흙의 장막을 이용해 바람을 타고 태화산으로 가서 곧장 운소동으로 갔다. 이에 적정자가 그를 보고 물었다.

"양전, 자네가 여기는 어쩐 일인가?"

양전이 절을 올리고 말했다.

"사백, 상나라 장수들을 물리치려고 하오니 음양경을 빌려주실 수 있사옵니까? 금방 다시 돌려드리겠사옵니다."

"저번에 은홍이 하산할 때 가져갔네. 내가 그 아이더러 강상을 도와 주왕을 정벌하라고 했는데 설마 그 아이가 보물을 가지고 있다는 이야기를 안 하던가?"

"제가 찾아온 것도 바로 그 은홍 때문이옵니다. 그는 주나라에 귀의하지 않고 오히려 지금 서기를 공격하고 있사옵니다."

적정자가 발을 구르며 탄식했다.

"이런! 내가 사람을 잘못 봤구나! 내 동부에 있는 모든 보물을 그 놈한테 주었거늘 그 못된 놈이 오히려 재앙을 일으킬 줄이야! 자네는 먼저 돌아가 있게, 나도 금방 따라가겠네."

양전은 적정자에게 작별 인사를 하고 다시 흙의 장막을 이용해 강상을 찾아갔다.

"그래, 자네 사백께서 뭐라고 하시던가?"

"은홍은 정말 사백의 제자였사옵니다. 사백께서도 곧 오실 것이옵니다."

강상이 조바심을 내고 있는데 사흘 후에 적정자가 찾아왔다. 보고를 받은 강상이 황급히 대문 밖으로 나가 맞이하여 함께 은안전으로 들어와서 인사를 나누자 적정자가 말했다.

"승상, 제가 죄를 지었소이다! 은홍에게 하산하여 그대를 도와 다섯 관문을 들어가게 해서 그 못된 놈을 제 고향으로 돌려보내려 했는데 뜻밖에도 당부를 저버리고 오히려 재앙을 일으킬 줄이야!"

"도형, 어쩌다가 음양경까지 그자에게 주었소이까?"

"제 동부에 있는 모든 보물을 그놈에게 주었소이다. 혹시 동쪽으로 가다가 장애물이 나타날까 싶어 칼날과 물과 불의 재앙을 막을 수 있는 자수선의까지 주어서 몸을 보호하게 해주었지요. 그런데 그놈이 누구에게 사주받았는지 도중에 변심하고 말았구려. 어쩔 수 없지요, 지금은 아직 큰 파탄이 일어나지 않았으니 내일 제가 그놈을 주나라에 투항하게 하여 속죄하도록 하겠소이다. 그러면 되지 않겠소이까?"

이튿날 적정자는 상나라 영채 앞으로 가서 소리쳤다.

"수문장, 은홍에게 가서 내가 좀 보자고 한다고 전하시게!"

부상을 치유하면서 등선옥에게 복수할 생각을 곱씹고 있던 은홍은 어느 도사가 찾아왔다는 보고를 받자 설마 자기 사부가 찾아온 줄은 모르고 즉시 말에 올라 유보와 순장을 거느린 채 포성을 울리며 원문 밖으로 나갔다. 그리고 적정자를 발견하고는 몸 둘 바를 몰라 하더니 얼른 허리를 숙여 절을 올렸다.

"사부님, 제가 무장한 상태라 온전히 예를 갖추지 못하는 점을 양해해주시옵소서."

"동부에서 나에게 뭐라고 했느냐? 그런데 이제 오히려 서기를 공격하고 있으니 대체 이건 무슨 도리더냐? 이놈아, 말을 뱉었으면 이루어지는 법이니 네 맹서대로 사지가 재가 되지 않도록 조심해야 할 것이다! 그런 일을 당하지 않으려면 당장 말에서 내려 나와 함께 성으로 들어가 지난날의 잘못을 속죄하도록 해라. 내 말을 따르지 않으면 엄청난 재앙이 닥칠 것이니 그때는 후회해도 이미 늦을 게야!"

"사부님, 제가 한 말씀만 올리도록 해주시옵소서. 저는 주왕의 자식인데 어떻게 거꾸로 무왕을 도울 수 있겠사옵니까? '자식은 아비의 허물에 대해 말하지 않는 법'이라는 옛말도 있지 않사옵니까? 그런데 하물며 역적을 도와 아비를 시해할 수 있겠사옵니까? 사람이든 신선이든 부처든 간에 먼저 윤리강상과 인륜을 제대로 갖춰야만 비로소 이룰 수 있는 것이옵니다. 또한 '신선의 도를 닦기보다 먼저 사람의 도를 닦아라, 사람의 도리를 다하지 못하면 신선의 도를 이루기 요원하리라'라는 말도 있지 않사옵니까? 사부님께서 저를 가르치시면서 부처의 존재를 증명하거나 신선이 되는 것을 설명해주지도 않으셨고 사람으로서 윤리를 거슬러 아비를 시해하는 자식이 있다는 것도 가르치지 않으셨사옵니다. 그런데 만약 제가 이런 질문을 올린다면 어떤 가르침을 내리시겠사옵니까?"

"허허, 못난 놈! 주왕은 윤리를 거스르고 기강을 멸절시켜서 잔인하고 무도하게 현량한 충신을 죽이고 거리낌 없이 음란한 짓을 저질렀다. 이에 하늘이 상나라를 멸망시키려고 작심한 것이 이미 오래되어 주나라 무왕을 태어나게 하여 천자의 지위를 계승하게 하려 한 것이다. 이렇게 하늘의 뜻이 주나라에 있으니 백성도 그를 따르는 것이고 네가 주나라를 도우면 그나마 상나라 왕실의 대를 이을 수 있을 것이다. 이렇게 하늘의 운수가 이미 정해져 있는데도 내 말을 따르지 않는다면 하늘까지 닿은 주왕의 악행으로 인해 자손에게까지 피해가 미칠 것이다. 그러니 어서 말에서 내려 지난날의 과오를 참회하도록 해라. 내가 잘 이야기해서 네가 처벌받는 일은 없게 해줄 테니 말이다."

그러자 은홍이 정색하고 말했다.

"사부님, 돌아가시옵소서. 세상에 어떤 스승이 제자에게 충효를 거스르라고 가르칠 수 있사옵니까? 저는 절대 따를 수 없사옵니다! 서기의 역적을 소탕한 뒤에 사부님을 찾아가 처벌받겠사옵니다."

"뭐라고! 이 못난 놈이 사부의 말을 듣지 않고 감히 이처럼 버릇없이 굴다니!"

적정자가 칼을 휘두르며 달려들자 은홍도 방천극을 들어 막으며 말했다.

"사부님, 왜 굳이 강상을 편들면서 제자를 해치려 하시옵니까?"

"무왕은 바로 하늘의 운세에 부응하는 성군이요, 강상은 주나라를 보좌하는 훌륭한 신하다. 그런데 네가 어찌 하늘을 거슬러 포악한 짓을 자행할 수 있느냐!"

적정자가 다시 칼을 내리치자 은홍이 막으며 말했다.

"사부님, 우리는 스승과 제자 사이인데 이렇게 혈육 같은 제자를 저버리고 노기를 드러내시다니요! 사제지간의 정은 어디에 있다는 말씀이시옵니까? 계속 이렇게 편벽된 생각을 고집하시면서 노기를 드러내시면 애석하게도 예전에 저를 가르치셨던 일이 허사가 되고 말 것이옵니다!"

"의리를 저버린 비열한 놈! 아직도 감히 교묘한 궤변을 늘어놓는구나!"

적정자가 다시 칼을 내리치자 은홍도 화가 치밀어 얼굴이 벌겋게 달아올랐다.

"사부님, 아직도 고집을 부리시는군요. 사부에 대한 예의를 다하기 위해 세 차례 양보했사오나 이번에는 그러지 못하겠사옵니다!"

적정자가 분기탱천하여 다시 칼을 휘두르자 은홍도 정면으로 맞받아쳤으니 그야말로 이런 격이었다.

스승과 제자가 싸우며 칼과 방천극 휘두르니
애초에 목숨 구해 산으로 데려간 게 후회스럽구나!

師徒共戰掄劍戟　悔却當初救上山

은홍은 스승과 칼을 맞댐으로써 이미 하늘이 정한 운명을 거역한 셈이었다. 몇 판 맞붙고 나서 은홍이 음양경을 꺼내 흔들려고 하자 그것을 본 적정자는 문제가 생길 것 같아서 재빨리 종지금광법을 써서 강상의 저택으로 갔다. 그러자 강상이 적정자를 맞이하며 다녀온 결과에 대해 물었고 적정자는 전후 사정을 자세히 설명했다. 이에 여러 제자들이 일제히 반발하고 나섰다.

"적 사부님, 너무 약해지셨습니다. 어찌 제자가 사부에게 칼을 들이댈 수 있다는 말씀이십니까!"

적정자는 대답할 말이 없어서 그저 답답한 심정으로 대정에 앉아 있었다.

한편 적정자마저 도주해버리자 기고만장해진 은홍은 중군 막사에서 소호 등과 더불어 서기성을 함락할 방안을 논의했다. 그때 갑자기 원문의 수문장이 들어와서 보고했다.

"웬 도사께서 찾아오셨사옵니다."

"모셔 오너라!"

잠시 후 신장이 여덟 자에는 못 미치고 얼굴은 오이 껍질처럼 울퉁불퉁하며 커다란 입에 송곳니가 삐져나와 붉은 옷을 입고 목에 사람의 두개골로 만든 염주를 건 도사가 들어왔다. 그는 또 금을 새겨 넣은 표주박을 하나 걸고 있었는데 알고 보니 두개골을 반으로 쪼개서 만든 것이었다. 도사는 눈과 귀, 코에서 불길을 내뿜고 있어서 마치 뱀이 혀를 날름거리는 것 같았는데 그 모습을 본 은홍과 장수들은 깜짝 놀랐다. 그때 도사가 막사 안으로 들어와서 머리를 조아리고 인사했다.

"어느 분이 전하이십니까?"

"제가 은홍입니다. 그런데 어디서 오신 분이신지요? 그리고 무슨 가르침을 내리시려고 오셨습니까?"

"저는 고루산 백골동에서 수련한 마원馬元이라고 합니다. 신공표가 제게 찾아와서 전하를 도와드리라고 부탁하기에 이렇게 하산하였습니다."

은홍은 무척 기뻐하며 마원에게 자리를 권했다.

"그런데 도사께서는 소식을 하십니까 아니면 훈채를 잡수십니까?"

"훈채를 먹습니다."

이에 은홍은 중군 막사에 술상을 차리게 해서 마원을 대접했다.

이튿날 마원이 은홍에게 말했다.

"기왕 도와드리러 왔으니 오늘은 제가 강상을 한번 만나보겠습니다."

은홍이 감사하자 마원은 곧 서기성 아래로 가서 강상에게 나오라고 소리쳤다. 보고를 받은 강상이 말했다.

"나는 서른여섯 군데에서 공격당할 운명이니 당연히 만나봐야겠지."

그는 곧 대오를 정비하고 성 밖으로 나갔다. 강상이 장수와 제자들을 거느리고 밖으로 나가보니 상대편에 지독히 추악하게 생긴 도사가 있었으니 이를 묘사한 시가 있다.

머리카락은 주사를 바른 듯 얼굴 피부는 오이 같은데
툭 튀어나온 금빛 눈동자에서는 붉은 노을 피어난다.
칠공에서는 뱀의 혀처럼 불길 날름거리고
위아래로 칼처럼 날카로운 송곳니는 비스듬히 삐져나왔다.
붉은 도포에는 구름무늬 빛나고
황금 잎사귀 엮은 모자에는 자줏빛 옥으로 만든 꽃을 매달았다.
허리띠는 태극 형상으로 매듭 묶었고
손에는 태아보검을 들고 있다.
봉신방에 그 이름 없으니
그는 서방과 한 집안이기 때문이지.

髮似硃砂面如瓜　金睛凸暴冒紅霞
竅中吐出碩蛇信　上下斜生利刃牙
大紅袍上雲光長　金葉冠拴紫玉花
腰束絲縧太極扣　太阿寶劍手中拿
封神榜上無名姓　他與西方是一家

어쨌든 강상이 앞으로 나가서 물었다.

"그대는 성함이 어찌 되시오?"

"천지와 만물을 낳은 선천의 일기를 얻어 신선이 된 마원이다. 신공표의 부탁을 받고 은홍을 도와 하늘을 거스르는 거대한 악의 무리를 함께 타파하기 위해 하산했다. 강상, 네가 천교의 고매한 능력을 지녔다고 자랑하지 마라. 내 너를 붙잡아 절교의 분을 풀어주기 위해 이렇게 특별히 찾아왔다!"

"신공표가 저와 사이가 나빠서 은홍을 꾀는 바람에 그가 사부의 가르침을 저버리고 하늘을 거스르면서 악행이 하늘을 찌르는 군주를 도와 거꾸로 도리를 갖춘 군주를 공격하고 있소이다. 그대가 고명한 도사라면 어째서 하늘의 뜻에 순응하는 이를 따르지 않고 오히려 그의 행사를 방해하는 것이오?"

"하하! 은홍은 주왕의 친아들인데 오히려 그가 하늘을 거스르는 짓을 한다니 설마 너희 역적을 도와 자기 부친에게 반기를 들어야 하늘에 순응하는 사람이 된다는 말이더냐? 강상, 그래도 네가 옥허궁의 제자로서 자칭 도덕을 갖춘 자라고 하던데 지금 보니 얼토당토않은 말만 늘어놓고 아비며 군주를 모두 무시하는 작자였구나! 너 같은 놈을 죽이지 않으면 누구를 죽이겠느냐!"

그러면서 그가 껑충 뛰어 올라 칼을 내리치자 강상도 들고 있던 칼로 맞섰다. 몇 판 맞붙고 나서 강상이 타신편을 공중에 던졌는데 마원은 봉신방에 이름이 올라 있지 않은 이라 그것을 보고 손을 내밀어 덥석 잡더니 표범 가죽으로 만든 자루에 넣어버렸다. 그러자 강상은 깜짝 놀랐다. 어쨌든 둘이 한창 격전을 벌이는 중에 갑자기

한 사람이 말을 타고 달려왔으니 봉황 날개가 장식된 투구를 쓰고 황금 사슬을 엮은 갑옷에 붉은 도포와 백옥으로 만든 허리띠를 차고 자화류라는 명마를 탄 그가 고함을 질렀다.

"승상, 제가 왔사옵니다!"

강상이 돌아보니 바로 진주운량관秦州運糧官이자 맹호대장군猛虎大將軍인 무영武榮이었다. 그는 양곡을 조달하러 왔다가 성 밖에서 전투가 벌어진 것을 보고 지원하러 달려온 것이었다. 그는 단신으로 달려 나가 칼을 뽑아 들고 격전에 뛰어들었는데 무영의 칼은 산을 무너뜨리고 대지를 찢을 정도로 위력이 무시무시해서 마원조차 힘이 빠져 도저히 감당하기 어려웠다. 이에 그가 주문을 외며 "어서!" 하고 외치자 갑자기 그의 뒤통수에서 손이 하나 뻗어 나와서는 마치 다섯 개의 커다란 동과冬瓜처럼 생긴 다섯 손가락으로 무영을 덥석 잡더니 공중으로 올렸다가 아래로 세차게 팽개쳐버렸다. 마원이 한쪽 발로 그의 허벅지를 밟고 두 손으로 다른 한쪽 다리를 잡아당기니 무영은 즉시 몸뚱이가 두 쪽으로 찢어져버렸고 곧 마원은 피가 철철 흐르는 무영의 심장을 집어 들고 강상과 주나라 장수들, 천교의 제자들을 똑바로 쳐다보면서 우적우적 씹어 먹으며 소리쳤다.

"강상, 너도 잡아서 이렇게 해주마!"

그 모습에 주나라 장수들은 혼이 나갈 듯 놀랐다. 마원이 다시 칼을 들고 달려들자 토행손이 고함을 질렀다.

"마원, 못된 짓을 멈춰라. 내가 간다!"

토행손은 커다란 몽둥이를 휘두르며 달려들었는데 마원은 난쟁

마원, 은홍을 도우러 하산하다.

이가 달려들자 껄껄 웃으며 물었다.

"뭐 하자는 것이냐?"

"네놈을 잡으러 오셨지!"

그러면서 다시 쇠몽둥이를 휘두르자 마원이 버럭 화를 냈다.

"이 고약한 놈!"

마원은 성큼 걸음을 내디디며 칼을 내리쳤고 토행손은 민첩한 몸놀림으로 몽둥이를 휘두르며 기세를 몰고 파고들어 어느새 마원의 뒤쪽을 차지해버렸다. 그리고 쇠몽둥이로 그의 허벅지를 연달아 예닐곱 번이나 후려치니 마원은 온몸에 힘이 쭉 빠져서 공격을 막아내기가 무척 힘들었다. 토행손이 그의 주요 경혈을 때리자 다급해진 마원은 다시 주문을 외어 뒤통수에서 예의 그 손을 드러내 토행손을 붙잡아 아래로 내던졌는데 지행술을 익힌 토행손은 땅에 닿자마자 모습이 사라져버렸다.

'너무 세게 내던졌나? 어찌 이놈의 그림자조차 보이지 않는 거지?'

그야말로 이런 격이었다.

마원은 지행술의 오묘함을 몰라
아직도 두 눈을 의심했지.

馬元不識地行妙　尚疑雙眼使模糊

한편 말에 탄 채 상황을 지켜보고 있던 등선옥은 마원이 토행손을 내던지고 나서 땅바닥만 쳐다보자 황급히 오광석을 꺼내 던졌다. 불의의 일격에 얼굴을 맞은 마원은 금빛을 어지럽게 내뿜으면서 "아이고!" 비명을 지르며 얼굴을 문질렀다.

"어느 놈이 암습을 한 게냐?"

그때 양전이 말을 몰고 달려가 칼을 휘두르니 마원도 칼을 들고 맞섰다. 양전의 삼첨도가 번개처럼 빠른지라 도저히 막아낼 수 없다고 판단한 마원은 어쩔 수 없이 또 그 주문을 외어 예의 그 손을 내밀어서 양전도 무영을 해치운 것과 똑같이 처치했다. 그리고 역시 피가 뚝뚝 흐르는 심장을 씹어 먹으며 강상에게 말했다.

"하룻밤만 더 살려주마. 내일 다시 보자!"

마원이 영채로 돌아가자 은홍은 그가 신기한 도술을 부리며 사람의 심장을 먹는 흉악한 심성을 지녔다는 것을 알고 속으로 무척 기뻐했다. 그는 곧 승전고를 울리고 술상을 차려 장수들과 더불어 초경까지 술을 마셨다.

한편 저택으로 돌아온 강상은 깊은 생각에 잠겼다.

'마원이라는 자는 정말 흉악하구나, 사람의 심장을 날로 먹다니! 여태 이런 괴상한 자는 보지 못했어. 그나저나 양전은 어찌 되었을까?'

강상이 그렇게 걱정하는 동안 마원은 은홍과 함께 삼경까지 술을 마셨는데 갑자기 그가 눈살을 찌푸리면서 콧등에서 땀을 흘리는 것이었다. 그것을 본 은홍이 물었다.

"도사님, 왜 그러십니까?"

"배가 조금 아프군요."

그러자 정륜이 말했다.

"사람의 심장을 날것으로 잡수셔서 그런가 봅니다. 따끈한 술을 마시면 괜찮아질 겁니다."

이에 마원은 따끈하게 데운 술을 가져오게 해서 마셨지만 복통은 오히려 갈수록 심해졌다. 급기야 그는 비명을 지르며 땅바닥을 뒹굴기 시작했다.

"아이고, 배야!"

그의 배 속에서는 연신 꾸르륵꾸르륵 소리가 들렸다. 그러자 정륜이 말했다.

"배 속에서 소리가 나는데 뒤에 있는 측간을 다녀오시면 괜찮아질지도 모르겠습니다."

이에 마원은 어쩔 수 없이 측간으로 갔다. 하지만 그가 어찌 알았겠는가? 일흔두 가지 현묘한 변신술을 익힌 양전이 한 알의 기묘한 단약으로 마원의 몸속에서 수단을 부렸던 것이다. 그 바람에 마원은 내리 사흘 동안 설사를 해대느라 몸이 반쪽으로 말라버렸다.

양전이 돌아와서 강상에게 이런 사실을 알려주자 강상은 무척 기뻐했다. 그리고 양전이 말했다.

"제가 임시로 단약을 써서 마원의 기력을 빼놓았지만 나중에 다시 방법을 마련해야 할 것이옵니다. 일단 이레 정도는 싸우러 나올 수 없을 것이옵니다."

그렇게 말하고 있는데 갑자기 나타가 들어와서 보고했다.

"문수광법천존께서 오셨사옵니다."

강상은 황급히 그를 맞이하여 은안전에서 인사를 나누었다. 그러자 잠시 후 적정자가 와서 인사를 나누고 자리에 앉았다. 이에 문수광법천존이 말했다.

"강공, 축하하오이다. 금대金臺에서 장수에 임명될 날이 가까워지고 있구려!"

"지금 은홍이 사부의 분부를 저버리고 소호와 함께 서기를 공격하고 있어서 백성들이 불안해하고 있습니다. 게다가 흉악하기 그지없는 마원까지 가세한 상황이라 저는 그야말로 가시방석에 앉아 있는 기분입니다."

"나도 그 소식을 듣고 3월 15일에 그대가 장수에 임명되어야 하는데 그 날짜를 맞추지 못하게 될까 염려되어서 마원을 거둬들이려고 왔소이다. 그러니 안심하시구려."

"도형께서 도와주신다면 비단 저뿐만 아니라 이 나라를 위해서도 다행이 아닐 수 없습니다! 그런데 무슨 수로 그를 다스리려 하십니까?"

그러자 문수광법천존이 강상에게 귓속말로 이야기했다.

"여차여차하면 마원을 굴복시킬 수 있을 것이외다."

이에 강상은 황급히 양전을 불러 문수광법천존이 이야기한 방책을 말하니 양전은 곧 그 계책을 시행할 준비를 했다.

마원이 용을 가두는 계책에 걸려드니
서방에 훌륭한 사람 있음을 알 수 있지.

馬元今入牢籠計　可見西方有聖人

그날 신시 무렵이 되자 강상은 홀로 사불상을 타고 상나라 진영의 원문 밖에서 탐문하듯이 칼을 들고 이리저리 가리켰다. 그러자 정찰병의 보고를 받은 은홍이 마원에게 말했다.

"도사님, 오늘 강상이 이런 식으로 우리 진영을 탐문하고 있다는데 무슨 간사한 계책을 세우려는 것일까요?"

"저번에 양전 그놈의 간사한 계책에 당해서 하마터면 몸을 망칠 뻔했으니 이번에는 반드시 사로잡아 원한을 풀어야겠소이다."

이에 마원은 영채 밖으로 나가서 강상을 보고 고함을 질렀다.

"꼼짝 마라! 내가 간다!"

그리고 그가 성큼 달려가 칼을 내리치자 강상도 황급히 칼을 들어 막았다. 그러나 몇 판 맞붙고 나서 강상이 곧 고삐를 돌려 달아나자 마원은 오로지 그를 사로잡으려는 마음뿐이어서 바짝 뒤쫓았다. 자, 이제 승부가 어찌 되는지는 다음 회를 보시라.

제61회

은홍, 태극도에서 목숨을 잃다

太極圖殷洪絶命

태극도에 담긴 조화 기이하니

신선과 범인의 차이 현격함을 아는 이 드물지.

옮겨 와서 변화하니 참으로 현묘하여

지난날 과오 참회한들 헛된 생각 되었구나.

제자가 맹세를 후회했지만 사부는 구하지 못했으니

하늘이 정한 뜻을 땅에서 마음대로 바꾸기 어려웠지.

당시 주왕의 악행 극에 달했으니

나무 하나로 누구를 막을 수 있었으랴?

太極圖中造化奇　仙凡迥區少人知

移來幻化眞玄妙　懺過前非亦浪思

弟子悔盟師莫救　蒼天留意地難私

當時紂惡彰彌極　一木安能挽阿誰

그러니까 마원은 한참 동안이나 강상을 쫓아갔지만 도무지 따라잡을 수 없었다.

'저놈은 사불상을 탔는데 나는 달려가고 있잖아? 아무래도 오늘은 추격을 포기하고 내일 다시 방법을 찾아야겠어.'

그가 추격을 멈추자 강상도 사불상을 멈추고 돌아서서 소리쳤다.

"마원, 여기 평탄한 곳으로 와서 나와 세 판을 겨뤄볼 자신이 있느냐? 내 반드시 너를 붙잡고 말겠다!"

"하하! 네까짓 게 무슨 능력이 있다고 감히 내 추격을 막을 수 있다는 것이냐?"

그는 다시 성큼성큼 걸어서 쫓아갔다. 그런데 서너 판쯤 맞붙고 나자 강상이 다시 고삐를 돌려 달아나는 것이었다. 그것을 보고 마원은 벌컥 울화가 치밀었다.

"네가 감히 나를 유인하는 것이냐?"

그는 이를 갈며 다시 쫓아갔다.

"오늘 너를 붙잡기 전에는 절대 돌아가지 않겠다. 옥허궁까지라도 쫓아가고 말겠어!"

그렇게 계속 쫓아가다 보니 어느덧 날이 저물고 앞쪽에 산이 하나 보였다. 그런데 산모퉁이를 돌아가자 강상의 모습이 보이지 않는 것이었다. 게다가 그 산은 무척 험준했다.

그거 참 대단한 산이로다!

자세히 살펴보니 색깔도 얼룩얼룩하구나.

꼭대기에는 구름이 표연히 떠가고

벼랑 앞에는 나무 그림자 서늘하다.

나는 새는 훔쳐보고

달리는 짐승은 흉험하다.

으스스 수천 그루 소나무 숲

우뚝 솟은 대나무 몇 개

울부짖는 소리에 늑대가 먹이 빼앗는 줄 알겠고

포효하는 소리에 굶주린 호랑이가 먹이 다투는 줄 알겠구나.

원숭이는 언제나 울어대며 신선한 과일 찾고

노루와 사슴은 꽃 밟으며 푸른 산 올라간다.

바람 소리 쏴쏴

물소리 졸졸

은은히 들려오는 숲 속의 새소리 짹짹

몇 곳의 등나무 덩굴 당기듯 걸려 있고

계곡 가득 요초 사이에 난초 향기 섞여 있다.

우뚝우뚝 괴이한 바위

넓고 큰 바위 봉우리

여우와 승냥이 떼를 지어 내달리고

원숭이는 쌍쌍이 장난친다.

나그네가 험준한 길 많다고 시름할 제

어이하랴, 오래된 길은 또 굽어 도는구나!

那山眞個好山　細看處色斑斑

頂上雲飄蕩　崖前樹影寒

飛鳥睍睆　走獸兇頑

凜凜松千幹　挺挺竹幾竿

吼叫是蒼狼奪食　咆哮是餓虎爭餐

野猿常嘯尋鮮果　麋鹿攀花上翠嵐

風灑灑　水潺潺　暗聞幽鳥語間關

幾處藤蘿牽又扯　滿溪瑤草雜香蘭

磷磷怪石　磊磊峰巖

狐狸成群走　猿猴作對頑

行客正愁多險峻　奈何古道又灣環

마원은 강상을 쫓아 달려오느라 맥이 빠지고 다리도 아팠다. 게다가 날까지 저물어서 어쩔 수 없이 소나무 아래 바위에 몸을 기대고 앉아 잠시 쉬었다. 그는 숨을 몰아쉬면서 정신을 가다듬고 날이 밝으면 영채로 돌아가 다시 방법을 생각해보기로 했다. 그러는 사이 어느새 삼경이 되었는데 갑자기 산꼭대기에서 포성이 울렸으니 그야말로 이런 격이었다.

벼락이 치듯 함성이 대지를 진동하고
등롱과 횃불 온 산에 늘어서 있구나!

喊聲震地如雷吼　燈球火把滿山排

마원이 고개를 들어보니 산꼭대기에 강상이 무왕과 함께 안장에 앉아 술잔을 주거니 받거니 하고 있었다. 그리고 양쪽에서 장교들이 고함을 질러댔다.

"오늘 밤 마원은 이미 함정에 걸려들었으니 죽어도 몸뚱이 묻힐 곳이 없을 것이다!"

그 말을 들은 마원은 분기탱천하여 벌떡 일어나 칼을 들고 산 위로 달려갔다. 그런데 그가 정상에 이르렀을 때 횃불이 한 번 흔들리는가 싶더니 강상의 모습이 사라져버렸다. 눈을 부릅뜨고 사방을 둘러보니 갑자기 산 아래에서 병사들이 사방팔방 둘러싸고 고함을 질러댔다.

"마원을 놓치지 마라!"

마원이 화가 치밀어 다시 산을 내려오니 그들의 모습이 또 사라져버리는 것이었다. 그가 이렇게 양쪽을 오르내리고 나자 날이 밝아오기 시작했다. 밤새 뛰어다니느라 너무 힘들기도 하고 배도 고파서 그는 강상을 붙잡아 한을 풀지 못한 것을 안타까워하며 이를 갈았다.

'일단 영채로 돌아가 서기성을 함락한 다음에 다시 처리하도록 하자.'

그가 산을 떠나려고 막 걸음을 옮겼을 때 갑자기 산골짝에서 누군가 비명을 질렀다.

"아이고, 아파라!"

그 소리가 너무 애처로워서 황급히 산비탈을 돌아 내려가니 무성한 풀숲 가운데 한 여자가 쓰러져 있었다.

"뉘신데 여기서 이렇게 비명을 지르고 있소?"

"도사님, 살려주셔요!"

"그대는 누구시오? 어떻게 구해달라는 것이오?"

"저는 민간의 아낙인데 친정으로 가는 도중에 갑자기 가슴이 아파서 쓰러졌사옵니다. 목숨이 경각에 달려 있사오니 부디 근처 인가에서 뜨거운 국물을 좀 구해다 주시옵소서. 하찮지만 이 목숨을 구해주시면 칠층탑을 쌓는 것보다 더 큰 공덕을 쌓으실 것이옵니다. 목숨을 구하게 되면 다시 태어나게 해주신 것과 같은 은혜로 여기겠나이다."

"부인, 어디서 뜨거운 국물을 찾을 수 있다는 말씀이오? 당신은 어차피 죽게 될 것이니 차라리 내게 동냥이나 한 끼 주시면 그야말로 일거양득이 아니겠소이까?"

"목숨을 구해주시면 당연히 한 끼 정도야 대접해드려야지요."

"그런 말이 아니오, 내가 강상을 좇느라 밤새 뛰어다녔더니 배가 너무 고픈 상황이오. 어차피 당신은 살기 어려우니 차라리 인정을 베풀어 내가 당신을 먹을 수 있게 해주시구려."

"도사님, 무슨 그런 농담을 하시옵니까? 어떻게 사람을 먹을 수 있다는 말씀이시옵니까?"

하지만 배가 너무 고팠던 마원은 앞뒤 가리지 않고 달려가 다짜고짜 한 발로 그 여자의 가슴을 밟고 다른 한 발로 여자의 다리를 밟은 다음 칼로 여자의 옷을 찢었다. 그리고 황급히 여인의 아랫배를 칼로 찌르자 뜨거운 피가 뿜어져 나왔다. 그는 손으로 피를 퍼서 연달아 몇 모금 마시고는 여자의 배 속에 손을 집어넣어 심장을 찾았는데 이리저리 더듬어도 심장이 잡히지 않는 것이었다. 그래서 아예 두 손을 집어넣고 더듬어봤지만 여인의 배 속에는 뜨거운 피만 가득 차 있을 뿐 오장육부가 보이지 않았다. 마원이 이상한 일이라고 생각하며 연신 더듬고 있을 때 갑자기 남쪽에서 매화무늬 사슴을 탄 도사가 칼을 들고 나타났다.

두 쪽 상투 튼 머리
구름이 갈라진 듯 풍성하고
수합포에는
허리띠 단단히 매었구나.
득통한 신선의 모습으로 느긋하게 오나니
가슴속에 현묘한 공부 많이도 들었겠구나.
옥허궁 원시천존의 제자
여러 신선들의 우두머리로 반도회에도 다녀왔지.
난새와 학 타고 하늘에 살며
천황씨 시절부터 신선의 도를 수련했지.

雙抓髻　雲分靄靄
水合抱　緊束絲絲
仙風道骨任逍遙　腹隱許多玄妙
玉虛宮元始門下　十仙首曾赴蟠桃
乘鸞跨鶴在碧雲霄　天皇氏修仙養道

문수광법천존이 칼을 들고 오는 것을 본 마원은 황급히 여자의 배 속을 더듬던 손을 빼려 했다. 하지만 뜻밖에 그 뱃가죽이 쑥 늘어나면서 그의 손을 감싸버렸고 그가 여자의 몸에서 내려오려 하자 두 발도 여자의 몸에 붙어버렸다. 도저히 어쩔 수 없게 된 그는 쪼그리고 앉아서 애원했다.

"도사님, 살려주십시오!"

문수광법천존이 칼을 들어 그의 목을 치려는데 갑자기 뒤쪽에서 누군가 소리쳤다.

"도형, 잠시 멈추시오!"

문수광법천존이 돌아보자 두 개의 상투를 틀어 올린 채 도복을 입고 누런 얼굴에 몇 가닥 가는 수염을 기른 사람이 인사했다.

"안녕하십니까?"

"어디서 오신 분이시며 무슨 일이신지요?"

"저를 모르시는 모양이군요. 그럼 율시 한 편으로 제 소개를 하겠습니다."°

위대한 깨달음 얻은 최고의 신선 수명이 천지와 함께하나니
서방의 오묘한 불법의 조사 보리°일세.
태어나지도 소멸하지도 않고 머나먼 수행 길 가나니
기氣와 신神을 온전히 하여 한없는 자비 베풀지.
공허한 고요 속에서 자연스럽게 변화를 따르나니
참다운 본성에 마음대로 맡겨두지.
하늘과 수명 함께하는 장엄한 몸
수많은 세월 살아 마음 밝은 위대한 법사라네!

大覺金仙不二時　西方妙法祖菩提
不生不滅三三行　全氣全神萬萬慈
空寂自然隨變化　眞如本性任爲之

"제가 바로 서양 종교의 준제도인準提道人°입니다. 봉신방에는 마원의 이름이 올라 있지 않지만 이 사람은 착실히 수행하며 진중한 품성을 가졌는지라 우리 서방과 인연이 있소이다. 그러니 제가 이 사람을 서방으로 데려가 정과를 이루게 하면 도형께서도 자비를 베푸는 것이고 우리 불이문不二門°으로서도 행운이 아니겠소이까?"

그러자 문수광법천존이 만면에 희색을 띠고 껄껄 웃으며 말했다.

"아, 정말 오래전부터 뵙고 싶었소이다. 위대한 불법으로 서방을 교화하시고 연꽃 위에 모습을 드러내시어 밝은 사리舍利를 빛내시는 진정 고명한 분이시로군요! 분부대로 하겠소이다."

준제도인은 앞으로 다가와 마원의 머리를 쓰다듬으며 계율을 내렸다.

"도우, 애석하게도 오행을 수련했지만 헛수고만 하셨구려. 차라리 나를 따라 서방으로 가십시다. 계율의 연못 팔덕지八德池가에서 삼승三乘°의 위대한 불법을 논하고 칠보의 숲[七寶林] 아래에서 느긋하게 노니는 게 어떻소이까?"

"예, 예! 좋습니다. 그리하겠습니다!"

준제도인은 문수광법천존과 작별하고 또 타신편을 건네주며 강상에게 전하라고 한 다음 마원을 데리고 서방으로 떠났다. 문수광법천존은 강상의 저택으로 돌아가 준제도인과 관련된 일을 자세히 설명해주고 타신편을 전해주었다. 그러자 적정자가 옆에서 눈살을 찌푸리며 문수광법천존에게 말했다.

"지금 은홍이 천명을 거스르며 방해하고 있어서 강상이 장수에 봉해지는 기일을 맞추기 어렵게 하고 있으니 이를 어쩌면 좋을까요?"

그가 말하고 있을 때 갑자기 양전이 들어와서 보고했다.

"자항 사백께서 오셨사옵니다."

이에 강상과 문수광법천존, 적정자가 황급히 나가 자항도인을 맞이하여 대전으로 들어왔다. 서로 인사를 나누고 나서 강상이 물었다.

"도형, 무슨 가르침을 주시려고 오셨는지요?"

"은홍 때문에 왔소이다."

그 말을 들은 적정자는 무척 기뻐하며 물었다.

"도형, 어떤 방법으로 처리하시려는 겁니까?"

그러자 자항도인이 강상에게 물었다.

"저번에 열 개의 진을 깨뜨릴 때 받으신 태극도를 아직 가지고 계시는지요?"

"예."

"은홍을 잡으려면 적정자께서 태극도를 가지고 여차여차하셔야 이 우환을 없앨 수 있을 것이외다."

그 말을 들은 적정자는 마음속으로 내키지 않았지만 강상이 장수에 임명될 날이 이미 가까워진 마당이라 시기를 놓치게 될까 봐 그대로 하는 수밖에 없었다. 이에 그가 강상에게 말했다.

"이것은 그대가 나서야 성공할 수 있소이다."

한편 은홍은 마원이 나간 뒤로 줄곧 소식이 없자 기분이 울적해져서 유보와 순장에게 말했다.

"마 도사가 떠나고 나서 소식이 묘연하니 분명 불길한 징조가 아닐 수 없구나. 내일 강상에게 싸움을 걸어서 어찌 나오나 살펴보고 그 양반의 소식을 알아보도록 하자."

그러자 정륜이 말했다.

"한바탕 큰 전투를 벌이지 않으면 큰 공을 세울 수 없사옵니다."

이튿날 아침이 되자 상나라 진영에서 포성이 울리면서 살기가 충천했다. 곧이어 은홍이 대군을 이끌고 서기성 아래로 가서 고함을 질렀다.

"강상, 당장 나서라!"

보고가 올라오자 자항도인 등이 강상에게 말했다.

"오늘 출전하시면 우리가 공을 세우도록 돕겠소이다."

이에 강상은 제자들을 대동하지 않고 혼자 성 밖으로 나가서 칼을 들고 은홍을 가리키며 호통쳤다.

"은홍, 너는 사부의 말을 거역했으니 오늘 큰 재앙을 면치 못할 것이다. 사지가 재가 되고 나면 후회해도 늦을 게야!"

그 말에 은홍이 버럭 화를 내며 말을 몰고 달려들어 방천극을 휘두르자 강상도 칼을 들어 맞섰다. 하지만 몇 판 맞붙고 나서 강상은 곧 달아났는데 그는 성으로 들어가지 않고 들판을 향해 달아났다. 그러자 은홍이 급히 뒤쫓으며 유보와 순장에게 병력을 이끌고 따라오라고 명령했으니 그야말로 이런 격이었다.

앞쪽에 천라지망 펼쳐놓았으니
사지가 재가 되는 재앙 피하기 어려우리라!

前邊布下天羅網　難免飛灰禍及身

어쨌든 강상이 앞서 도망치고 은홍이 뒤쫓다가 동남쪽을 지나서 막 남쪽에 도착했을 때였다. 은홍이 쫓아오는 모습을 본 적정자는 그가 재앙을 피할 수 없음을 알고는 자기도 모르게 눈물에 젖어 고개를 끄덕이며 탄식했다.

"못난 놈! 어리석은 놈! 오늘의 재앙은 네가 자초한 것이니 죽더라도 나를 원망하지 마라!"

그러면서 그가 황급히 태극도를 펼치자 삼라만상을 모두 감쌀 수 있는 이 보물은 황금 다리로 변했다. 강상이 사불상을 몰고 다리 위로 올라가니 은홍도 말을 몰고 다리 근처까지 따라왔다. 그러자 강상이 다리 위에서 은홍에게 말했다.

"이 다리로 올라와서 나와 세 판을 겨뤄볼 용기가 있느냐?"

"하하! 내 사부가 여기에 계신다 해도 무섭지 않거늘 너의 환술 따위를 무서워할 줄 아느냐?"

그러면서 그가 말을 박차며 태극도 위로 올라갔으니 이를 노래한 시가 있다.

혼돈이 처음 열리자 반고가 나왔고
태극이 전해져서 음양이 나왔도다.
사상이 무궁하여 진정한 변화 일으키니

은홍은 이제 날리는 재가 되어 목숨 잃겠구나.

混沌初開盤古出　太極傳下兩儀來
四象無窮眞變化　殷洪此際喪飛灰

어쨌든 은홍은 태극도 위로 올라가자마자 갑자기 정신이 아득해지면서 마음속으로 무엇을 생각하든 즉시 그 일이 눈앞에 닥치는 것이었다. 꿈을 꾸는 듯한 기분에 잠겨 그가 속으로 중얼거렸다.

'설마 복병이 있는 것인가?'

그 생각을 하자마자 과연 복병이 들이닥쳐 한바탕 격전을 치르고 나서 모두 사라져버렸다. 또 강상을 잡아야겠다고 생각하자 강상이 나타나 격전을 벌였다. 그러다가 문득 조가에서 주왕과 만나는 일을 떠올리자 즉시 자신의 몸이 조가에 이르렀다. 오문을 들어서 서궁으로 가자 황 귀비가 보여서 얼른 절을 올렸고 또 갑자기 형경궁에 이르러 양 귀비가 보였다. 이에 그가 "이모님!" 하고 절을 올렸지만 그녀는 아무 대답도 하지 않았다. 이것은 바로 태극도의 무궁한 사상의 변화로 인한 것이었으니 마음속으로 무슨 사물을 생각하든 그것이 즉시 눈앞에 나타났다. 이 때문에 은홍은 태극도 안에서 마치 꿈을 꾸듯이 바보가 된 듯이 이리저리 허우적거리며 헤매고 다녔다. 여러 해 동안 사제지간의 정을 쌓으면서 이런 날이 올 줄은 꿈에도 생각하지 못했던 적정자는 그 모습을 보고 자기도 모르게 한숨을 내쉬었다. 그때 은홍은 거의 길의 끝에 이르렀는데 갑자기 자신을 낳아준 강 황후가 나타나 소리쳤다.

"은홍, 내가 누구인지 알겠느냐?"

은홍, 태극도에서 목숨을 잃다.

그러자 은홍이 자기도 모르게 소리쳤다.

"어머니! 이렇게 어머니를 뵙다니 설마 제가 저승에 온 겁니까?"

"아이고, 이 애물단지야! 어쩌자고 사부의 말씀을 듣지 않고 무도한 자를 도와 덕망 높은 이를 정벌하려고 했느냐? 게다가 맹서까지 했으니 일단 입에서 뱉은 말은 그대로 이루어지는 법이 아니더냐? 네가 그때 사지가 재가 될 것이라고 맹서했는데 이제 태극도 위에 올라왔으니 곧 그대로 이루어지는 고통을 당하겠구나!"

"아, 안 돼요! 어, 어머니, 저 좀 구해주셔요!"

그 순간 강 황후의 모습은 사라져버렸다. 은홍이 당황하고 있을 때 적정자가 호통쳤다.

"네 이놈, 내가 누구인지 알아보겠느냐?"

은홍이 그를 보자 눈물을 펑펑 쏟으며 애원했다.

"사부님, 이제 저는 무왕을 도와 주왕을 정벌하겠사오니 제발 목숨을 살려주시옵소서!"

"이미 늦었다! 너는 하늘의 규범을 어겼다. 그나저나 대체 누가 너를 꾀어 맹서를 어기게 했느냐?"

"신공표의 말에 넘어갔사옵니다. 사부님, 제발 자비를 베푸셔서 제게 살 길을 열어주시옵소서. 다시는 이전의 맹서를 어기지 않겠사옵니다!"

적정자가 머뭇거리자 공중에서 자항도인이 호통쳤다.

"천명이 이러하거늘 어찌 감히 어기려 하시오! 저 아이의 영혼이 봉신대로 들어가는 시간을 어겨서는 안 되오!"

이에 적정자는 눈물을 머금고 태극도를 한 번 털어 둘둘 말더니 잠시 후 다시 한 번 털고 나서 펼쳤다. 그러자 한 줄기 바람이 불어 은홍은 물론 타고 있던 말까지 모두 재로 변해 날아가버렸고 은홍의 영혼은 그대로 봉신대로 떠났다.

신공표의 말을 믿은 은홍은
서기를 정벌하여 크나큰 재주 뽐내려 했지.
어찌 알았으랴, 운명이 모두 이러하여
영혼은 봉신대 주위를 맴돌며 애달피 울었지.

殷洪任信申公豹　要伐西岐顯大才
豈知數到皆如此　魂繞封神臺畔哀

은홍이 재로 변하는 모습을 본 적정자는 대성통곡했다.

"태화산에는 더 이상 도를 수련할 사람이 없어졌구나! 제자가 이렇게 되는 모습을 보니 너무나 가슴이 아프구나!"

그러자 자항도인이 말했다.

"도형, 그게 무슨 말씀이시오! 마원은 봉신방에 이름이 올라 있지 않으니 당연히 고해에서 구해줄 사람이 있었지만 은홍의 일은 마땅히 이렇게 되었어야 했소. 그런데 왜 그리 탄식하시는 게요?"

세 도사가 강상의 저택으로 돌아오자 강상이 감사했다. 그리고 세 도사는 작별 인사를 했다.

"우리는 이만 가보겠소이다. 그대가 장수에 임명되는 길일에 다시 와서 동쪽으로 정벌 나가는 것을 전송하겠소이다."

그들은 그대로 자신의 거처로 돌아갔다.

한편 소호는 은홍이 죽었다는 소식을 듣게 되었다. 그때 정찰병이 들어와서 보고했다.

"사령관님, 전하께서 강상을 쫓아가셨다가 한 줄기 금빛이 번쩍하는 순간 사라져버렸사옵니다."

그 말을 들은 정륜과 유보, 순장은 어찌할 바를 몰랐다. 이에 소호가 은밀히 아들 소전충과 의논했다.

"내가 이제 은밀히 서신을 쓸 테니 네가 화살에 매어 성 안으로 쏘아 보내도록 해라. 내일 강 승상에게 우리 영채를 공격해달라고 청해야겠다. 우리는 먼저 가족을 데리고 서기성 서쪽 대문으로 들어가자꾸나. 그리고 불문곡직하고 정륜 등을 모조리 사로잡아 강 승상께 끌고 가서 지난 과오를 속죄하도록 해야겠구나. 머뭇거리다가 일을 그르쳐서는 안 될 것이야!"

"여악과 은홍만 아니었다면 우리는 진즉 서기성에 들어가 있지 않겠사옵니까!"

소호는 서둘러 편지를 써서 소전충으로 하여금 성 안으로 쏘아 보내라고 했다. 그날 순찰을 돌고 있던 남궁괄이 그 편지를 발견하고 서둘러 강상에게 찾아가 편지를 바쳤다. 강상이 펼쳐보니 편지에는 이렇게 적혀 있었다.

정서원융征西元戎 기주후 소호가 삼가 강 승상께 머리 조아리며 올리나이다.

저는 비록 칙령을 받고 정벌을 나왔지만 마음속으로는 오래전부터 주나라에 귀의했사옵니다. 그래서 군대가 성 근처에 도착하자마자 서둘러 투항하여 승상의 휘하에서 정성을 다해 봉사하려고 했지만 뜻밖에 하늘이 저의 바람을 저버리고 은홍과 마원을 보내 항거하게 하는 바람에 일이 틀어져버렸사옵니다. 이제 그들은 이미 죽었으나 부장 정륜이 아직도 미혹에서 깨어나지 못하고 고집을 부리면서 계속해서 하늘의 규범을 어기며 태산처럼 큰 죄를 쌓고 있사옵니다. 이에 저희 부자는 진정한 천자의 군대가 영채를 공격하지 않으면 이 못된 패역의 무리를 소탕할 수 없겠다고 생각했사옵니다. 이에 삼가 이 편지를 보내오니 승상께서 속히 병력을 파견하여 오늘 밤 이쪽 영채를 공격하시옵소서. 저희 부자는 기회를 봐서 악당의 수괴를 사로잡아 압송하겠나이다. 바라건대 하루속히 성스러운 군주께 귀의하여 함께 독불장군 주왕을 정벌함으로써 제 가문의 원한을 씻고 제 경건한 마음을 증명할 수만 있다면 저는 비록 전장에서 죽는 한이 있더라도 더 이상 바랄 게 없겠사옵니다.

이에 아홉 번 큰절을 올리며 삼가 이 편지를 올리나이다.

편지를 읽고 난 강상은 무척 기뻐했다. 그리고 이튿날 오시에 군령을 내렸다.

"황비호 부자 다섯 명은 선봉 부대를 맡고 등구공은 적진의 좌측을, 남궁괄은 우측을 공격하라. 나타는 이들의 공격을 지원하라!"

한편 정륜과 유보, 순장은 소호를 찾아가서 이렇게 말했다.

"불행히도 전하께서 적의 손에 돌아가셨으니 이제 조가에 상소문을 올려 폐하께 지원군을 파견해주실 것을 청해야 이 정벌을 승리로 이끌 수 있을 것이옵니다."

그러자 소호가 건성으로 대답했다.

"내일 조치를 취하겠네."

그리고 정륜 등이 각자의 거처로 돌아가자 소호는 밤중에 은밀히 서기성으로 들어갈 채비를 했다. 정륜 등은 꿈에도 그런 사실을 몰랐으니 그야말로 이런 격이었다.

함정을 파놓고 호랑이와 표범 잡고
온 하늘에 그물 쳐놓고 교룡을 기다리지.

挖下戰坑擒虎豹　滿天張網等蛟龍

이윽고 밤이 되어 서기의 병력은 세 방향으로 나누어 성을 나와 은밀히 매복했다. 그리고 이경이 되자 포성과 함께 황비호 부자가 영채로 돌격하니 전혀 가로막는 이들이 없었다. 또 좌측의 등구공과 우측의 남궁괄도 일제히 공격을 개시했다. 정륜이 황급히 화안금정수에 올라 항마저를 들고 원문 밖으로 나오니 마침 황비호 일행과 맞닥쳐서 일대 격전이 벌어졌다. 등구공이 좌측을 쳐들어가자 유보가 고함을 질렀다.

"멈춰라!"

또 남궁괄이 우측으로 쳐들어가자 순장과 맞닥쳐서 역시 격전이 벌어졌다. 그때 서기성의 성문이 열리면서 엄청난 병력이 몰려 나와 가세하여 대지가 들끓고 하늘이 무너질 듯이 함성을 내질렀고 그 틈에 소호 부자는 서기성의 서쪽 대문을 통해 안으로 들어갔다. 등구공과 격전을 벌이던 유보는 애초에 그의 적수가 아니어서 금방 등구공의 칼에 맞아 낙마해버렸고 남궁괄과 맞선 순장 또한 견뎌내지 못하고 도망치다가 황천상이 내지른 창에 찔려 낙마하고 말았다. 두 장수의 영혼이 봉신대로 떠나자 서기의 장수들은 적진을 거침없이 휘저으며 살육을 감행했고 혼자 남은 정륜만이 온 힘을 다해 맞섰다. 그때 등구공이 옆에서 칼을 내지르자 정륜은 황급히 항마저로 막았지만 그 틈에 등구공이 그의 허리띠를 낚아채서 그대로 들어 올려 땅바닥에 팽개쳐버렸다. 그 즉시 양편의 병사들이 우르르 달려들어 정륜을 오랏줄로 꽁꽁 묶어버렸다.

서기성은 밤새 시끌벅적 소란스러웠는데 이튿날 날이 밝자 강상은 은안전에 올라 북을 울려 장수들을 소집했다. 황비호와 등구공이 유보를 척살하고 정륜을 사로잡은 전과를 보고했고 남궁괄은 패주하던 순장이 황천상의 창에 찔려 죽었다는 사실을 보고했다. 그때 전령이 달려왔다.

"소호가 대기하고 있사옵니다."

강상의 명령을 받고 안으로 들어온 소호 부자는 엎드려 절을 올리려고 했다. 그러자 강상이 만류했다.

"그냥 선 채로 인사를 나누도록 하십시오. 소후의 덕망과 인의는 천하에 널리 알려져 있고 자잘한 충정이나 신의에 얽매이는 소인배가 아니라는 사실도 모르는 이가 어디 있습니까? 시세를 알고 재앙과 복을 잘 살피시어 우매한 군주를 버리고 현명한 군주를 찾아오셨고 황후가 총애를 잃을지언정 역사에 길이 남을 오명을 씻으셨으니 진정한 영웅이십니다! 정말 존경스럽습니다!"

"못난 저희 부자가 많은 죄를 지었는데도 승상께서 보살펴주신 덕분에 목숨을 보전할 수 있었으니 정말 부끄럽기 짝이 없습니다."

이렇게 서로 겸양의 인사를 나누고 나서 강상이 수하에게 명령했다.

"정륜을 끌고 오너라!"

곧이어 장교들이 정륜을 에워싸고 처마 아래로 왔는데 정륜은 무릎을 꿇지 않고 뻣뻣이 선 채 두 눈을 부릅뜨고 소호를 씹어 먹지 못한 것이 한스럽다는 듯이 노려보았다. 그러자 강상이 말했다.

"정륜, 네가 얼마나 재간이 있기에 그렇게 계속 저항했느냐? 이제 포로가 되었는데도 무릎을 꿇어 목숨을 구걸하지 않고 감히 그리 뻣뻣하게 굴다니!"

그러자 정륜이 버럭 고함을 질렀다.

"무식한 놈! 나와 너희는 적대 관계이니 너희 역적을 사로잡아 조가로 끌고 가서 국법으로 다스리지 못한 것이 한스러울 뿐이다. 불행히도 내 상관이 공모하여 너희에게 사로잡히는 신세가 되고 말았으니 죽으면 그만이지 무슨 여러 말이 필요하겠느냐!"

그러자 강상이 명령을 내렸다.

"끌고 나가 목을 베라!"

이에 장교들이 그를 끌고 저택 밖으로 나가 처형을 시행하라는 명령이 내려오기를 기다렸다. 그때 소호가 앞으로 나와서 무릎을 꿇고 말했다.

"승상, 정륜이 하늘의 위세에 대항했으니 마땅히 처형해야 옳겠지만 사실 이 사람은 정말 충성스럽고 의로운 인물이어서 그래도 등용할 만하다고 생각하옵니다. 게다가 기묘한 술법까지 부릴 줄 알아서 쉽게 구하기 어려운 장수의 재목이오니 부디 작은 과오를 용서하시고 긍휼히 여기시어 원한을 풀고 원수를 등용하는 옛 사람의 뜻을 구현하시옵소서. 부디 하해와 같은 아량을 베풀어주시기 바라나이다!"

강상은 그를 부축해 일으키며 웃는 얼굴로 말했다.

"저도 정 장군의 충의를 알고 쓸 만한 인재라는 사실도 알고 있습니다. 그저 일부러 자극을 주어 소후께서 그를 설득해 충실한 신하로 만들게 하려고 했을 뿐입니다. 소후의 뜻도 이러하다는 것을 알았으니 제가 어찌 따르지 않겠습니까?"

소호는 그 말을 듣고 무척 기뻐하며 밖으로 나가 정륜을 만났다. 정륜은 그를 보고 고개를 숙인 채 아무 말이 없었다. 그러자 소호가 말했다.

"정 장군, 어찌 미혹에 빠져서 깨어나지 못하시오? 예로부터 시세를 알아야 준걸이라고 하지 않았소? 지금 천자가 무도하여 하늘이 근심하고 백성이 원망하여 천하가 분열되고 백성이 도탄에 빠져 전쟁이 끊이지 않고 있소. 천하 모두가 천자에게 등을 돌리려 하고 하늘도 상나라를 멸망시키려 하고 있소이다. 지금 주나라 무왕은 인덕을 펼치면서 선비를 정성으로 대하고 무고한 백성에게 널리 은택을 베풀어 백성도 평안하고 물산도 풍부하니 천하의 삼분의 이가 주나라에 귀의했소이다. 그러니 하늘의 뜻이 어디에 있는지 알 수 있지 않소이까? 강상은 머지않아 동쪽을 정벌하여 백성을 위로하고 죄 많은 주왕을 처형할 터인데 뉘라서 그 허물을 되돌릴 수 있겠소이까? 그러니 장군, 어서 마음을 돌려 나와 함께 승상께 가서 투항을 받아달라고 말씀드립시다. 그래야 군자는 때를 살펴서 행동해야 한다는 도리에도 맞지 않겠소이까? 안 그러면 아무 이로움도 없이 헛된 죽음만 당할 뿐이지요!"

정륜이 긴 한숨을 내쉬며 아무 말도 하지 않자 소호가 다시 말했다.

"정 장군, 내가 이렇게 간곡히 권하는 것은 뛰어난 장수의 재능을 가진 그대가 어이없이 죽는 것이 안타깝기 때문이외다. '충신은 두 군주를 섬기지 않는다'라고 생각하겠지만 지금 천하의 제후들이 모두 주나라에 귀의한 것이 설마 그들 모두가 불충하기 때문이겠소? 무성왕 황비호나 등구공 같은 분이 모두 불충하다는 말씀이시오? 이는 틀림없이 군주가 도리를 잃어 백성의 부모로서 자격을 잃었기 때문이요, 잔인하게 사람을 해치는 독불장군 행세를 하기 때문이 아니겠소? 지금 천하가 반란을 일으킨 것은 주왕이 스스로 하늘의 뜻을 끊어버렸기 때문이 아니오? 게다가 '훌륭한 새는 나무를 가려서 둥지를 틀고 현명한 신하는 군주를 가려서 벼슬살이를 한다'라는 옛말도 있지 않소이까? 장군, 나중에 땅을 치고 후회하지 않도록 재삼 생각해보시구려. 천자가 서기를 정벌하러 보낸 저 뛰어난 도술을 가진 고명한 이들과 천지를 경략할 만한 재능을 지닌 이들이 모두 여기에 와서 흔적도 없이 사라져버렸는데 이것이 어찌 힘으로 될 수 있는 일이겠소? 게다가 강상의 문하에는 고명한 장수와 도술에 정통한 이들이 많은데 어떻게 쉽게 망하겠소이까? 정 장군, 그러니 그만 미혹에서 벗어나 내 말대로 하시구려. 그러면 나중에 무한한 복을 누리게 될 터인데 소인배의 자잘한 충성과 아량을 고집해서는 아니 될 것이외다!"

이렇게 일장 연설을 듣고 난 정륜은 꿈에서 깨어난 듯 술에서 깨어난 듯 정신을 차리고 탄식했다.

"주군의 말씀이 아니었다면 저는 괜한 헛고생만 할 뻔했습니다. 다만 제가 여러 차례 무례를 저질렀으니 강상 휘하의 장수들이 저를 용납해주지 않을까 염려스럽습니다."

"승상은 도량이 하해와 같이 넓으니 받아들이지 못할 물줄기가 없소이다. 또 그 휘하에 있는 분들도 모두 도덕을 갖춘 분들이니 받아들이지 않을 리가 있겠소이까? 장군, 괜한 생각 마시구려. 내가 승상께 말씀만 드리면 되오이다."

그런 다음 소호가 대전으로 가서 강상에게 허리를 숙여 예를 표하며 말했다.

"정륜이 제 설득을 듣고 투항할 의사를 비쳤으나 지난날 저지른 자잘한 과오로 인해 승상 휘하의 여러분들이 받아들여주지 않을까 걱정하고 있사옵니다."

"허허! 그때는 서로 적대 관계였는지라 서로 주군이 다르지 않았소이까? 이제 귀순하게 되면 한 집안 사람인데 어찌 사이가 틀어질 수 있겠소이까! 여봐라, 정륜을 석방하고 의관을 갖추어 이곳으로 데려오도록 하라!"

잠시 후 정륜이 의관을 단정히 차려입고 대전으로 와서 엎드려 절을 올렸다.

"제가 시세를 모르고 하늘의 뜻을 거슬러 승상께서 마음고생을 하시게 만들었사옵니다. 이제 포로가 되었는데 다시 사면까지 해주시니 이 은덕은 죽어도 잊지 않겠나이다!"

강상이 얼른 계단을 내려가 그를 부축해 일으키며 위로했다.

"못난 이 사람은 장군의 충의를 오래전부터 알고 있었소이다. 다만 주왕이 무도하여 스스로 하늘을 저버린 것이지 신하가 나라에 충성하지 않은 탓은 아니외다. 우리 주군께서는 현량한 분께 스스로를 낮추어 예우하시니 안심하시고 나라를 위해 힘써주시기 바라오. 혹시 무슨 틈이 생기지 않을까 걱정하시지 마시구려."

이에 정륜은 재삼 절을 올리며 감사했고 강상은 곧 소호 등을 데리고 입궁해서 무왕을 알현했다. 강상이 절을 올리고 나자 무왕이 말했다.

"상보, 무슨 하실 말씀이 있습니까?"

"기주후 소호가 귀순하여 전하를 알현하러 왔사옵니다."

무왕은 소호를 대전 위로 불러 위로했다.

"과인이 서기를 지키면서 신하로서 도리를 다하며 감히 하늘을 거스르는 행위를 하지 않았는데 어째서 이렇게 자꾸 천자의 군대에게 시달려야 하는지 모르겠소이다. 이제 경들이 주왕을 버리고 귀순했으니 잠시 이곳에 계시면서 짐과 함께 신하의 도리를 다하도록 하십시다. 이후 천자께서 덕을 닦으시게 되면 뒷일은 그때 다시 논의하도록 하십시다. 상보, 짐을 대신해서 잔치를 열어 이분들을 대접해주시기 바랍니다."

"예, 알겠사옵니다."

이리하여 소호의 병력까지 모두 서기성 안으로 들어오게 되었으니 주나라는 그야말로 영웅들이 구름처럼 모여든 형국이 되었다.

한편 사수관의 사령관 한영은 소호가 투항했다는 소식을 보고받고 깜짝 놀라서 황급히 상소문을 써서 조가로 전령을 파견했으니 이후의 일이 어찌 되는지는 다음 회를 보시라.

제62회

장산과 이금, 서기를 정벌하다

張山李錦伐西岐

어지러운 전쟁으로 날마다 불안하여
백성은 도탄에 빠져 저절로 흩어졌지.
자원해 나온 백성들의 시체 도랑을 메우니
피땀 어린 재물로 깃털을 채워주었지.
전사는 군주 위해 힘쓰려 하건만
저 하늘은 황궁 굳게 지켜줄 마음 없구나.
엄청난 재앙으로 백성은 많은 수난당하니
서기성에 살육의 피비린내 가득하게 되었구나.

搶攘兵戈日不寧　生民塗炭自零星
甘驅蒼赤塡溝壑　忍令脂膏實羽翎
戰士有心勤國主　彼蒼無意固皇扃
只因大劫人多難　致使西岐殺戮腥

그러니까 한영이 파견한 전령은 무사히 조가에 도착하여 역관에서 하룻밤을 쉬었다. 이튿날 오문으로 들어가 문서방에 이르니 그날은 중대부 방경춘方景春이 업무를 보고 있었다. 그는 소호가 주나라에 투항했다는 문서를 보고 고개를 끄덕이며 욕을 퍼부었다.

"천박한 늙은이 같으니! 온 가문이 천자의 총애를 한없이 받았거늘 은혜를 갚을 생각은 하지 않고 오히려 역적에게 투항하다니 정말 개돼지보다 못한 놈이로구나!"

그는 곧 문서를 안고 내궁으로 들어가서 천자의 시종에게 물었다.

"폐하께서는 어디에 계시느냐?"

"적성루에 계시옵니다."

방경춘은 곧 적성루로 가서 어명을 기다렸다. 보고를 받은 주왕이 누각 위로 그를 부르자 그가 누각을 올라가서 절을 올렸다. 이에 주왕이 물었다.

"대부, 상주할 일이 무엇이오?"

"사수관의 사령관 한영이 보낸 문서가 올라왔사온데 기주후 소호가 온 가문이 대대로 황은을 입었음에도 불구하고 나라의 은혜에 보답할 생각은 하지 않고 오히려 역적에게 투항하여 성은을 저버렸다고 하옵니다. 대체 국법이 어디에 있다는 것이옵니까? 이를 어찌 처리해야 할지 어명을 내려주시옵소서!"

주왕은 그 상소문을 보고 깜짝 놀랐다.

"소호는 짐의 심복이자 황실의 인척이거늘 어찌 하루아침에 주나라에 투항하여 악의 무리를 돕는단 말인가? 참으로 가증스럽구나! 그대는 잠시 물러가 계시구려, 짐이 알아서 처리하겠소이다."

방경춘이 누대를 내려가자 주왕이 달기를 불렀다. 병풍 뒤에서 이미 엿듣고 그 사실을 알고 있던 달기는 부름을 받자마자 달려와 주왕의 탁자 앞에 무릎을 꿇었다. 그리고 구슬 같은 눈물을 뚝뚝 흘리며 가녀린 목소리로 아뢰었다.

"제가 궁중에서 폐하의 은총을 받았으니 온몸이 가루가 되는 한이 있더라도 결코 잊지 못할 것이옵니다. 뜻밖에 제 아비가 누구의 꾐에 넘어갔는지 역적에게 투항하여 하늘에 이를 만큼 큰 죄를 지었사오니 국법에 따라 일족을 가차 없이 멸해야 할 것이옵니다. 폐하, 제 목을 베어 도성에 효수하여 문무백관과 모든 백성으로 하여금 성스럽고 영명하신 폐하께서 하늘의 기강을 장악하고 조상의 법규를 준수하여 사사로운 은애를 함부로 베풀지 않으심을 보여주시옵소서. 이야말로 제가 폐하께 받은 총애를 갚는 길이니 저는 죽어도 여한이 없을 것이옵니다!"

그렇게 말하고 그녀는 주왕의 무릎에 엎드려 서럽게 울어대며 눈물을 비 오듯이 흘렸다. 마치 비에 젖은 배꽃인 듯 봄날 울어대는 예쁜 새인 듯한 그 모습을 보고 주왕은 더욱 마음이 흔들렸다. 그는 달기를 부축해 일으키며 말했다.

"황후, 그대의 부친이 짐을 배반했다 한들 깊은 궁중에 있는 그대가 그 사실을 어찌 알았겠으며 또 무슨 죄가 있겠소? 일어서시고 너무 슬퍼하지 마시오. 이러다 고운 얼굴이 상하겠소이다. 설사 강산을 모두 잃는다 할지라도 그대와는 아무 상관이 없으니 부디 몸을 생각하시구려."

이에 달기는 성은에 감사했다.

이튿날 아홉 칸 대전으로 나간 주왕은 문무백관들을 모아놓고 말했다.

"소호가 짐에게 반역을 저지르고 주나라에 귀순했으니 참으로 가증스럽도다! 누가 짐을 위해 주나라를 정벌하여 소호와 역적들을 잡아 와 짐이 친히 그 죄를 다스리게 해줄 수 있겠소?"

그러자 반열 가운데 상대부 이정李定이 앞으로 나와서 아뢰었다.

"강상은 지략이 풍부하고 인재를 적절히 쓸 줄 알기 때문에 정벌에 나선 이들이 계속 패배하고 투항하여 천자의 군대를 욕보이고 있으니 참으로 법도에 어긋나는 일이 아닐 수 없사옵니다. 그러니 적절한 인재를 골라 그 죄를 다스리지 않는다면 천하 제후들이 모두 그것을 보고 따라하려 할 것이옵니다. 그렇게 되면 훗날 어떻게 그들을 징치할 수 있겠사옵니까! 이에 저는 대원수 장산張山을 추천하고자 하옵니다. 그는 오랫동안 군대를 지휘한 경험이 있고 신중하게 처신하며 계책을 잘 세우기 때문에 이 일에 아주 적합한 인물이니 폐하의 어명을 욕되게 하지 않을 것이옵니다."

그 말을 들은 주왕은 무척 기뻐하며 즉시 어명을 내려 삼산관으로 전령을 파견했다. 전령은 곧 조가를 떠나 무사히 길을 가서 마침내 삼산관에 도착하여 역관에서 하룻밤 쉬었다. 이튿날 그는 사령관 장산에게 사람을 보내 전보錢保와 이금李錦 등으로 하여금 함께 역관으로 와서 어명을 받으라고 전했다. 그들은 곧 전령을 삼산관의 청사로 안내한 후 향을 사르고 탁자를 마련하여 무릎을 꿇은 채 대기했다. 이에 전령이 어명이 적힌 조서를 펼쳐서 낭독했다.

정벌은 비록 천자에게 달린 것이지만 성공 여부는 밖에서 지휘하는 사령관에게 달려 있노라. 희발이 방자하게 흉포한 짓을 자행하지만 그 거대한 악을 몰아내기 힘들어서 누차 정벌을 나가 패전했으니 참으로 통탄할 일이 아닌가! 짐이 몸소 정벌에 나가고자 했으나 문무백관들이 간곡히 만류하였노라. 평소 재능과 명망이 있는 그대 장산을 상대부 이정 등이 추천한바 그대에게 정벌의 권한을 하사하노니 성심을 다해 웅대한 계책을 세워 임무를 완수함으로써 짐의 기대를 저버리지 않도록 하라. 개선하는 날에는 반드시 봉토를 아끼지 않고 하사하고 작위를 내릴 것을 약속하노라.

이대로 시행하라!

어명을 들은 장산 등은 성은에 감사하며 조가를 향해 절을 올린 다음 전령을 극진히 대접하여 조가로 돌려보냈다. 그리고 얼마 후 임무를 교대하기 위해 홍금洪錦이 도착하자 인수인계를 끝내고 십만 명의 병력을 출발시켰다. 장산은 좌우 선봉장으로 전보와 이금을 내세우고 부장으로 마덕馬德과 상원桑元을 임명했다. 병사들의 함성과 말의 울음소리 속에서 행군을 하는데 때는 마침 초여름이어서 바람도 온화하고 햇볕도 따스했으며 이따금 소나기가 쏟아져 정말 멋진 풍경이었다.

짙푸른 녹음 무성한데
산들바람 속에서 제비는 새끼를 데리고 다니고

늪의 수면에서 새로 난 연꽃 뒤집어질 때

높다란 대나무 점차 굵어진다.

향긋한 풀은 푸른 하늘까지 이어지고

산꽃은 온 대지에 펼쳐졌는데

계곡가에는 창포가 칼처럼 꽂혀 있고

불꽃같은 석류꽃 장엄한 그림처럼 피어 있다.°

언제나 천자의 명령 완수하여

종일토록 취해서 윷놀이° 즐길까!

冉冉綠陰密　風輕燕引雛

新荷翻沼面　修竹漸扶蘇

芳草連天碧　山花遍地鋪

溪邊蒲插劍　榴火壯行圖

何時了王事　鎮日醉呼盧

장산의 병력은 새벽에 길을 떠나 저녁이면 야영하면서 허기와 갈증에 시달리며 열심히 말을 달렸다. 그렇게 여러 날이 지나서 마침내 서기성의 북쪽 성문 앞에 도착했다. 수하들의 보고를 받은 장산은 영채를 차리고 포성을 울려 전군이 우렁차게 함성을 내지르게 한 다음 중군 막사로 들어갔다. 잠시 후 전보와 이금이 들어와서 인사하고 나서 전보가 말했다.

"백 리를 행군해 왔으니 전투를 하지 않아도 당연히 피곤할 것이옵니다. 사령관님, 군령을 내려주시옵소서!"

"옳은 말씀이오, 강상은 지모가 깊으니 적을 경시하면 안 될 것이오. 게다가 우리 병사들은 먼 길을 왔으니 속전속결해야 유리할 것이니 일단 병사들을 잠시 쉬게 하고 내일 내가 군령을 내리겠소!"

"예! 알겠습니다!"

한편 강상은 매일 제자들과 함께 장수에 임명될 날을 논의하고 있었다. 그는 황비호로 하여금 다른 색이 섞이지 않은 순수한 붉은색으로 깃발을 만들도록 지시했다. 그러자 황비호가 말했다.

"깃발은 전군의 눈과 같사옵니다. 그러니 다섯 가지 색깔로 만들어 다섯 방위에 맞춰놓으면 병사들이 전후좌우로 진격하고 퇴각하는 법을 알게 되어 대오가 흐트러지지 않을 것이옵니다. 허나 붉은색 하나만 만들면 병사들이 방향을 모르게 되는데 어찌 진퇴를 법도에 맞게 할 수 있겠사옵니까? 오히려 불편을 초래하지 않겠사옵니까? 혹시 현묘한 뜻을 가지고 그렇게 분부하신 것이라면 자세히 설명해주시옵소서."

"허허! 장군께서는 그 의미를 모르실 게요. 붉은색은 불을 가리키지요. 지금 주군께서 계시는 서쪽은 바로 금金에 속하니 불을 빌려 단련해야만 차가운 쇠를 쓸모 있게 만들 수 있지 않겠소이까? 그러니 이것은 바로 주나라를 부흥시키려는 상징인 것이외다. 하지만 깃발 위에 별도로 푸른색과 노란색, 붉은색, 흰색, 검은색 띠를 둘러 병사들이 알아볼 수 있게 하면 자연히 혼란이 생기지 않을 것이외다. 또 적군이 언뜻 보면 영문을 몰라 당황할 테니 자연히 패배하지 않겠소이까? 병법에 '의심을 품으면 분란이 일어난다[疑則生亂]'라고 한 것도 바로 그런 까닭일 테지요. 그러니 깃발을 그렇게 만들지 못할 이유가 어디 있겠소이까?"

황비호는 허리를 숙여 예를 표하며 감탄했다.

"과연 신통하기 그지없는 묘책이옵니다!"

강상은 또 신갑으로 하여금 병기를 제작하라고 분부했다. 얼마 후 천하의 제후 팔백 명이 또 서기에 상소를 올려 무왕에게 주왕을 정벌하자고 요청하면서 맹진에서 회합을 갖자고 했다. 이를 보고 강상이 장수들과 상의했다.

"전하께서 감행하지 않으실까 걱정스럽구려."

그렇게 모두들 주저하고 있을 때 정찰병이 들어와서 보고했다.

"상나라 병력이 북쪽 성문 앞에 영채를 차렸는데 사령관은 바로 삼산관의 장산이옵니다."

그러자 강상이 다급히 등구공에게 물었다.

"장산의 용병술은 어떠합니까?"

"그 사람은 원래 저와 교대하여 삼산관의 수비를 맡은 장수이온데 기껏해야 용맹한 장수 가운데 하나라는 평을 받는 정도이옵니다."

그렇게 이야기하고 있는데 또 보고가 올라왔다.

"어떤 장수가 나와서 싸움을 걸고 있사옵니다."

이에 강상이 주위를 돌아보며 물었다.

"누가 다녀오시겠소?"

그러자 등구공이 허리를 숙이고 대답했다.

"제가 다녀오겠사옵니다."

강상의 허락을 받은 등구공이 성 밖으로 나가자 저쪽의 장수가 마치 화차火車처럼 달려 대열 앞으로 나섰는데 얼른 보기에도 무척 용맹해 보였다.

머리에 쓴 황금 모자에는 양쪽으로 봉황의 날개 장식했고
황금 갑옷은 용의 비늘처럼 엮어 만들었다.
붉은 전포 위에는 꽃무늬 수놓았고
야수의 모습 새긴 허리띠에 괴수의 머리 기이하다.
허리 아래에는 언제나 석 자의 봉鋒을 걸고 있고
돌격할 때 휘두르는 은추는 사나운 맹금 같지.
산을 뚫고 동굴을 뛰어넘는 자줏빛 화류마 타고
적장 베는 강철 칼에는 살기가 피어난다.
오로지 한마음으로 주왕의 근심 나눠 가지려 하나니
그 이름 만고에 전해져 역사에 기록되었지.

頂上金冠分鳳翅　黃金鎧掛龍鱗砌
大紅袍上繡團花　絲蠻寶帶吞頭異
腰下常懸三尺鋒　打陣銀錘如猛鷙
攛山跳洞紫驊　　斬將鋼刀生殺氣
一心分免紂王憂　萬古流傳在史記

등구공이 말을 몰고 앞으로 나가 살펴보니 그는 바로 전보였다. 이에 등구공이 고함을 질렀다.

"전 장군, 잠시 돌아가셔서 장산에게 나와보라고 해주시오. 내 그 사람과 할 이야기가 있소이다!"

그러자 전보가 등구공에게 손가락질하며 꾸짖었다.

"이 역적 놈! 폐하께서 언제 네놈을 저버리는 행위를 하셨더냐? 네놈을 대장으로 삼고 막중한 은총을 내리셨거늘 은혜에 보답할 생각은 하지 않고 하루아침에 역적에게 투항하다니 정말 개돼지보다 못한 놈이로구나! 그러고도 무슨 염치로 천지간에 서 있는 것이냐!"

그 욕설에 등구공은 얼굴이 시뻘겋게 달아올라 맞받았다.

"이놈 전보야! 네까짓 게 무슨 재간이 있다고 감히 그런 큰소리를 쳐대느냐? 네가 문 태사보다 낫다고 생각하느냐? 그 사람도 겨우 그 정도밖에 되지 않았다! 당장 내 칼을 받아라, 괜히 병사들을 고생시키지 말고!"

그러면서 등구공이 즉시 말을 몰아 달려들어 천보를 향해 칼을 내리치자 전보도 들고 있던 칼로 맞받아쳤다. 이렇게 둘은 서로를 노려보고 빙빙 돌며 격렬한 전투를 벌였다.

두 장수 안장에 앉으니
전쟁의 구름 하늘을 찌르는구나.
통 안의 화살 급히 뽑고
자금 표창 서둘러 날린다.
이쪽은 사직 안정시키려 마음먹었고
저쪽은 천자의 왕조 바로잡으려 하지.
이쪽은 천 년의 역사에 이름 드리우고
저쪽은 만고의 세월에 명성 날리지.
참으로 한 쌍의 산예가 싸우는 듯
강물 뒤집는 두 마리 교룡에 못지않구나!

二將坐鞍鞽　征雲透九霄

急取壺中箭　忙拔紫金鏢

這一個興心安社稷　那一個用意正天朝

這一個千載垂青史　那一個萬載把名標

眞如一對狻猊鬥　不亞翻江兩怪蛟

등구공과 전보가 서른 판쯤 맞붙자 애초에 상대가 되지 않았던 전보는 곧 등구공의 칼에 맞아 낙마하고 말았다. 이에 등구공이 그의 수급을 베어 들고 성으로 들어가 강상을 찾아가니 강상이 무척 기뻐하며 잔치를 베풀어 축하해주었다.

한편 패잔병으로부터 그 소식을 전해 들은 장산은 벼락같이 화를 내며 이튿날 직접 병력을 이끌고 성 아래로 가서 등구공에게 나오라고 요구했다. 정찰병의 보고를 받은 등구공은 벌떡 일어나 나갔고 그의 딸 등선옥도 아버지를 따라 뒤를 지원하겠다고 자청했다. 강상의 허락을 받은 두 부녀가 성 밖으로 나가자 장산이 등구공을 향해 욕을 퍼부었다.

“이 역적 놈! 나라가 너에게 무슨 해를 끼쳤기에 배은망덕하게 하루아침에 적국을 섬기느냐? 너 같은 놈은 죽어도 그 죄를 모두 씻지 못할 것이다! 그런데 아직도 무기를 버리고 포박을 받지 않고 오히려 감히 힘을 믿고 조정의 관리를 죽이다니 내 오늘은 반드시 네놈을 사로잡아 조가로 압송하여 국법에 따라 다스리고 말리라!”

“너는 대장의 신분으로 위로 하늘의 때를 모르고 아래로 인간 세상의 사리를 모른 채 헛된 삶을 살고 있으니 그 몸뚱이에 걸친 옷이 아까운 사람의 탈을 쓴 짐승이로구나! 지금 주왕은 음란무도하고 잔혹하여 어진 정치를 하지 못하니 천하의 제후들이 모두 그에게 등을 돌리고 주나라에 귀의했다. 그러니 하늘의 마음이 어디에 있는지 알 수 있지 않느냐? 그런데도 너는 아직 억지로 하늘을 거스르고 스스로 모욕을 자초하고 있으니 문 태사 등과 마찬가지로 부질없이 목숨만 버릴 뿐이다. 이제 내 말대로 당장 말에서 내려 주나라에 귀순하여 함께 저 독불장군 주왕을 정벌하도록 하자. 이는 재난에 빠진 백성을 구제하는 것으로 위로는 하늘의 뜻을 따르고 아래로는 백성의 바람을 들어주는 일이니 당연히 제후의 지위에 봉해지는 영광이 따를 것이다. 괜한 고집을 부리다가는 나중에 후회해도 늦을 게야!"

"뭐라고! 하찮은 놈이 입만 살았구나! 감히 그런 황당무계한 말로 혹세무민하니 시체를 가루로 만들어도 그 죗값을 치르기에 부족하겠구나!"

그러면서 장산이 달려들어 창을 내지르자 등구공도 칼을 들어 맞서며 한바탕 격전이 벌어졌다.

하늘 떠받치는 손 가볍게 드니
생사는 윤회에 달렸구나.
오가는 것은 정해진 것이 아니요
서로 꾸짖는 소리 봄날 우레 같구나.
한쪽은 상대의 머리 통째로 삼키지 못해 안달하고
다른 한쪽은 상대의 턱과 볼 단칼에 베지 못해 안달했지.

장산과 이금, 서기를 정벌하다.

둘의 격전에 천지가 어둑해지고 삼재가 사라질 지경이니
그때가 되어서야 둘은 떨어지겠지.

輕擧擎天手　生死在輪回
往來無定論　叱咤似春雷
一個恨不得平呑你腦袋　一個恨不得活砍你頤腮
只殺得一個天昏地暗沒三才　那時節方纔兩下分開

이렇게 등구공과 장산이 서른 판이 넘도록 맞붙었으나 승부가 나지 않았다. 그러자 뒤쪽에 있던 등선옥이 부친의 칼질이 점점 어지러워지는 것을 보고 재빨리 말을 몰고 달려가 장산의 얼굴을 향해 오광석을 날렸다. 그 바람에 부상을 당하고 간신히 낙마를 면한 장산은 황급히 자기 진영으로 달아나버렸고 등구공 부녀는 승전고를 울리며 돌아가서 강상에게 전과를 보고했다.

장산은 패전하고 얼굴에 부상까지 당하자 너무 화가 치밀어 이를 갈았다. 그때 수문장의 보고가 올라왔다.

"영채 밖에 웬 도사가 찾아왔사옵니다."

"안으로 모셔라!"

잠시 후 머리에 두 개의 상투를 틀어 올리고 등에 보검을 멘 도사가 표연히 중군 막사로 들어와 머리를 조아려 인사했다. 장산도 허리를 숙여 답례하고 자리를 권하자 도사가 장산의 얼굴에 난 상처를 발견하고 물었다.

"장군, 그것은 무슨 상처입니까?"

"어제 전투를 하다가 어느 여자 장수에게 암습당했습니다."

도사가 얼른 약을 꺼내 몇 번 발라주자 상처가 금방 나았다.

"도사님, 어디서 오셨습니까?"

"나는 봉래도의 우익선羽翼仙인데 장군을 도와드리려고 왔소이다."

"정말 감사합니다."

이튿날 우익선은 서기성 아래로 가서 강상에게 나오라고 요구했다. 그러자 보고를 받은 강상이 말했다.

"원래 서른여섯 방향에서 공격받게 되어 있는데 이번이 서른두 번째로구나. 아직 네 곳에서 오지 않았으니 내가 나가볼 수밖에! 여봐라, 다섯 방위에 맞춰 대오를 정렬하라!"

잠시 후 포성과 함께 성문이 활짝 열리더니 수많은 인마가 우르르 몰려나왔는데 모두들 붉은 옷을 입은 사나운 맹수 같은 장수들이었다. 또 빽빽하게 늘어선 이들은 모두 용감하게 선봉에 나선 날랜 기마병들이었다. 나타와 황천화, 금타와 목타, 위호와 뇌진자, 양전과 여러 제자들이 좌우에 줄을 맞춰 호위하고 중군에서는 무성왕이 뒤를 받쳐주었다. 강상이 사불상을 타고 앞으로 나가 살펴보니 상대편에 괴상하게 생긴 도사가 하나 있었다. 그 도사는 입은 뾰족하고 볼은 쏙 들어갔는데 머리에는 두 개의 상투를 틀어 올린 채 느릿하게 다가왔다.

머리에는 상투 두 개
가벼운 몸집
검은 도포에 삼실로 엮은 신 신고

생김새도 이상하기 그지없다.

입은 송골매 같고

눈은 흉흉하게 빛나는데

등에는 호리병 짊어지고

몸에 단검을 숨기고 있다.

봉래도의 괴물

무한한 도를 얻어

만 리를 날아오르고

이따금 푸른 물결 위에서 쉬나니

이름은 금시요

호는 날짐승의 왕이로다.

頭挽雙髻　體貌輕揚

皂袍麻履　形異非常

嘴如鷹鷲　眼露兇光

葫蘆背上　劍佩身藏

蓬萊怪物　得道無疆

飛騰萬里　時歇滄浪

名爲金翅　綽號禽王

강상이 두 손을 맞잡고 인사했다.

"도우, 안녕하시오?"

"안녕하시오?"

"존함이 어찌 되시오? 무슨 분부하실 일이 있어서 저를 보자고 하셨소이까?"

"나는 봉래도의 우익선이오. 강상, 하나 물어봅시다. 그대가 설사 곤륜산 원시천존의 제자라 할지라도 대체 무슨 재간이 있기에 남들 앞에서 내 깃털을 뽑고 힘줄과 근육을 뽑아버리겠다고 욕을 한 것이오? 나는 그대와 아무 상관도 없는 사람인데 어째서 이렇게 사람을 무시하느냐 이 말이오!"

강상이 허리를 숙여 예를 표하며 말했다.

"도우, 아마 잘못 알고 계시는 것 같소이다. 우리는 여태 만나본 적도 없는 사이인데 제가 그대에 대해 어떻게 잘 알 수 있겠소이까? 아마 누군가 허황된 말로 부추기면서 제가 도우에게 실례되는 일을 저질렀다고 한 모양이구려. 저는 그대와 전혀 교류도 없었거늘 어떻게 그런 말을 할 수 있었겠소이까? 부디 잘 생각해보시구려."

우익선도 강상의 말에 일리가 있다고 생각했다.

'아주 이치에 맞는 말이로군.'

이에 그가 말했다.

"일리 있는 말씀이지만 괜히 그런 말이 나왔을 리는 없지 않소? 어쨌든 이후로는 만사를 조심해서 다시는 그런 경거망동을 하지 말기 바라오. 그렇지 않으면 나도 절대 가만있지 않겠소이다. 돌아가시오!"

강상이 막 고삐를 돌리려 하는데 나타가 버럭 소리쳤다.

"버릇없는 도사 같으니! 어찌 감히 이리 방자하게 우리 사숙을 무시하는 것이냐!"

그러면서 그가 풍화륜을 몰고 달려가 화첨창을 내지르자 우익선이 코웃음을 치며 말했다.

"알고 보니 이런 흉악한 놈들을 믿고 감히 남을 무시한 게로군!"

그러면서 그도 잰걸음으로 달려 나와 칼을 휘두르며 맞섰다. 그 모습을 본 황천화가 황급히 옥기린을 몰고 나와 두 개의 추를 휘둘러 우익선을 협공했고 뇌진자도 풍뢰시를 펼치고 공중으로 날아올라 황금 몽둥이를 내리치며 거들었다. 게다가 토행손까지 빈철로 만든 몽둥이를 끌고 달려 나가 거들자 양전도 말을 몰고 나와 삼첨도를 휘두르며 우익선을 단단히 포위했다. 위에서는 뇌진자가, 중간에서는 나타와 양전과 황천화가, 아래에서는 토행손이 협공하는 모양새가 되었으니 해볼 만하다고 생각한 나타는 곧 건곤권을 꺼내 던져 그대로 우익선의 어깨를 때렸고 우익선이 눈살을 찌푸리며 막 도주하려는 순간 황천화가 날린 찬심정이 그의 오른팔을 관통했다. 또 토행손이 재빨리 그의 다리를 몇 번 갈겨버리자 양전이 풀어놓은 효천견이 우익선의 목덜미를 덥석 물었다. 이처럼 우익선은 네 번이나 곤욕을 치르고 나서 비명을 지르며 흙의 장막을 이용해 달아나버렸고 승리를 거둔 강상은 제자들을 거느리고 성으로 돌아왔다.

한편 장산은 곤욕을 치르고 패주하여 영채로 돌아온 우익선을 맞이했다.

"도사님, 오늘은 저들의 간악한 계략에 걸려 오히려 부상을 당하셨군요."

"괜찮소이다, 미처 대비하지 못해서 조금 당했을 뿐이외다."

우익선은 곧 꽃바구니에서 단약을 몇 알 꺼내 물과 함께 먹고 즉시 상처가 완치되었다. 그가 장산에게 말했다.

"나는 자비를 생각해서 생명을 해치지 않으려 했는데 저들이 오히려 오늘 내게 상처를 입혔으니 이것은 스스로 죽음을 자초한 짓이지요. 그나저나 혹시 술이 있소? 둘이 함께 거하게 마셔봅시다. 밤이 깊어지면 내가 저 서기성을 물바다로 만들어버리고 말겠소!"

장산은 무척 기뻐하며 서둘러 술상을 준비하게 했다.

한편 강상이 여러 제자와 장수들과 함께 논의하고 있는데 갑자기 한 줄기 바람이 쓸고 지나가더니 처마의 기와가 몇 장 떨어졌다. 그는 급히 향을 피우고 제사상을 마련하여 동전을 꺼내 점을 쳐보고는 혼이 달아날 듯 놀랐다. 이에 서둘러 목욕하고 나서 옷을 갈아입고 곤륜산을 향해 절을 올린 다음 머리카락을 풀어 헤치고 칼을 짚은 채 북해의 물을 옮겨 와서 서기성을 덮어 보호하게 했다. 곤륜산 옥허궁의 원시천존도 이미 그 내막을 알고 유리병 속의 삼광신수三光神水를 북해에 뿌리고 네 명의 게체신揭諦神°에게 분부했다.

"서기성을 단단히 보호해서 동요가 생기지 않도록 해라!"

그야말로 이런 격이었다.

군주가 복덕을 쌓아 천하를 안정시키니
원시천존이 먼저 게체신을 파견했도다!

人君福德安天下　元始先差偈諦神

한편 우익선은 술을 마시다가 일경 무렵이 되자 장산에게 술상을 치우게 하고 원문 밖으로 나가 본색을 드러냈는데 그것은 바로 대붕금시조大鵬金翅雕로 그가 두 날개를 활짝 펼쳐 공중으로 날아오르자 하늘마저 반쪽이 깜깜하게 가려져버렸다. 그 엄청난 모습을 묘사한 시가 있다.

두 날개로 하늘 가리니 구름과 안개 일어나고
공중에 울리는 소리 마치 봄날 우레 같구나.
날개 휘저어 사해가 모두 바닥이 보이게 하고
용왕의 바닷속 물고기 모조리 먹어치우기도 했지.
다만 화가 치밀어 서기를 곤란하게 했지만
그래도 현명한 군주는 복덕이 두루 갖춰졌지.
우익선의 수행 깊어 올바른 길로 귀의하니
지금까지 만 년 동안 이름 날리게 되었지.

二翅遮天雲霧起　空中響亮似春雷
曾扇四海具見底　吃盡龍王海內魚
只因怒發西岐難　還是明君福德齊
羽翼根深歸正道　至今萬載把名題

대붕금시조가 공중을 날면서 아래를 내려다보니 서기성이 북해의 물에 덮여 있었다. 그 모습을 본 우익선은 자기도 모르게 코웃음을 쳤다.

"강상도 진부한 속물이로구나. 내가 얼마나 무서운 줄 모르는 모양이로군! 조금만 힘쓰면 날갯짓으로 사해 바닷물도 순식간에 말라버리게 할 수 있거늘 이까짓 북해의 물쯤이야 대수일까!"

그러면서 그는 양 날개를 펼치고 칠팔십 번쯤 세차게 퍼덕였다. 하지만 그 물에 삼광신수가 뿌려져 있는 줄 몰랐으니 날개를 퍼덕일수록 물은 오히려 불어날 뿐 전혀 줄어들지 않았다. 우익선은 일경 무렵부터 날이 밝아올 때인 오경까지 계속 날개를 퍼덕였으나 그 물은 점점 불어나 대붕금시조의 발을 잠기게 할 정도였다. 이렇게 밤새 기력을 다 소모하고도 전혀 효과가 없자 그는 깜짝 놀랐다.

'더 머뭇거리다가 날이 밝으면 모양새가 좋지 않겠구나!'

그는 너무나 부끄러워서 영채로 돌아가 장산을 보기도 곤란했다. 이에 홧김에 공중으로 날아올라 어느 산속의 동굴에 이르렀는데 그곳은 대단히 맑고 빼어난 곳이었다.°

높은 봉우리 둘러싸고 있고
괴이한 바위 까마득히 치솟았다.
기화요초 향기 그윽하고
붉은 살구 푸른 복숭아 아름답기도 하구나.
벼랑 앞의 고목
허옇게 바랜 껍질에 감싸인 줄기 마흔 아름이나 되고
대문 밖의 푸른 소나무
짙푸른 잎 무성한 가지 삼천 자 높이 하늘까지 닿겠구나.
쌍쌍이 노니는 들판의 학은
언제나 동굴 어귀로 찾아와 맑은 바람에 춤추고

짝을 이룬 산속의 새는

늘 나뭇가지에 앉아 낮에도 울어대지.

빽빽한 등나무 덩굴 밧줄처럼 걸렸고

가늘고 긴 버들가지 금실 드리운 듯하구나.

네모난 못에 고인 물

산에 기댄 깊은 동굴

네모난 못에 물이 고여

천 년 동안 변하지 못한 교룡이 숨어 있고

산에 기대어 깊은 동굴에는

만 년 동안 득도한 신선이 살고 있지.

과연 하늘나라 신선의 저택에 못지않으니

정말 신선이 드나드는 문이로구나!

高峰掩映　怪石嵯峨

奇花瑤草馨香　紅杏碧桃艶麗

崖前古樹　霜皮溜雨四十圍

門外蒼松　黛色參天三千尺

雙雙野鶴　常來洞口舞清風

對對山禽　每向枝頭啼白晝

簇簇黃藤如掛索　行行煙柳似垂金

方塘積水　深穴依山

方塘積水　隱千年未變的蛟龍

深穴依山　生萬載得道之仙子

果然不亞玄都府　眞是神仙出入門

어쨌든 대붕금시조가 동굴 앞으로 날아가니 그 옆에 묵묵히 앉아 있는 도사가 보였다.

'이 도사를 잡아먹고 허기를 채운 다음 다시 방법을 찾아보자.'

대붕금시조가 막 덮치려는 순간 도사가 손가락을 들어 가리키니 대붕금시조는 그대로 땅바닥에 털썩 떨어져버렸다. 그러자 도사가 눈을 비비며 말했다.

"정말 무례하구나! 어째서 나를 해치려 하느냐?"

"솔직히 말씀드리자면 제가 주나라를 정벌하러 가는 길인데 배가 고파서 그대를 잡아먹고 요기를 하려고 했소이다. 그런데 뜻밖에 도우의 술법이 너무 뛰어나군요. 잘못했소이다!"

"배가 고프다고 말했으면 내가 당연히 방법을 알려주었을 텐데 어째서 다짜고짜 나를 해치려 했느냐? 정말 무례하기 짝이 없구나. 그건 그렇다 치고, 여기서 이백 리 떨어진 곳에 자운애紫雲崖라는 산이 있는데 삼산오악과 사해의 도사들이 모두 향을 피우고 제사를 지내러 가는 곳이다. 늦기 전에 얼른 가보도록 해라."

"감사합니다."

우익선은 두 날개를 펼치고 날아올라 순식간에 그곳에 도착해 신선의 모습을 드러냈다. 잠시 후 삼산오악과 사해에서 모인 각양각색의 도사들이 서너 명씩 예닐곱 명씩 무리를 이루어 제사를 지내러 가는 모습이 보였다. 그때 도동 하나가 먹을 것을 받쳐 들고 와서 도사들에게 나눠주자 우익선이 그에게 말을 걸었다.

"여보게, 안녕하신가? 나도 제사를 지내러 온 사람일세."

"이런! 조금만 일찍 오시지 그러셨어요? 금방 음식이 다 떨어져버렸네요."

"하필 내가 오자마자 떨어졌다는 것인가?"

"일찍 오셨으면 있었겠지만 늦게 오셨으니 다른 도사님들께 벌써 다 나눠드리고 난 뒤가 아닌가요? 그러니 음식이 남아 있을 수 없지요. 내일은 꼭 드릴게요."

"아니, 사람을 골라가면서 보시하는가? 나는 꼭 먹어야겠네!"

둘이 이렇게 옥신각신 말다툼을 하자 노란 도포를 입은 도사가 다가와서 도동에게 물었다.

"왜 이리 말다툼을 하고 있느냐?"

"이 도사님이 늦게 오셨는데 꼭 음식을 잡숴야겠다고 고집을 피우시잖아요. 그런데 남은 음식이 없는 걸 어쩝니까? 그래서 이렇게 입씨름을 하는 중이옵니다."

"간식거리라도 없느냐?"

"그거야 있지만 밥상을 차릴 것은 없사옵니다."

그러자 우익선이 말했다.

"간식거리도 괜찮으니 어서 좀 가져다주게!"

도동이 황급히 달려가 간식을 가져와서 건네주자 우익선이 연달아 예닐곱 개를 먹었다. 그러자 도동이 말했다.

"먹을 만한가요?"

"더 있으면 몇 개만 더 주게."

도동이 다시 수십 개를 가져다주자 우익선은 모두 백여덟 개를 먹었으니 그야말로 이런 격이었다.

오묘한 불법 무한한 비결 담고 있나니
이번에는 대붕금시조를 붙잡겠구나!

妙法無邊藏秘訣　今番捉住大鵬雕

우익선은 배불리 먹고 나서 감사 인사를 하고 다시 본색을 드러내어 서기성을 향해 날아갔다. 그러다가 예의 그 동굴을 지나게 되었는데 여전히 그 자리에 앉아 있던 도사가 우익선을 향해 손가락으로 가리키자 대붕금시조는 그대로 떨어져 땅바닥을 뒹굴었다.

"아이고, 배야! 창자가 끊어지겠네! 아이고, 나 죽네!"

자, 이제 그의 목숨이 어찌 되는지는 다음 회를 보시라.

제63회

신공표, 은교를 설득하여 꾀다
申公豹說反殷郊

신공표의 심보 지극히 불량하여

주왕의 두 아들 전장에서 목숨 잃게 만들었구나.

처음에는 은홍이 사부 말씀 거역하게 만들더니

오늘은 또 태세를 죽게 만들었구나.

매끈한 혀로 잘못 저지르게 하기 일쑤요

교묘한 말로 재앙 초래하면서 왜 그리 바쁜지!

하늘의 뜻이 응당 이래야 한다지만

무엇하러 굳이 구차하게 말을 늘어놓는지!

公豹存心至不良　紂王兩子喪沙場

當初致使殷洪反　今日仍教太歲亡

長舌惹非成個事　巧言招禍作何忙

雖然天意應如此　何必區區話短長

그러니까 우익선은 땅바닥을 마구 구르며 비명을 질러댔다.

"아이고, 나 죽네!"

그러자 도사가 일어나서 천천히 그에게 다가가 물었다.

"조금 전에 밥을 먹으러 가더니 어쩌다가 이렇게 되었는가?"

"간식을 조금 먹었을 뿐인데 배탈이 났습니다."

"소화가 안 되면 토해버리면 되지 않는가?"

그 말에 우익선이 정말 토하기 시작했는데 뜻밖에도 굵기가 달걀만 하고 새하얗게 빛나는 것이 끊이지 않고 계속 나와서 마치 은으로 만든 밧줄 같았다. 그리고 그것은 그대로 우익선의 심장과 간을 옭죄어버렸다. 그는 이상하다는 생각에 잡아당겨 빼내려 해봤지만 오히려 가슴의 통증만 더해질 뿐이었다. 이에 너무나 놀라서 뭔가 안 좋은 일이 일어날 것 같은 예감에 돌아서서 떠나려 하는데 그때 도사가 얼굴을 한 번 쓰다듬더니 버럭 호통쳤다.

"이 못된 놈! 나를 알아보겠느냐?"

그는 바로 영취산 원각동의 연등도인이었다. 연등도인은 우익선을 꾸짖었다.

"못된 놈! 강상이 옥허궁의 명령을 받들어 성스러운 군주를 도와 분란을 종식시킴으로써 재난에 빠진 백성을 구제하고 죄악을 저지른 주왕을 정벌하려고 하는데 네놈이 오히려 독한 마음을 품고 심지어 나까지 잡아먹으려고 했단 말이냐? 감히 악의 무리를 도와 포학한 짓을 자행하다니! 황건역사, 이 못된 놈을 커다란 소나무에 매달아놓아라! 강상이 주왕을 정벌하고 난 뒤에 풀어줘도 늦지 않을 게다!"

그러자 대붕이 다급히 애원했다.

"사부님, 자비를 베푸셔서 이 제자를 용서해주시옵소서! 제가 잠시 우매하여 남의 꾐에 넘어갔사온데 이제 잘못을 알았으니 다시는 서기성 쪽으로 눈길을 돌리지 않겠사옵니다!"

"너는 천황의 시대에 득도했으면서도 어찌 천운을 모르고 진위를 구분하지 못하여 남의 꾐에 넘어갔느냐? 도저히 용서할 수 없다!"

대붕이 재삼 애원했다.

"제가 천 년 동안 수련한 점을 생각하시어 부디 불쌍히 여겨주시옵소서!"

"기왕 개과천선할 것이라면 나를 스승으로 모셔라. 그러면 용서해주겠다."

대붕은 얼른 지극히 공손한 어조로 말했다.

"사부님으로 모시고 잘 수련하여 정과를 이루고 싶사옵니다."

"그렇다면 용서해주마."

연등도인이 손가락으로 가리키자 대붕의 배 속에 들어 있던 백여덟 개의 염주가 원래 모양으로 토해졌다. 이리하여 대붕금시조는 연등도인을 따라 영취산으로 가서 수행하게 되었던 것이다.

한편 여기서 이야기는 둘로 나뉜다.

그 무렵 구선산 도원동의 광성자는 살계를 범하고 나서 그저 동부 안에 고요히 앉아 자연의 조화로운 기운을 받으며 몸조리하면서 바깥일에는 신경을 쓰지 않고 있었다. 그런데 갑자기 백학동자가 옥허궁의 원시천존이 내린 문서를 받들고 찾아왔다.

"강상 사숙이 조만간 금대에서 장수에 봉해질 것이니 모든 제자들은 서기산으로 가서 동쪽으로 정벌을 나가는 그분을 전송하라고 하셨사옵니다."

이에 광성자는 곤륜산을 향해 절을 올리고 백학동자를 돌려보냈다. 그때 갑자기 은교가 생각났다.

'이제 강상이 동쪽으로 정벌을 시작할 테니 은교를 하산시켜서 다섯 관문을 들어가는 것을 돕게 해야겠구나. 그러면 제 고향도 볼 수 있고 또 달기를 잡아 모친의 사무친 원수를 갚을 수 있겠지.'

그는 황급히 은교를 불렀다.

"은교야, 어디에 있느냐?"

은교는 사부가 부르는 소리를 듣고 건물 뒤에서 달려와 절을 올렸다.

"이제 무왕이 동쪽을 정벌하여 맹진에서 천하의 제후들과 회합하고 함께 무도한 주왕을 토벌할 것이니 마침내 네 원수를 갚을 수 있게 되었다. 너를 하산시켜 주나라의 선봉장으로서 정벌을 돕게 할 생각인데 네 생각은 어떠냐?"

"사부님, 제가 주왕의 아들이기는 하나 달기와는 철천지원수이옵니다. 부왕께서 그년의 간사한 말을 믿고 아내와 자식을 죽이려 하여 모친께서는 죄도 없이 돌아가셨으니 이 원한이 늘 제 가슴에 새겨져 한시도 잊지 못했사옵니다. 이제 사부님께서 자비를 베푸시어 저를 보내주려 하시는데 제가 하산하여 은혜를 갚지 못한다면 그야말로 이 세상을 헛되게 산 것이 아니겠사옵니까!"

"그렇다면 일단 도원동 바깥의 사자애獅子崖에 가서 무기를 찾아오너라. 하산하여 일을 하는 데 도움이 되도록 내가 몇 가지 도술을 전수해주마."

은교가 동부를 나와 사자애로 가서 살펴보니 백석교白石橋 근처에 동부가 하나 있었으니 그 모습을 묘사한「서강월」곡조의 노래가 있다.°

입구는 해와 달을 기대고 있어
산천을 한눈에 환히 비춘다.
진주 연못과 황금 우물은 따스한 안개 머금고
선망할 만한 아름다운 것이 아주 많구나.
화려한 누각 첩첩이 늘어서 있고
붉은 절벽과 푸른 논밭 모여 있구나.
봄날 버드나무와 가을 연꽃
이런 동부는 어디에서도 보기 어렵지!

門依雙輪日月　照耀一望山川
珠淵金井暖含煙　更有許多堪羡
疊疊朱樓畵閣　凝凝赤壁青田
三春柳九秋蓮　兀的洞天罕見

은교가 살펴보니 짐승 문양으로 만든 문고리가 달린 화려한 대문이 세워져 있는 것이 마치 왕공王公의 저택 같았다.

'여기는 와본 적이 없는 곳인데? 일단 다리를 건너가보면 알 수 있겠지.'

은교가 가까이 다가가자 두 짝으로 된 문이 밀지도 않았는데 저절로 열렸다. 안쪽에 돌로 만든 작은 상 위에 뜨거운 김이 모락모락 피어나는 콩이 예닐곱 개 놓여 있기에 그가 하나를 집어 먹어보니 달콤하고 향긋한 것이 속세의 콩과는 전혀 달랐다.

"아주 맛있는걸? 아예 다 먹어버리자!"

은교는 콩을 다 먹고 나서야 그곳에 온 목적이 생각났다.

'무기를 찾으러 왔는데 이렇게 한가하게 놀고 있다니!'

그가 서둘러 동부를 나와 막 다리를 건너서 되돌아보니 동부는 어느새 사라져버린 뒤였다. 그가 의아해하고 있을 때 갑자기 온몸의 뼈마디가 뒤틀리며 소리가 나더니 왼쪽 어깨 위에 손이 하나 생겨났다. 그는 깜짝 놀라서 안색이 하얗게 변했는데 그 순간 오른쪽 어깨 위에도 손이 하나 생겨났고 잠시 후 갑자기 그의 모습이 세 개의 머리와 여섯 개의 팔이 달린 모습으로 변해버렸다. 그는 너무나 놀라서 한참 동안 눈을 휘둥그레 뜨고 입을 딱 벌린 채 아무 말도 못했다.

그때 백운동자가 와서 그를 불렀다.

"사형, 사부님께서 부르십니다!"

그제야 정신을 차리고 보니 은교는 얼굴이 푸르뎅뎅하게 변하고 주사처럼 붉은 머리카락이 자랐으며 입에는 위아래로 송곳니가 삐져나오고 얼굴에는 눈이 하나 더 생겨나 있었다. 그런 몰골로 그는 휘청휘청 걸어 도원동 앞으로 갔고 그 모습을 본 광성자는 박장대소하며 말했다.

"허허, 이렇게 신기한 일이! 어질고 덕망 있는 군주가 나오니 하늘이 이렇게 기이한 사람을 만들어주는구나!"

광성자는 곧 은교를 동부 안쪽의 복숭아밭으로 데리고 가서 방천화극을 하나 건네주었다.

"먼저 하산해서 서기에 가 있어라, 나도 곧 따라가마."

그러면서 광성자가 번천인과 낙혼종落魂鐘, 자웅쌍검雌雄雙劍을 건네주니 은교는 즉시 작별 인사를 하고 하산하려 했다. 그때 광성자가 그를 불렀다.

"얘야, 잠시 기다려라. 한 가지 해줄 말이 있다. 내가 이 보물을 모두 네게 준 것은 하늘과 백성의 뜻에 따라 동쪽으로 다섯 관문을 들어가 무왕을 도와 죄 많은 주왕을 정벌하여 도탄에 빠진 백성을 구하라는 뜻이다. 중간에 마음을 바꾸거나 의혹이 생겨서 하늘의 규범을 어기기라도 한다면 그때는 후회해도 늦을 게야."

"사부님, 그것이 무슨 말씀이십니까! 주나라 무왕은 현명하고 덕망 높은 성군이시고 제 부왕은 황음무도하고 어리석기 짝이 없는 사람인데 어찌 제가 생각을 잘못 해서 사부님의 가르침에 죄를 지을 수 있겠사옵니까? 제가 만약 이전에 한 맹서를 어긴다면 마땅히 쟁기[犁]와 호미[鋤]의 재앙을 받게 될 것이옵니다!"

이에 광성자가 무척 기뻐하며 은교를 하산시켰으니 그야말로 이런 격이었다.

왕자는 진심으로 성스러운 군주를 돕고자 했으나
곁에 있는 이가 재앙 일으킬까 걱정스럽구나!

殿下實心扶聖主　只恐旁人生禍殃

어쨌든 은교는 구선산을 떠나 흙의 장막을 이용해 서기성으로 향했다. 그런데 가는 도중에 어찌 된 일인지 어느 높은 산에 내리고 말았다.°

하늘을 찌를 듯 땅을 차지하고
해가 돌아가는 곳에 구름 피어난다.
하늘 찌르는 곳에는 뾰족한 봉우리 웅장하고
땅을 차지한 곳에는 산맥이 아득히 멀리 뻗어 있다.
해가 돌아가는 곳이라
고개에는 소나무 숲 울창하고
구름 피어나니
벼랑 아래 바위가 삐죽삐죽 솟았다.
소나무 울창하여
사시사철 늘 푸르고
바위 삐죽삐죽 솟아
천년만년 변함없다.
숲 속에서는 언제나 밤중에 울어대는 원숭이 소리 들리고
계곡 안에는 항상 요사한 구렁이 지나는 모습 보인다.
산속에 새소리 짹짹거리고
달리는 짐승의 포효 으르렁거린다.
노루와 사슴
쌍쌍이 짝을 이루어 어지러이 내달리고
까마귀와 참새

빽빽이 무리 지어 진세를 이루며 날아간다.
온갖 풀과 꽃 끝없이 펼쳐지고
복숭아와 과일 계절 따라 새롭게 익는다.
너무나 험준하여 지나다니기는 어렵지만
그래도 신선이 오가는 곳이지!

沖天占地　轉日生雲
沖天處尖峰矗矗　占地處遠脈迢迢
轉日的　乃嶺頭松鬱鬱
生雲的　乃崖下石磷磷
松鬱鬱　四時八節常青
石磷磷　萬年千載不改
林中每聽夜猿啼　澗內常見妖蟒過
山禽聲咽咽　走獸吼呼呼
山獐山鹿　成雙作對紛紛走
山鴉山雀　打陣攢群密密飛
山草山花看不盡　山桃山果應時新
雖然崎嶇不堪行　却是神仙來往處

은교가 그 험준한 산봉우리를 보고 있을 때 갑자기 숲 속에서 징 소리가 울리면서 푸르뎅뎅한 얼굴에 시뻘건 머리카락, 눈이 세 개인 이가 홍사마紅砂馬°를 타고 나타났다. 그는 붉은 전포 위에 황금 갑옷을 입고 두 자루 낭아봉을 든 채 나는 듯이 말을 몰고 산 위로 올라왔는데 머리가 셋에 팔이 여섯, 눈이 세 개인 은교를 발견하고 버럭 고함을 질렀다.

"거기 머리 세 개 달린 네놈은 누구인데 감히 내 산을 염탐하는 것이냐?"

"나는 주왕의 왕자 은교이다."

그러자 그 사람이 황급히 말에서 내려 땅바닥에 엎드렸다.

"전하, 무슨 일로 이곳 백룡산白龍山에 오셨사옵니까?"

"사부님의 분부를 받들어 강상을 만나러 서기성으로 가는 길이다."

그 말이 끝나기도 전에 또 한 사람이 산 위로 달려 올라왔다. 구름 문양이 장식된 투구인 선운회扇雲盔를 쓰고 연노란색 전포를 입고 점강창點鋼槍을 든 채 백룡마白龍馬를 탄 그는 얼굴이 분을 바른 듯 새하얗고 세 갈래의 긴 수염을 기르고 있었다. 그가 고함을 질렀다.

"그자는 누구요?"

그러자 푸르뎅뎅한 얼굴의 사내가 대답했다.

"어서 인사 올리게, 왕자님일세!"

역시 세 개의 눈을 가진 그 사내도 구르듯이 안장을 내려와 땅바닥에 넙죽 엎드렸다. 그리고 둘이 동시에 말했다.

"전하, 잠시 저희 산채로 모시겠나이다."

셋은 산채로 가서 중앙의 대청으로 들어갔다. 두 사람이 은교를 대청 한가운데 팔걸이가 달린 의자에 앉히고 나서 머리를 땅에 대고 정중히 절을 올리자 은교가 황급히 그들을 부축해 일으키며 물었다.

"두 분은 성함이 어떻게 되시오?"

얼굴이 푸르뎅뎅한 사내가 대답했다.

"저는 온량溫良이라 하옵고 이 사람은 마선馬善이라 하옵니다."

"두 분의 풍모가 예사롭지 않고 영웅의 기상이 있으니 나와 함께 서기로 가서 무왕을 도와 주왕을 정벌하여 공을 세워보지 않겠소?"

"전하, 왜 거꾸로 주나라를 도와 주왕을 토벌하려고 하시옵니까?"

"상나라는 이미 운수가 다했고 주나라의 왕기는 한창 홍성하고 있네. 게다가 내 부왕은 하늘에 너무 많은 죄를 지어 지금 천하의 제후들이 모두 하늘과 백성의 뜻에 따라 도의와 덕망을 갖춘 성군을 모시고 무도하고 잔혹한 이를 몰아내려 하고 있네. 이는 당연한 이치이니 우리 상나라라고 해서 어찌 예외가 될 수 있겠는가!"

"그 말씀은 바로 천지와 부모의 마음을 나타낸 것이니 진정 대장부로서 마땅히 해야 할 바를 밝히신 것이옵니다. 전하와 같은 분은 세상에 아주 드물 것이옵니다."

이어서 온량과 마선은 술자리를 마련하여 잔치를 벌였다. 그리고 은교는 산채에 모인 일당의 차림새를 주나라 병사와 같이 바꾸도록 분부한 후 산채를 불사르고 즉시 출병했다. 이리하여 일행은 백룡산을 떠나 서기성으로 향하는 큰길에 올랐으니 그야말로 이런 상황이었다.

은교는 주나라 군주에게 귀순할 마음 있었으나
하늘이 그 소원 들어주지 않으니 어찌하랴?

殷郊有意歸周主　只怕蒼天不可從

신공표, 은교를 설득하여 꾀다.

그들이 한참 행군하고 있을 때 수하가 달려와서 보고했다.

"어떤 도사가 호랑이를 타고 와서 전하를 뵙고 싶다고 하옵니다."

"즉시 행군을 멈추고 그 도사를 이리 모셔 오너라!"

도사가 호랑이에서 내려 막사로 들어오자 은교가 황급히 다가가 허리를 숙여 절하며 말했다.

"도사님, 어디서 오셨습니까?"

"저는 곤륜산의 제자인 신공표입니다. 전하, 지금 어디로 가시는 길입니까?"

"사부님의 분부에 따라 서기의 주나라에 투신하러 가는 길입니다. 강상 사숙께서 조만간 장수에 임명될 것이니 그분을 도와 주왕을 토벌할 것입니다."

"허허! 한 가지만 여쭤보겠습니다. 전하와 주왕은 무슨 사이입니까?"

"그분은 저의 부왕이시지요."

"하필 이쪽도 마찬가지로구먼! 세상에 어느 아들이 남을 도와서 부친을 토벌할 수 있습니까? 그것은 윤리강상을 거스르는 일이 아닙니까? 전하의 부친은 조만간 세상을 뜨실 테니 왕자이신 전하께서 당연히 상나라의 대를 이어 천자의 자리에 올라 제왕의 법통을 계승하셔야지 어떻게 거꾸로 남을 도와 자신의 종묘사직을 멸하려 하십니까? 이런 일은 자고이래로 들어본 적이 없습니다. 게다가 전하께서도 나중에 저승에 가시면 무슨 면목으로 상나라의 조상을 뵙겠습니까? 보아하니 전하께서 지금 천하를 안정시킬 만한 신묘한 보물을 지니고 계시는 것 같으니 마땅히 제 말대로 자신의 천하를 지키고 무도한 무왕을 처형하는 것이 최상의 방책일 것입니다."

"옳은 말씀이기는 하나 하늘의 운수가 이미 정해져 있으니 무도한 제 부왕은 덕망을 갖춘 군주에게 지위를 양보해야 이치에 맞지 않겠습니까? 천명과 백성의 마음이 이미 상나라를 떠났고 주나라의 군주는 흥성할 운세인데 제가 어찌 감히 하늘을 거스를 수 있겠습니까! 게다가 강상은 뛰어난 장수와 재상의 자격을 갖추어 천하에 어진 덕을 베풀고 있는지라 천하의 제후들이 모두 그를 따르고 있습니다. 그리고 제 사부님께서 강상 사숙을 도와 동쪽을 정벌하라고 분부하시며 저를 하산시켰는데 제가 어찌 감히 사부님의 분부를 저버릴 수 있겠습니까? 절대 그럴 수 없습니다!"

그 말을 들은 신공표는 속으로 생각했다.

'이렇게 해서는 넘어오지 않겠구나. 좋아, 그럼 다른 방법을 써보고 어떻게 나오는지 보자!'

이에 그가 다시 말했다.

"전하, 강상이 덕망 높은 사람이라고 하셨는데 대체 무슨 근거로 그렇게 단정하십니까?"

"강상은 정직하고 공평무사하며 자신보다 지위가 낮더라도 현명한 인사에게 예의를 갖춰 대하고 어질고 인자하게 처신하는 양심적인 군자요 도덕을 갖춘 대장부라서 온 천하가 감복하여 그분을 따릅니다. 그런데 어찌 그분을 과소평가할 수 있겠습니까?"

"그것은 전하께서 잘 모르시고 하시는 말씀이십니다. 제가 알기로 덕이 있는 사람은 인륜을 멸살하거나 천성을 손상시키지 않고 무고한 이를 함부로 죽이지 않으며 자신의 공적을 내세우지 않습니다. 전하의 부왕께서 하늘에 죄를 지은 것은 사실이니 그분을 적대시할 수는 있습니다만 전하의 아우이신 은홍 왕자께서도 주나라를 돕기 위해 하산하셨는데 뜻밖에 강상이 자신의 공적을 내세우려고 은홍 왕자님을 태극도로 유인하여 재로 만들어버렸습니다. 이것이 이른바 덕이 있는 사람이 할 짓입니까? 그런데도 지금 전하께서 형제의 정도 잊고 원수를 섬기려 하시니 제가 이렇게 말리는 것입니다."

"아니, 그것이 사실입니까?"

"이것은 천하가 다 아는 일인데 설마 제가 거짓말을 하겠습니까! 솔직히 말씀드리자면 지금 장산이 서기성 앞에 주둔하고 있으니 그 사람에게 물어보십시오. 그런 일이 없었다고 한다면 그때 주나라에 귀의하셔도 늦지 않습니다. 하지만 그것이 사실이라면 마땅히 아우의 복수를 해주셔야지요. 그리고 저도 고명한 분을 초빙하여 전하를 돕도록 해드리겠습니다."

그렇게 말하고 신공표가 호랑이를 타고 떠나자 은홍은 무척 혼란스러울 수밖에 없었다. 이에 그는 일단 병력을 출발시켜 서기로 향하면서 곰곰이 생각했다.

'내 아우는 세상 누구와도 원수진 일이 없거늘 강상이 왜 그랬을까? 분명 그런 일은 없었을 거야. 만약 강상이 정말 아우에게 그런 짓을 했다면 나는 맹세코 강상과 한 하늘을 이고 살 수 없어! 기필코 아우의 복수를 위해 달리 방책을 마련하겠어!'

그들 일행은 여러 날이 걸려서 비로소 서기성 근처에 도착했다. 과연 그 근처에 상나라 깃발을 세운 한 무리 병력이 주둔하고 있었으니 은교는 온량을 보내 물어보게 했다.

“이곳 사령관이 장산이오?”

한편 우익선이 떠난 지 이틀이 지나도록 돌아오지 않자 장산은 사람을 보내서 소식을 알아보게 했으나 아무것도 알아내지 못하고 있었다. 그 때문에 가슴이 답답하던 차에 마침 수문장이 와서 보고했다.

“영채 밖에 웬 장수가 찾아와서 사령관님께서 왕자 전하를 맞이하라고 하옵니다. 어찌 된 영문인지 모르겠사오니 처분을 내려주시옵소서.”

장산도 도무지 영문을 알 수 없었다.

‘왕자 전하는 오래전에 돌아가셨는데 이건 또 누구라는 거지?’

이에 그가 수문장에게 말했다.

“그 장수를 이리 데려오너라!”

수문장을 따라 들어온 온량이 허리를 숙여 절을 올리자 장산이 물었다.

“장군, 어디서 오셨소? 여기는 무슨 일로 찾아오셨소이까?”

“은교 왕자님의 분부를 받들어 장군을 뵈러 왔습니다.”

그러자 장산이 이금에게 말했다.

“은교 왕자님은 오래전에 돌아가셨는데 어떻게 여기에 그분이 오셨다는 것이지?”

“진짜일 수도 있으니 일단 가서 만나보시지요. 그러면 진위를 알 수 있을 테니 그때 다시 방법을 생각하시는 것이 좋겠습니다.”

이에 장산은 이금을 데리고 영채를 나와 은교의 진영으로 찾아갔다. 온량이 먼저 들어가서 보고하자 은교가 그를 안으로 데려오라고 분부했다. 잠시 후 장산이 들어가보니 은교는 머리가 셋에 팔이 여섯 개 달린 무시무시한 모습이었다. 그의 좌우에는 온량과 마선이 서 있었는데 그들도 모두 눈이 세 개씩이었다. 이에 장산이 물었다.

"전하께서는 상나라의 어느 종파에 속한 분이십니까?"

"나는 지금 천자의 큰아들인 은교이다."

그러면서 이전의 일을 자세히 들려주자 장산이 무척 기뻐하며 황급히 엎드려 큰절을 올렸다. 그러자 은교가 말했다.

"그대는 둘째 왕자인 은홍의 일에 대해 알고 있소이까?"

"둘째 전하께서는 한참 전에 주나라를 공격했다가 강상의 태극도에 의해 재가 되어 날아가버렸사옵니다."

그 말을 들은 은교는 "뭐라고!" 하고 외치면서 그대로 쓰러져버렸다. 주위 사람들이 황급히 부축해 일으키자 그가 대성통곡했다.

"아우가 과연 악인의 손에 죽었구나!"

그러더니 벌떡 일어나 영전을 하나 집어 들고 반으로 뚝 부러뜨리며 말했다.

"강상을 죽이지 못하면 맹세코 내가 이렇게 되리라!"

이튿날 은교는 직접 출전하여 서기성 아래로 가서 강상에게 나오라고 요구했다. 이에 정찰병이 강상의 저택으로 달려가서 보고했다.

"승상, 은교 전하께서 나오라고 하시옵니다."

강상이 곧 대열을 정비하고 포성을 울리면서 성문을 열고 밖으로 나가자 잠시 후 호랑이 같은 영웅들이 나는 듯이 빠른 말을 타고 나란히 나왔다. 강상의 좌우로 제자들이 늘어섰는데 그들이 살펴보니 상대편 진영에는 세 개의 머리와 여섯 개의 팔, 푸르뎅뎅한 얼굴에 송곳니가 삐져나온 사람이 말을 타고 있었다. 그리고 그 옆에 온량과 마선이 무기를 들고 서 있었으니 그 모습을 본 나타가 속으로 웃었다.

'세 명의 눈을 합치면 아홉 개가 되니 한 명 반이 더 있는 셈이로군!'

그때 은교가 말을 몰고 앞으로 나와서 소리쳤다.

"강상, 앞으로 나와라!"

강상이 앞으로 나가서 물었다.

"그대는 누구인가?"

"나는 상나라의 첫째 왕자인 은교이다. 네가 태극도로 내 아우를 재로 만들어버렸으니 이 원한을 갚고야 말겠다!"

강상은 영문을 몰라서 곧이곧대로 대답했다.

"그분은 죽음을 자초한 것인데 나와 무슨 상관이라는 것이오?"

그러자 은교가 숨이 막힐 듯 버럭 화를 내며 고함을 질렀다.

"비열한 놈! 아직도 발뺌이냐?"

그러면서 그가 말을 몰아 달려들어 방천극을 휘두르자 나타가 풍화륜을 타고 화첨창을 내지르며 맞섰다. 둘이 몇 판 맞붙고 나서 은교가 던진 번천인에 나타가 맞아 풍화륜에서 떨어졌는데 그 모습을 본 황천화는 옥기린을 몰고 달려가 두 개의 은추를 휘둘러 은교를 막아섰다. 그리고 강상의 좌우에 있던 장수들이 달려가 나타를 구해 오는 사이에 이번에는 은교가 흔든 낙혼종에 황천화가 당해서 안장에서 떨어지고 말았다. 그때 재빨리 말을 몰아 달려온 장산이 오랏줄로 묶자 황천화는 뒤늦게야 자신이 사로잡혔다는 것을 깨달았다. 황비호도 아들이 사로잡히는 모습을 보고 오색신우를 몰고 달려 나갔고 은교가 방천극을 들어 맞서다가 낙혼종을 흔드니 황비호는 안장에서 떨어져 온량과 마선에게 사로잡히고 말았다. 번천인과 낙혼종을 사용하는 은교를 본 양전은 강상까지 당하게 되면 곤란해질 것 같아서 황급히 징을 울려 병력을 뒤로 물렸다. 강상도 서둘러 성 안으로 퇴각하여 수심에 잠겨 은안전에 앉아 있었는데 양전이 앞으로 나와서 말했다.

"사숙, 이번에도 이해할 수 없는 상황이 벌어졌사옵니다!"

"그것이 무슨 소리인가?"

"제가 보니 은교가 나타를 공격할 때 쓴 것은 번천인이옵니다. 그것은 광성자 사백의 보물인데 어떻게 은교가 가지고 있을까요?"

"설마 광성자가 그에게 나를 공격하라고 했겠는가?"

"은홍의 일도 있지 않사옵니까?"

그제야 강상도 어찌 된 영문인지 깨달았다.

한편 은교에게 사로잡혀 끌려온 황비호는 자세히 살펴보니 아무래도 그는 은교가 아닌 듯했다. 그때 은교가 황비호에게 물었다.

"너는 누구냐?"

"내가 바로 무성왕 황비호다."

"서기에도 무성왕 황비호가 있다는 말이냐?"

그러자 옆에 있던 장산이 허리를 숙여 예를 표하며 대답했다.

"둘이 같은 사람이옵니다. 저자는 반역을 저지르고 다섯 관문을 나와서 주나라에 투항하여 이런 전쟁이 일어나게 만들었사옵니다. 이제 포로가 되었으니 그야말로 '하늘의 그물은 넓고도 커서 성긴 듯하지만 하나도 빠져나오지 못한다[天網恢恢 疏而不漏]'라는 말이 딱 들어맞은 셈이 아니옵니까? 결국 제 스스로 죽음을 자초한 것이지요."

그 말을 들은 은교는 황급히 달려가 직접 황비호의 오랏줄을 풀어주며 말했다.

"은인이시여, 예전에 그대가 우리 형제를 구해주시지 않았다면 어찌 오늘 같은 날이 있을 수 있었겠소이까? 그런데 저쪽은 누구인지요?"

"제 큰아들 황천화이옵니다."

은교는 즉시 황천화의 오랏줄을 풀어주라고 분부하고 다시 황비호에게 말했다.

"예전에 장군께서 우리 두 형제를 구해주셨으니 이제 나도 그대 부자를 풀어주어 지난날의 은혜를 갚겠소이다."

황비호가 감사 인사를 하고 물었다.

"전하, 그때 바람에 휩쓸려 어디로 가셨던 것이옵니까?"

은교는 비밀이 누설될까 봐 사실대로 말하려 하지 않고 애매하게 얼버무렸다.

"그때 바다의 섬에 사시는 어느 신선께서 구해주셔서 산에서 공부하다가 이제 내 아우의 복수를 위해 하산했소이다. 오늘 이미 장군의 크나큰 은덕을 갚았으니 이후로 전장에서 만나거든 부디 잘 피하시기 바라오. 만약 다시 사로잡히면 반드시 국법에 따라 처리하겠소이다."

황비호 부자가 영채를 나와 성문 아래로 가서 소리쳐 부르자 문지기가 그들을 보고 황급히 문을 열어주었다. 그들은 곧장 강상의 저택으로 가서 자세한 상황을 설명했고 강상도 무척 기뻐했다.

이튿날 정찰병이 보고했다.

"어떤 장수가 와서 싸움을 걸고 있사옵니다."

강상이 주위를 둘러보며 물었다.

"누가 다녀오시겠소?"

그러자 옆에 있던 등구공이 자원하고 나섰다. 강상의 허락을 받은 그가 말에 올라 성문을 열고 밖으로 나가보니 연노란색 전포를 입은 장수가 백마를 타고 창을 들고 있었다.

머리에 쓴 선운관은
사방으로 눈부신 빛 뿌리고
노란 전포에는
자줏빛 기운 감돈다.
은 조각 엮은 갑옷
휘황찬란하고
세 가닥 띠
등 뒤로 엇갈려 묶었다.
백룡마는 바람과 해를 좇고

저구창은 큰 구렁이가 뱀을 희롱하는 듯하다.
신선의 산 동부에서 수행하고
득도하여 행실이 사악함 없이 정의롭지.

戴一頂扇雲冠　光華四射
黃花袍　紫氣盤旋
銀葉甲　輝煌燦爛
三股縧　身後交加
白龍馬追風趕日　杵臼槍大蟒碩蛇
修行在仙山洞府　成道行有正無邪

등구공이 소리쳐 물었다.
"그대는 누구인가?"
"나는 대장군 마선이다."
그러자 등구공은 자신의 성명도 밝히지 않고 다짜고짜 말을 몰아 달려들어 칼을 내리쳤고 마선도 창을 들어 맞섰다. 열두세 판쯤 맞붙고 나서 마선은 등구공의 귀신같은 솜씨를 당해내지 못하고 그의 칼에 눌려 창이 옆쪽으로 치워져버렸다. 그 순간 등구공이 마선의 허리띠와 전포를 한꺼번에 움켜쥐고 안장에서 끌어내려 그대로 땅바닥에 팽개쳐버리자 즉시 병사들이 달려들어 그를 사로잡았다. 등구공은 성으로 들어가서 보고했고 강상은 수하에게 마선을 대전으로 끌고 오라고 분부했다. 잠시 후 대전으로 끌려온 마선은 전혀 두려워하지 않고 무릎도 꿇지 않은 채 꼿꼿이 서 있었다. 그러자 강상이 말했다.

"이미 포로가 되었는데 왜 무릎을 꿇지 않는 것이냐?"

"흥! 가소로운 늙은이 같으니! 너는 역적이 아니더냐? 내 이미 포로가 되었으니 죽이려면 죽일 것이지 무슨 말이 그리 많으냐!"

"뭣이! 여봐라, 당장 끌고 나가서 목을 쳐라!"

이에 남궁괄이 처형 감독관이 되어 그를 저택 밖으로 끌고 나갔고 잠시 후 형을 집행하라는 영전이 발부되자 칼을 들어 무를 썰듯 단칼에 내리쳤다. 헌데 결과는 이러했다.

강철 칼 지나가자마자 머리가 다시 자라나니
마치 물을 베는 것과 마찬가지였지!

鋼刀隨過隨時長　如同切水一般同

깜짝 놀란 남궁괄은 즉시 강상에게 달려가 보고했다.

"승상, 정말 기이한 일이 일어났사옵니다!"

"무슨 말씀이시오?"

"군령에 따라 제가 마선의 목을 세 번이나 내리쳤는데 칼이 지나가자마자 머리가 다시 자라났사옵니다. 대체 무슨 환술인지 모르겠사오니 어찌해야 할지 처분을 내려주시옵소서!"

그 말에 강상도 깜짝 놀라 장수들과 함께 밖으로 나가 직접 살펴보니 남궁괄이 말한 대로 멀쩡한 것이었다. 그때 옆에 있던 위호가 항마저를 던져 마선의 머리를 내리치자 한 줄기 금빛이 땅바닥에 흩어졌다가 항마저를 거둬들이자 다시 그의 모습이 나타났다. 이를 본 제자들은 모두 경악했다.

"괴사로구나!"

강상도 어쩔 도리가 없어서 제자들에게 분부했다.

"삼매진화로 이 요물을 태워버리게!"

이에 나타와 금타, 목타, 뇌진자, 황천화, 위호가 일제히 나서서 삼매진화를 일으켜 마선을 태우려고 했는데 불꽃이 일어나자 마선이 껄껄 웃으며 말했다.

"나는 이만 가봐야겠다!"

양전이 살펴보니 마선은 불꽃을 타고 그대로 달아나버리는 것이었다. 강상은 불쾌한 기분으로 저택으로 돌아가 여러 장수들과 함께 이 문제에 대해 상의했다. 그 무렵 영채로 돌아온 마선은 은교에게 자신이 붙잡혀 참수당할 뻔했다가 불꽃을 타고 돌아온 사정을 자세히 들려주었다. 그러자 은교가 무척 기뻐했다.

한편 강상은 깊은 생각에 잠겨 있었는데 양전이 앞으로 나와서 말했다.

"제가 구선산에 가서 사정을 알아보고 오겠사옵니다. 그리고 종남산에 계신 운중자 사숙께 요괴를 비추는 조요감照妖鑑을 빌려 오겠사옵니다. 마선의 정체가 무엇인지 알아야 대처 방법을 찾을 수 있지 않겠사옵니까?"

강상의 허락을 받은 양전은 곧 흙의 장막을 이용해 구선산으로 향했고 순식간에 도원동에 도착해 광성자를 찾아가 절을 올렸다.

"사숙, 안녕하셨습니까?"

"저번에 은교에게 강상을 도와 주왕을 정벌하라고 하산시켰는데 머리가 셋에 팔이 여섯 개인 모습이 볼만하지 않던가? 강상이 장수에 임명되는 날에 다시 가서 그 아이에게 당부할 생각이네."

"지금 은교는 조가를 정벌하지 않고 오히려 서기를 공격하고 있사옵니다. 사숙의 번천인으로 나타를 비롯한 여러 사람을 해치면서 광포한 짓을 자행하는지라 제가 강상 사숙의 분부를 받고 어찌 된 일인지 알아보러 왔사옵니다."

"뭣이! 그 못된 놈이 사부의 분부를 거역했으니 틀림없이 상상도 못할 재앙을 당하고 말겠구나! 내 동부에 있는 보물을 모두 그놈에게 주었거늘 이런 변고가 생길 줄이야! 여보게 먼저 돌아가게, 나도 곧 따라가겠네."

양전은 구선산을 떠나 곧장 종남산으로 향했다. 순식간에 그곳에 도착한 그는 동부로 들어가 운중자에게 절하고 말했다.

"사숙, 지금 서기를 공격하는 이들 가운데 마선이라는 이가 있는데 목을 베어도 소용없고 물과 불로도 해칠 수 없으니 도대체 무슨 괴물이 수작을 부리는 것인지 알 수 없사옵니다. 그래서 사숙께 조요감을 잠시 빌려주십사 청하러 왔사옵니다. 그 요물을 제거하면 즉시 돌려드리겠사옵니다."

운중자가 즉시 조요감을 건네주자 양전은 다시 서기로 돌아와 강상을 찾아갔다.

"그래, 구선산에 다녀온 일은 어찌 되었는가?"

양전은 자세히 설명하고 조요감을 빌려 온 일까지 덧붙였다. 그러자 강상이 말했다.

"내일 자네가 출전하여 마선과 겨뤄보게."

이튿날 양전은 말에 올라 칼을 들고 상나라 진영 앞으로 가서 마선에게 나오라고 요구했다. 정찰병의 보고를 받은 은교는 마선에게 출전을 명령했다. 마선이 나오자 양전이 몰래 조요감으로 비춰보니 거울 안에 등잔이 하나 비쳤다. 그는 조요감을 거두고 말을 몰아 칼을 휘두르며 격전을 벌였는데 이삼십 판쯤 맞붙고 나서 고삐를 돌려 도주했다. 그러자 마선은 양전을 쫓지 않고 영채로 돌아가 그대로 보고했다. 은교가 말했다.

"전장에서는 적을 알고 나를 아는 것이 중요하니 추격하지 않은 것은 잘한 일이다."

한편 양전도 돌아가자 강상이 물었다.

"마선의 정체가 무엇이던가?"

"조요감으로 비춰보니 등잔이었는데 더 자세한 내막은 모르겠사옵니다."

그때 옆에 있던 위호가 말했다.

"세상의 세 곳에 각기 등잔이 하나씩 있는데 현도동 팔경궁과 옥허궁, 영취산이 그곳입니다. 혹시 개중에 하나가 해코지하는 것이 아닐까요? 양 도형이 그 세 곳을 가보시면 내막을 알 수 있을 것이외다."

양전은 기꺼이 다녀오겠다고 했다. 강상이 허락하자 그는 흙의 장막을 이용해 먼저 옥허궁으로 갔다.

바람 소리 울리는 순간 천 리를 가니
밥 한 그릇 먹을 시간에 옥허궁에 도착했지.

양전은 곤륜산을 본 적이 없었기 때문에 그 아름다운 경치에 빠져 잠시 감상했다.

화려하고 아름다운 누각이 늘어선
신선 세계 곤륜산
골짝에서는 온갖 소리 울리고
고요한 경내에는 하늘의 향기 퍼지는구나.
빗방울 머금은 푸른 소나무 높은 누각을 가리고
길가 양쪽에는 푸른 대나무 휘영청
아련히 떠 있는 노을빛
아름다운 색으로 표연하고
알록달록한 난간과
화려한 용마루며 처마
경전 강론하니 온 자리에 향기 가득하고
고요히 닫은 창에 달이 담겼다.
붉은 나무에서는 새가 울고
돌우물가에서는 학이 물을 마시지.
사계절 내내 기화요초 시들지 않고
황금 대전 문 열리면 붉은 빛 쏟아지지.
누대는 상서로운 구름 속에서 숨었다 나타나고
아름다운 악기 소리 그윽하게 들려오지.

주렴은 반쯤 걷혀 있고

향로에서는 향 연기 피어나니

『황정경』 강론하고 비로소 신선의 경지에 들어

모든 신선의 우두머리로 서방을 다스리지.

珍樓玉閣　上界崑崙

谷虛繁地籟　境寂散天香

青松帶雨遮高閣　翠竹依稀兩道旁

霞光縹緲　彩色飄飄

朱欄碧檻　畵棟雕檐

談經香滿座　靜閉月當窗

鳥鳴丹樹內　鶴飮石泉傍

四時不謝奇花草　金殿門開射赤光

樓臺隱現祥雲裏　玉磬金鐘聲韻長

珠簾半捲　爐內煙香

講動黃庭方入聖　萬仙總領鎭西方

기린애에서 곤륜산의 경치를 감상하던 양전은 함부로 옥허궁으로 들어가지 못하고 대문 밖에 서 있었다. 잠시 후 백학동자가 나오자 양전이 다가가 절했다.

"사형, 한 가지 여쭤볼 것이 있습니다. 교주님 앞에 놓인 유리등에 불이 밝혀져 있는지요?"

"밝혀져 있네."

'그렇다면 여기는 아니로군. 이제 영취산으로 가보자.'

양전은 곧 옥허궁을 떠나 순식간에 영취산으로 갔다.

구름과 안개 모는 가벼운 신선의 몸
도교에서는 오행에 따라 길을 가야 하지.
우주를 두루 돌아 순식간에 도착하니
금방 곤륜산 떠나 또 옥경에 이르렀구나.

駕霧騰雲仙體輕　玄門須仗五行行
週遊寰宇須臾至　纔離崑崙又玉京

양전은 원각동으로 들어가 연등도인에게 엎드려 절을 올렸다.
"사부님, 문안 인사 올리나이다."
"네가 여기는 웬일이냐?"
"사부님, 앞에 놓인 유리등에 불이 꺼져 있사옵니다."
연등도인은 등잔을 쳐다보고 깜짝 놀랐다.
"이런! 이 못된 것이 도망쳤구나!"
양전이 마선의 일에 대해 자세히 설명하자 연등도인이 말했다.
"먼저 가도록 해라, 나도 곧 따라가마."
양전은 곧 연등도인에게 작별 인사를 하고 서기로 돌아와 강상에게 옥허궁과 영취산에 다녀온 이야기를 들려주었다.
"연등 사부님께서 곧 오시겠다고 하셨사옵니다."
이에 강상이 무척 기뻐하자 마침 수문장이 와서 보고했다.
"광성자께서 오셨사옵니다."
강상은 광성자를 맞이하여 대전 안으로 함께 들어갔다. 그러자 광성자가 사죄했다.

“저도 이런 큰 변고가 일어날 줄은 몰랐소이다. 은교가 변심할 줄이야! 이것은 제 죄이니 나가서 그 아이를 만나보겠소이다.”

광성자는 곧 성문을 나가 상나라 영채 앞으로 가서 소리쳤다.

“은교에게 당장 나오라고 전해라!”

이후에 어찌 되는지는 다음 회를 보시라.

제64회

나선, 서기성을 불태우다

羅宣火焚西岐城

이궁은 원래 불의 정화요

간지로는 병정丙丁에 배합되지.

거센 불길 산을 태우니 정황은 더욱 지독하고

금물처럼 흘러 바다를 데우니 기세가 거침없다.

하늘에서 뜨겁게 빛나니 인간 세계 군주도 두려워하고

땅속에 들어가 모습 감추니 만백성이 놀란다.

나선이 재난 일으키는 재주 있어서가 아니라

그저 서쪽 땅에 선녀가 내려오게 되어 있기 때문이지.

離宮原是火之精　配合干支在丙丁

烈火焚山情更惡　流金爍海勢偏橫

在天烈曜人君畏　入地藏形萬姓驚

不是羅宣能作難　只因西土降仙卿

그러니까 정찰병이 중군 막사로 들어와서 보고했다.

"전하, 어떤 도사가 찾아와서 좀 보자고 하옵니다."

'설마 사부님이 오신 건 아니겠지?'

은교는 즉시 영채 밖으로 나가보니 과연 광성자가 서 있었다. 은교가 말에 탄 채 허리를 숙여 예를 표하며 말했다.

"사부님, 제가 무장하고 있어서 온전히 예의를 차릴 수 없으니 양해해주시옵소서."

광성자는 은교가 왕자의 복장을 하고 있는 것을 보고 호통쳤다.

"배은망덕한 놈! 예전에 산에서 뭐라고 말했느냐! 그런데 왜 지금은 변심했느냐?"

그러자 은교가 눈물을 흘리며 말했다.

"사부님, 제 말씀 좀 들어보시옵소서. 제가 사부님의 분부를 받고 하산하여 온량과 마선을 거둬들였사옵니다. 그런데 도중에 만난 신공표가 저더러 상나라를 도와 주나라를 정벌하라고 했지만 저는 사부님의 분부를 거역할 수 없었사옵니다. 저도 제 부왕이 잔학무도하고 어질지 못하여 천하에 죄를 지었다는 사실을 잘 알고 있기에 감히 하늘의 명을 거스를 수 없었사옵니다. 하지만 제 아우가 무슨 죄가 있다고 태극도에 의해 재가 되어야 하는 것이옵니까! 제 아우가 사부님께 무슨 원수를 졌다고 그리 처참하게 죽였사옵니까? 이것이 어찌 어진 마음을 가지고 인덕을 실천하는 군주가 할 짓이옵니까! 그 일은 생각만 해도 통한이 뼈에 사무칩니다! 그런데 사부님께서 저더러 원수를 섬기라 하시니 대체 어떻게 그럴 수 있사옵니까!"

그렇게 말하고 은교는 대성통곡했다. 광성자가 말했다.

"얘야, 네가 잘 모르는 모양인데 신공표는 강상과 사이가 나빠서 거짓말한 것이니 믿어서는 안 된다. 그 일은 네 동생이 자초한 것이요 사실상 하늘이 정해놓은 운명이니라."

"신공표의 말은 믿기 어렵고 제 아우가 죽은 것이 운명이라 해도 설마 제 아우가 제 발로 태극도 안으로 걸어 들어가 그렇게 참혹하게 죽었다는 것이옵니까? 정말 우습기 짝이 없는 말씀이로군요! 이제 아우는 죽고 저만 남았으니 너무나 비참하옵니다. 사부님, 돌아가시옵소서. 일단 제가 강상을 죽여 아우의 원수를 갚고 나서 동쪽을 정벌하는 일을 다시 의논드리겠사옵니다."

"네 입으로 한 맹서를 잊었단 말이냐?"

"저도 알고 있사옵니다. 그런 재앙을 당하더라도 기꺼이 감수하겠사오니 절대 저 혼자 구차하게 살고 싶지 않사옵니다!"

이에 광성자가 분기탱천하여 칼을 휘두르자 은교도 방천극을 들어 막으며 말했다.

"사부님, 아무 까닭 없이 강상 때문에 제게 이렇게 화를 내시다니 너무 편애하시는 것이 아니옵니까? 혹시 제가 잠깐 실수라도 하게 되면 모양새가 나빠질 것이옵니다."

광성자가 다시 칼을 휘두르자 이에 은교가 말했다.

"사부님, 왜 굳이 다른 사람 때문에 자신의 타고난 성품을 생각하지 않으시옵니까? 이러면 사부님께서 말씀하신 천도니 인도니 하는 것이 모두 허위에 지나지 않는다는 말씀이십니까?"

"이것은 하늘이 정한 운명인데도 네가 깨닫지 못하고 사부의 말을 거역했으니 반드시 죽음의 재앙을 피하지 못할 것이다!"

광성자는 다시 칼을 휘둘렀고 은교는 급히 막으며 화가 나서 벌겋게 달아오른 얼굴로 말했다.

"사부님께서 제게 이렇게 무정하게 대하시고 당신 고집만 부리시면서 수족 같은 제자를 스스로 해치려 하시니 저도 이제 더 이상 봐드릴 수 없습니다!"

그러면서 은교가 방천극을 내지르며 반격하자 둘이 서너 판쯤 맞붙었다. 그때 은교가 번천인을 던지니 당황한 광성자는 종지금광법을 이용해 서기성으로 도망쳤다. 그야말로 이런 격이었다.

은교에게 번천인을 전수해주었는데
뜻밖에 오늘 그것으로 사부를 공격할 줄이야!

番天印傳殷殿下　豈知今日打師尊

강상은 광성자의 표정이 평소 같지 않은 것을 발견하고 다급히 물었다.

"은교를 만나러 간 일은 어찌 되었소이까?"

"저놈이 신공표의 꾐에 넘어갔더이다. 제가 재삼 타일렀지만 끝내 말을 듣지 않아서 홧김에 그놈하고 한바탕 싸웠소이다. 그런데 그 못된 놈이 번천인을 던져 공격하기에 이렇게 일단 돌아와서 다시 상의하려는 것이외다."

번천인의 무서움을 모르는 강상이 막 그에 대해 이야기하려는데 수문장이 들어와서 보고했다.

"연등도인께서 오셨사옵니다."

이에 광성자와 강상이 얼른 나가서 연등도인을 맞이하여 대전으로 들어왔다. 연등도인이 강상에게 말했다.

"내 유리등마저 그대를 찾아왔으니 이 모두가 하늘이 정한 운명일 테지요."

"운명이 그렇다면 제가 감수해야 마땅하지 않겠습니까?"

"은교에 비해 마선은 자잘한 문제에 지나지 않으니 내가 먼저 마선을 거둬들이고 나서 다시 방법을 찾아보는 게 좋겠소이다. 강상, 여차여차하면 틀림없이 그놈을 굴복시킬 수 있을 것이외다."

"알겠습니다."

이튿날 강상은 혼자 사불상을 타고 성 밖으로 나가 마선에게 나오라고 요구했다. 보고를 받은 은교가 생각했다.

'어제는 내 사부가 왔다가 승리를 거두지 못했는데 오늘은 강상이 혼자 와서 마선에게 나오라고 하는 것을 보니 틀림없이 무슨 이유가 있겠군. 일단 마선을 출전시켜놓고 저쪽에서 어찌 나오는지 보자.'

명령을 받은 마선은 창을 들고 말에 오르더니 원문 밖으로 나가 다짜고짜 공격을 퍼부었다. 강상도 칼을 들고 맞섰는데 몇 판 맞붙지 않고 고삐를 돌리더니 성이 아닌 동남쪽으로 도망치는 것이었다. 마선은 자신의 주인이 기다리는 줄도 모르고 즉시 뒤쫓았는데 그가 얼마쯤 쫓아갔을 때 갑자기 버드나무 아래에 서 있는 도사가 강상을 지나보내더니 길을 떡 가로막고 호통치는 것이었다.

"마선, 나를 알아보겠느냐?"

마선이 모르는 척하며 창을 내지르자 연등도인이 소매에서 유리를 꺼내 공중으로 던졌다. 마선은 유리가 떨어져 내리자 고개를 들어 쳐다보고는 재빨리 피하려 했는데 그 순간 연등도인의 분부를 받은 황건역사가 등잔의 불꽃을 붙잡아 영취산으로 돌아가버렸으니 그야말로 이런 격이었다.

신선의 등잔이 득도하여 사람의 모습을 드러냈으나
원래 모습 회복하여 제자리로 돌아갔지.

仙燈得道現人形　反本還元歸正位

한편 상나라 진영에서는 정찰병이 중군 막사로 들어와서 보고했다.

"전하, 마선이 강상을 쫓아갔는데 갑자기 한 줄기 빛이 번쩍이자 어디론가 사라지고 말만 남았사옵니다. 이에 저희가 마음대로 처리하지 못하고 이렇게 보고하오니 처분을 내려주시옵소서."

은교는 의아한 생각이 들어서 즉시 군령을 내렸다.

"포를 쏘고 출전한다! 기필코 강상과 자웅을 결판내고 말리라!"

그 무렵 마선을 거둬들인 연등도인은 강상의 저택으로 돌아와서 광성자와 의논했다.

"은교가 신공표의 꾐에 넘어갔으니 이를 어쩌면 좋겠소이까?"

그때 정찰병이 들어와서 보고했다.

"은교 왕자가 승상께 나오라고 요구하고 있사옵니다."

그러자 연등도인이 강상에게 말했다.

"나가셔도 됩니다, 가지고 계신 행황무기기가 몸을 지켜줄 것이외다."

강상은 급히 제자들을 거느리고 포성을 울리며 성문을 열고 나가 대열의 앞에서 은교에게 말했다.

"은교, 그대는 사부의 분부를 거역했으니 '쟁기와 호미의 재난'을 면치 못할 것이다! 그러니 나중에 후회하지 말고 일찌감치 무기를 버려라!"

원수를 만난 은교는 이를 갈며 호통쳤다.

"비열한 놈! 네가 내 아우를 재로 만들었으니 나는 절대 너와 한 하늘을 이고 살 수 없다!"

그러면서 그가 말을 몰고 달려들어 방천극을 휘두르자 강상도 칼을 들어 맞서니 즉시 치열한 격전이 벌어졌다.

한편 저쪽에서 온량이 말을 몰고 달려와 은교를 도우려 하자 이쪽에서 나타가 풍화륜을 타고 화첨창을 휘둘러 막아섰으니 이쪽에서도 격전이 벌어졌다.

시커먼 구름이 밝은 해를 가리고
요란한 함성 속의 살기가 하늘을 가린다.
창칼은 전쟁의 연기 피워내고
커다란 도끼는 번개처럼 번뜩인다.
용맹을 즐기는 이는 공적을 세우려 하고
제 무력 자랑하는 이는 선봉에 서려고 애쓴다.

현명한 군주 위해 죽음도 두려워하지 않고
나라의 은혜에 보답하기 위해 자기 몸 바치려 한다.
엄청난 격전! 백골이 푸른 하늘에 드러나면
그제야 병력 거두고 전투를 끝내겠지!

黑靄靄雲迷白日　鬧嚷嚷殺氣遮天
槍刀劍戟冒征煙　闊斧猶如閃電
好勇的成功建業　恃強的努力當先
爲明君不怕就死　報國恩欲把身捐
只殺得一團白骨見青天　那時節方纔收軍罷戰

온량이 백옥환白玉環을 던져 공격하자 나타도 건곤권을 꺼내 마주 던졌다. 쇠와 옥이 부딪치면 옥이 부서지는 것은 당연한 일. 그 모습을 본 온량이 고함을 질렀다.

"내 보물을 망가뜨리다니 절대 가만두지 않겠다!"

그가 다시 나타에게 달려들었으나 이번에는 나타의 황금 벽돌에 등짝을 제대로 얻어맞고 말았다. 몸을 앞으로 휘청하던 온량이 간신히 낙마를 면하고 막 도망치려는 순간 뜻밖에 양전이 쏜 탄환이 그의 어깨를 관통했고 그 바람에 온량은 기어이 낙마하여 비명에 죽고 말았다. 온량의 죽음을 본 은교는 황급히 번천인을 공중에 던져 강상을 공격했는데 강상이 행황무기기를 척 펼치자 수만 갈래 금빛이 피어나면서 상서로운 구름이 그를 덮었다. 그리고 천 송이 하얀 연꽃이 몸을 보호하니 번천인은 공중에 걸린 채 아래로 떨어지지 못했다. 이어서 강상이 타신편을 던지자 그것은 그대로 은교의 등짝을 후려쳐버렸고 은교는 공중제비를 돌며 말에서 떨어졌다. 그것을 본 양전이 급히 달려가 수급을 베려 하자 장산과 이금이 달려 나왔고 은교는 이미 흙의 장막을 이용해 도망쳐버린 뒤였다. 강상이 승리를 거두고 성으로 돌아오자 연등도인이 광성자와 상의했다.

"번천인은 정말 대처하기 곤란하구려. 강상이 장수에 임명될 날이 벌써 가까워졌는데 때를 그르치면 그 죄가 그대에게 돌아갈 것이외다."

"저 못된 놈을 제거할 좋은 계책이 있습니까?"

"방법이 없으니 대체 이를 어쩌면 좋을지 모르겠소이다. 이것 참!"

한편 부상을 당해 영채로 돌아온 은교는 기분이 몹시 울적했다. 그때 원문 밖에 도사 하나가 나타났는데 그는 어미관을 쓰고 대추처럼 검붉은 얼굴에 시뻘건 머리카락과 수염을 길렀으며 눈이 세 개인 데다가 팔괘 문양이 장식된 붉은 도포를 입고 적연구赤烟駒를 타고 있었다. 그가 말에서 내리더니 문지기에게 말했다.

"전하께 내가 좀 뵙고 싶어 한다고 전해라."

전령의 보고를 받은 은교가 분부했다.

"이리 모셔라!"

잠시 후 도사가 중군 막사로 오자 은교가 계단을 내려가 맞이했다. 그 도사는 온몸이 붉고 생김새도 아주 흉악했다. 둘이 서로 머리를 조아려 인사를 하고 나서 은교가 얼른 허리를 숙여 예를 표하며 말했다.

"도사님, 자리에 앉으십시오."

도사가 사양하지 않고 앉자 은교가 물었다.

"도사님, 존함이 어찌 되시며 어디에서 오셨습니까?"

"저는 화룡도火龍島의 염중선焰中仙인 나선羅宣이라고 합니다. 신공표의 요청으로 전하를 도와드리려고 왔소이다."

은교는 무척 기뻐하며 술상을 차려 대접하려고 했다. 그러자 나선이 말했다.

"저는 소식을 하기 때문에 비린 음식은 먹지 않습니다."

이에 은교는 채소 요리와 술을 가져오게 해서 그를 대접했다.

나선은 사나흘이 지나도록 막사에만 있을 뿐 강상을 찾아가 싸움을 걸지 않았다. 그러자 은교가 물었다.

"도사님, 도와주러 오셨다면서 어째서 며칠 동안 강상에게 가서 일전을 벌이지 않고 계십니까?"

"도우가 한 명 오기로 했는데 아직 오지 않았소이다. 그 양반이 오면 우리는 틀림없이 공을 세우게 될 테니 너무 걱정하지 마십시오."

아니나 다를까 그날 낮에 문지기가 들어와서 보고했다.

"도사 한 분이 찾아오셨사옵니다."

"이리 모셔 오너라!"

잠시 후 노란 얼굴에 장비처럼 덥수룩한 수염을 기르고 검은 도복을 입은 도사가 느린 걸음으로 걸어 들어왔다. 은교는 막사 밖으로 나가서 도사를 맞이하여 서로 인사를 나누고 상석에 앉으라고 권했다. 그러자 나선이 물었다.

"아우, 왜 이리 늦었는가?"

"전투에 쓸 무기가 완성되지 않는 바람에 그리 되었습니다."

은교가 그에게 물었다.

"도사님, 존함이 어찌 되십니까?"

"저는 구룡도에서 수련한 유환劉環이라고 합니다."

은교는 곧 술상을 차리게 하여 그를 접대했다.

이튿날 두 도사는 서기성 아래로 가서 강상에게 나오라고 요구했고 정찰병의 보고를 받은 강상은 즉시 제자들을 거느리고 대오를 맞추어 성 밖으로 나갔다. 잠시 후 출전을 재촉하는 북소리가 울리더니 상대편에서 대단히 흉악하게 생긴 도사 하나가 나왔다.

어미관에서는
정순한 불꽃이 일고
붉은 도포에서는
조각조각 구름이 피어난다.
허리띠도 붉은색이요
삼실로 엮은 신에서는 붉은 구름 피어난다.
차고 있는 칼에서는 점점이 불꽃이 튀고
말은 붉은 적조룡 같다.
자줏빛 얼굴은 피를 뿌린 듯하고
강철 같은 송곳니는 입술 밖으로 삐져나왔다.
빛나는 세 개의 눈으로 우주를 살피니
화룡도에서 그 명성 널리 알려졌지!

魚尾冠　純然烈焰

大紅袍　片片雲生
絲縧懸赤色　麻履長紅雲
劍帶星星火　馬如赤爪龍
面如血潑紫　鋼牙暴出脣
三目光輝觀宇宙　火龍島內有聲名

그 모습을 본 강상이 제자들에게 말했다.

"저 사람은 온몸이 붉은색일 뿐만 아니라 말까지도 붉구먼."

"절교의 제자들 가운데는 괴상하게 생긴 이들이 아주 많사옵니다."

그 말이 끝나기도 전에 나선이 홀로 말을 몰고 앞으로 나와서 소리쳤다.

"그대가 강상인가?"

"그렇소이다, 그런데 도우께서는 어디서 오신 분이시오?"

"나는 화룡도의 염중선 나선이오. 그대가 옥허궁의 제자라는 것을 믿고 우리 절교에 많은 치욕을 주었기에 두 교파 가운데 어디가 더 공명한지 자웅을 결판내려고 이렇게 왔으니 입씨름으로 끝날 일이 아니오. 좌우의 제자들을 보아하니 허접한 도술밖에 익히지 못한 것 같으니 그냥 우리 둘이 승부를 겨루도록 합시다!"

말을 마친 나선이 적연구를 몰고 달려들어 두 자루 비연검飛烟劍을 휘두르며 공격하자 강상도 황급히 들고 있던 칼로 맞섰다. 그들이 몇 판 맞붙었을 때 나타가 풍화륜을 몰고 나와 화첨창으로 나선을 찌르려 하자 유환이 뛰쳐나와 가로막았다. 그런데 강상의 제자들은 수가 많았으니 이번에는 양전이 다짜고짜 삼첨도를 휘두르며 공격했고 황천화도 두 개의 추를 휘두르며 가세했다. 뇌진자가 두 날개를 펼치고 공중으로 날아올라 황금 몽둥이를 내리쳤고 토행손도 빈철 몽둥이를 휘두르며 아래쪽을 파고들었다. 위호는 성큼 달려들어 항마저로 나선의 머리를 내리쳤다. 그러자 사방팔방으로 단단히 둘러싸인 나선은 중과부적이라 다급히 삼백육십 개의 뼈마디를 흔들어 세 개의 머리와 여섯 개의 팔이 달린 모습을 드러냈다. 그가 여러 개의 손에 각기 조천인照天印과 오룡륜五龍輪, 만아호萬鴉壺, 만리기운연萬里起雲煙을 들고 또 두 손에 각기 하나씩 비연검을 들고 휘두르니 그 기세가 대단히 무시무시했다.

적보단천에서 빼어난 이 내려오니
온몸의 위아래로 뜨거운 연기 피어났지.
이궁에서 수련하여 범상한 몸이 아니요
남극에서 달궈서 단연 발군의 능력 이루었지.
화룡도에서 참된 본성 수련하니
불기운 담아 목소리도 높고 숨결은 구름 같았지.
순수한 양陽의 기운은 당연히 삼매진화인지라
바위 태우고 쇠를 달구는 흉신악살이로다!

赤寶丹天降異人　渾身上下烈煙薰
離宮煉就非凡品　南極熬成迥出群
火龍島內修眞性　燄氣聲高氣似雲
純陽自是三昧火　烈石焚金惡煞神

나선이 세 개의 머리와 여섯 개의 팔이 달린 모습을 드러내고 단번에 오룡륜을 날려 황천화를 낙마시키자 금타와 목타가 재빨리 그를 구해냈다. 이에 양전은 은밀히 효천견을 풀어놓으려 했는데 뜻밖에 그보다 앞서 강상이 타신편을 날려 후려치는 바람에 나선은 하마터면 적연구에서 떨어질 뻔했다. 유환과 맞서고 있던 나타는 건곤권을 날렸고 유환은 칠공에서 삼매진화를 내뿜으며 패주했다. 강상의 문인들은 수도 많고 저마다 무궁한 묘용을 지닌 보물로 하나같이 빼어난 재주를 자랑하니 원문 앞에서 이를 지켜본 장산은 한기가 치밀었다.

'훗날 주왕을 멸망시킬 사람은 틀림없이 강상의 무리겠구나!'

울적하게 서 있던 그는 패전하고 돌아오는 나선을 맞이하여 위로했다. 그러자 나선이 말했다.

"오늘은 미처 방비하지 못해서 강상의 채찍을 한 대 맞는 바람에 하마터면 낙마할 뻔했소이다."

그러더니 황급히 호리병에서 약을 꺼내 삼킨 다음 유환에게 말했다.

"저쪽이 수가 많으니 이렇게 될 수밖에 없지. 아무래도 독한 수를 쓸 수밖에 없겠군!"

나선은 이를 갈았으니 바로 이런 격이었다.

산도 대지도 붉게 변하는 것은 순식간이요

전각과 누대도 모두 재가 되리라!

山紅土赤須臾了　殿閣樓臺化作灰

막사 안에서 나선은 유환과 상의했다.

"오늘 밤 서기성을 말끔히 쓸어버려서 아예 신경 쓸 일이 없게 만들어야겠네."

"저들이 저리 무정하게 나오는 이상 당연히 그래야지요."

그 무렵 강상은 재앙이 닥치는 줄도 모르고 그저 승전의 기쁨에 젖어 있었다. 어느덧 이경 무렵이 되자 나선은 유환과 함께 불의 장막을 이용해 적연구에 올라 만리기운연을 서기성 안으로 쏘아 보냈다. 이 만리기운연은 바로 불화살이었으니 그것이 서기성 안으로 날아들자 가련하게도 동서남북 곳곳에서 불길이 일어 강상의 저택과 왕궁 도처에서 연기가 피어났다. 저택에 있던 강상은 산악을 뒤흔드는 백성들의 비명 소리를 들었고 이미 그 사실을 알고 있던 연등도인은 광성자와 함께 밀실에서 불구경을 하고 있었다. 그 불은 정말 엄청났다.

검은 연기 자욱하고
붉은 불꽃 이글이글
검은 연기 자욱하니
하늘은 터럭만큼도 보이지 않고
붉은 불꽃 이글이글하니
대지에는 천 리 밖까지 붉은 빛 비친다.
처음 일어날 때는
달아오른 황금 뱀 같더니

나중에는
수천 개의 불덩이로 변했지.
나선은 이를 갈며 위세 드러냈고
유환도 화가 치밀어 술법을 부렸지.
마른 장작 태우듯 거센 불길 일어나니
수인씨가 나무 뚫어 불씨 만든 것쯤은 아무것도 아니었지.
뜨거운 기름이 대문 위에서 실처럼 날리니
저 노자가 팔괘로 연 것보다 엄청났지.
그야말로 무정한 불길 일었으니
일부러 벌인 이 횡포를 어찌 막으랴?
재앙을 막지는 않고
오히려 못된 짓 도와주었지.
바람이 불길의 기세 따르니
불꽃은 천 길 남짓 날아오르고
불길이 바람의 위세 더하니
재가 하늘의 구름 너머까지 올라가는구나.
펑펑 팡팡
군대의 대포가 울리는 듯하고
우르릉 쾅쾅
징과 북이 일제히 울리는 듯했지.
통곡하는 남녀는 하늘 향해 울부짖고
부둥켜안고 손잡은 남녀는 피할 곳이 없었지.°
강상은 오묘한 술법 알아도 펼칠 수 없었고

무왕의 어진 정치 하늘처럼 높아도 피하기 어려웠지.

제자들이 있다 해도

저마다 제 몸 챙기느라 바빴고

용맹한 대장들도

모조리 쥐구멍 찾듯 도망쳤지.

그야말로 재앙 닥치니 무정한 불길 피하기 어렵나니

청란두궐의 선녀조차 당황했지!

黑煙漠漠　紅燄騰騰

黑煙漠漠　長空不見半分毫

紅燄騰騰　大地有光千里赤

初起時　灼灼金蛇

次後來　千千火塊

羅宣切齒逞雄威　惱了劉環施法力

燥乾柴燒烈火性　說甚麼燧人鑽木

熱油門上飄絲　勝似那老子開爐

正是那無情火發　怎禁這有意行兇

不去弭災　返行助虐

風隨火勢　燄飛有千丈餘高

火逞風威　灰迸上九霄雲外

乒乒乓乓　如同陣前炮響

轟轟烈烈　却似鑼鼓齊鳴

只燒得男啼女哭叫皇天　抱女攜男無處躲

姜子牙縱有妙法不能施　周武王德政天齊難逃避

門人雖有　各自保守其軀
大將英雄　盡是獐跑鼠竄
正是　災來難避無情火　慌壞青鸞斗闕仙

곳곳에서 화재가 일어나고 궁궐 안에서 연기가 피어난다는 소식을 들은 무왕은 즉시 섬돌 앞에 무릎을 꿇고 천지신명에게 하소연했다.

“제가 무도하여 하늘에 죄를 지어 이런 엄청난 재앙을 내리시는 줄은 아오나 어찌 무고한 백성까지 연루시키나이까? 부디 제 가문을 멸절시키더라도 백성은 이런 재앙을 당하지 않게 해주시옵소서!”

그러면서 그는 땅바닥에 엎드려 대성통곡했다.

한편 나선이 만아호를 열자 만 마리의 불까마귀들이 성으로 날아들어 입에서 불을 뿜고 날개에서 연기를 피워냈다. 또 몇 마리 화룡을 동원해 오룡륜을 한가운데 끼우자 적연구의 네 발굽 아래에 거센 불길이 일고 비연검에서 붉은 빛이 피어나 돌담이며 석벽까지 모조리 타버렸다. 유환이 불길을 받아 번지게 하자 화려하고 거대한 누각이 순식간에 무너져버렸으니 그야말로 이런 격이었다.

복 많은 무왕에게 이런 재앙 닥치니
당연히 고명한 이 나타나 불을 꺼주리라!

武王有福逢此厄　自有高人滅火時

이렇게 나선이 서기성을 불태우고 있을 때 마침 청란두궐의 용길공주가 찾아왔는데 그녀는 바로 호천상제와 요지금모의 딸로 속세를 그리워하며 봉황산에 폄적되어 있다가 강상이 주왕을 정벌하게 되자 도와주러 온 것이었다. 나선이 서기성을 불태우고 있을 때 푸른 난새를 타고 날아온 그녀는 불꽃 속에 수많은 불까마귀들이 있는 것을 발견하고 다급히 소리쳤다.

"벽운동자, 무로건곤망霧露乾坤網을 펼쳐서 서기성의 불길을 덮어라!"

이 보물에는 상생상극의 묘용이 담겨 있었는데 곧 '안개와 이슬[霧露]'이라는 것은 진정한 물이며 그것은 불을 이기기 때문에 즉시 만 마리의 불까마귀를 모조리 거둬들여버렸다.

한편 나선은 한창 여기저기 불을 놓다가 갑자기 불까마귀들이 사라진 것을 발견하고는 그의 앞에 어미관을 쓰고 붉은 비단옷을 입은 여도사에게 고함을 질렀다.

"거기 난새에 탄 이는 누구인데 감히 내 불을 끄는가?"

"호호! 나는 용길공주다. 네가 얼마나 대단한 능력이 있기에 감히 못된 마음을 품고 하늘의 뜻을 거슬러 현명한 군주를 해치려 하느냐? 당장 돌아가라, 그러지 않으면 멸망의 재앙을 당할 것이다!"

이에 나선이 분기탱천하여 오룡륜을 휘두르며 달려들자 용길공주가 코웃음을 쳤다.

"흥! 네가 가진 재주라고는 기껏 그런 정도겠지. 그래, 최선을 다해 덤벼봐라!"

그러면서 그녀가 얼른 사해병四海瓶을 꺼내 들고 주둥이를 오룡

나선, 서기성을 불태우다.

륜 쪽으로 향하니 오룡륜은 그대로 병 속으로 빨려들고 말았다. 화룡이 바닷속으로 들어갔으니 어찌 무사할 수 있었겠는가. 나선이 다시 버럭 고함을 지르며 만리기운연을 쏘았으나 그것 또한 사해병 속으로 들어가버렸다. 이에 분개한 유환이 발아래에 붉은 불꽃을 일으키며 칼을 휘두르자 용길공주는 화가 치밀어 빨갛게 달아오른 얼굴로 이룡검二龍劍을 공중에 던졌고 유환은 그대로 불길 속에서 목이 잘리고 말았다. 그 모습을 본 나선이 황급히 세 개의 머리와 여섯 개의 팔이 달린 모습을 드러내고 조천인으로 공격했으나 용길공주가 칼을 들어 가리키자 조천인은 그대로 불길 속으로 떨어져버렸다. 용길공주는 다시 보검을 겨누었고 사태가 여의치 않다고 판단한 나선은 적연구의 고삐를 돌려 달아나기 시작했다. 그때 용길공주가 이룡검을 공중에 던지니 그것은 그대로 적연구의 등짝을 찔러버렸는데 적연구가 쓰러져 불길 속에 나뒹굴자 나선은 불의 장막을 이용해 도망쳤다. 용길공주는 비와 이슬을 내려서 서기성의 화재를 진압하고 강상을 만날 명분을 만들고자 했다. 그녀가 내린 그 비는 정말 대단한 것이었으니 이를 묘사한 노래가 있다.°

쏴쏴 주룩주룩
빽빽하기 그지없다.
쏴쏴 주룩주룩
하늘에서 진주가 떨어지는 듯
빽빽하기 그지없어
마치 바다 입구에 파도가 뒤집혀 걸린 듯

처음 시작될 때는
크기가 주먹만 하더니
나중에는
항아리가 넘치고 동이가 쓰러지는구나.
맑은 계곡물 천 길 옥처럼 날리고
계곡과 샘물의 물결은 만 가닥 은처럼 치솟는다.
서기성 안을 순식간에 채우고
움푹한 땅과 연못도 점점 평평해진다.
진정 무왕에게 복이 많아 고명한 이가 도와주어
하늘의 은하수를 아래로 쏟아부었지!

瀟瀟灑灑　密密沈沈
瀟瀟灑灑　如天邊墜落明珠
密密沈沈　似海口倒懸滾浪
初起時　如拳大小
次後來　瓮潑盆傾
清壑水飛千丈玉　澗泉波湧萬條銀
西岐城内看看滿　低凹池塘漸漸平
眞是武王有福高人助　倒瀉天河往下傾

이렇게 용길공주가 비를 내려서 화재를 진압하자 성 안의 온 백성이 일제히 함성을 질렀다.

"하늘처럼 크나큰 복을 가지신 무왕께서 널리 은택을 베푸시어 우리 모두 목숨을 건질 수 있게 되었구나!"

성의 남녀노소가 내지르는 환호성이 밤새 하늘을 뒤집고 대지를 들끓게 할 정도였으니 모두들 편히 쉴 수 없었다.

한편 문무백관들은 비를 뚫고 달려가 대전 안에서 기도하는 무왕에게 문안 인사를 했고 강상은 자신의 저택에서 혼비백산했다. 그 때 연등도인이 말했다.

"그대의 시름 속에서 복을 얻어 고명한 분이 찾아오셨구려. 나 또한 몰랐던 것은 아니지만 내가 나서면 틀림없이 그분이 오지 않을 것 같아서 그냥 있었소이다."

그 말이 끝나기도 전에 양전이 들어와서 보고했다.

"사숙, 용길공주라는 분이 오셨사옵니다."

강상은 황급히 계단을 내려가 그녀를 맞이하여 대전으로 들어왔다. 용길공주는 연등도인과 광성자를 보고 고개를 숙여 인사했다.

"도형들, 안녕하십니까?"

강상이 연등도인에게 물었다.

"이분은 누구십니까?"

그러자 용길공주가 얼른 대답했다.

"저는 하늘에서 죄를 짓고 쫓겨난 용길공주예요. 조금 전에 나선이 서기성에 불을 지르기에 제가 보잘것없는 술법으로 불을 껐지요. 이제부터 승상께서 동쪽을 정벌하는 것을 도와 제후를 회합하고 사직에 공을 세우려고 해요. 그렇게 되면 죄를 사면받아 요지로 돌아갈 수 있게 될 테니 하산한 보람이 있지 않겠어요?"

강상은 무척 기뻐하며 시녀들에게 조용한 방을 마련하고 향을 피우게 하여 용길공주가 지낼 수 있게 해주었다. 서기성의 이번 소란은 그 피해가 막심해서 곧 궁궐이며 관리의 저택도 정리하고 수리해야 했다.

한편 패주하던 나선은 산을 내려와 숨을 헐떡이며 소나무 아래에 있는 바위에 기대앉아 생각에 잠겼다.

'하루아침에 용길공주에게 보물을 빼앗겨버렸으니 이 원한을 어찌 갚는단 말이냐!'

그가 그렇게 시름에 잠겨 있을 때 갑자기 뒤쪽에서 누군가 노래를 부르며 다가왔다.

채소 국 먹는 가난한 선비로 지내며
저자에 나가 고생하지 않았지.
벼슬살이의 뜻을 접고
산림에 은거하여
높은 산에서 자줏빛 영지 캐고
계곡가에서 낚시질했지.
동부에서 장난하며 놀다가
한가롭게 『황정경』 베껴 쓰고
거나하게 취하면
가슴에 담은 시를 노래했지.
때를 알아
제왕의 기업 세우는 일 돕고
징조를 예견할 수 있으니
나선은 오늘 위기에 처하겠구나!

曾做菜羹寒士　不去奔波朝市
宦情收起　打點林泉事
高山採紫芝　溪邊理釣絲
洞中戲耍　閒寫黃庭字
把酒醺然　長歌腹内詩
識時　扶王立帝基
知機　羅宣今日危

나선이 돌아보니 몸집이 커다란 사내가 구름 문양이 장식된 선운회를 쓰고 도복을 입은 채 방천극을 들고 다가오고 있었다.

"너는 누구인데 감히 그런 큰소리를 치느냐?"

"나는 이정이다. 서기성의 강 승상을 뵙고 함께 동쪽을 정벌하여 다섯 관문을 들어가려고 하는데 그분을 뵐 만한 마땅한 공을 세우지 못해 걱정하고 있던 참이었지. 이제 너를 잡아가서 상견례의 선물로 삼을까 한다!"

그 말에 분기탱천한 나선이 벌떡 일어나 보검을 휘두르며 달려들자 둘 사이에 곧 격전이 벌어졌는데 나선의 목숨이 어찌 되는지는 다음 회를 보시라.

제65회

은교, 기산에서 '쟁기와 호미의 재앙'을 당하다

般郊岐山受犁鋤

진격의 북소리 재촉하는데 해는 이미 기울었나니

은교는 이날 쟁기와 호미의 재앙 당했지.

번천인도 있었지만 모두 소용없어

이궁에 깃발 없으니 어찌 살 수 있으랴?

부질없는 생각에 헛수고하여

헛된 명성만 남겨놓았구나.

가련하다, 두 왕자 모두 맹서대로 되어

육신은 바람에 날려 가고 영혼은 진흙 속에 묻혔구나!

鼙鼓頻催日已西　般郊此日受犁鋤

飜天有印皆淪落　離地無旗孰可棲

空負肝腸空自費　浪留名節浪爲題

可憐二子俱如誓　氣化清風魂伴泥

그러니까 이정과 나선이 방천극과 칼을 휘두르며 격전을 치르니 마치 호랑이와 늑대가 싸우는 것 같았다. 이때 이정이 서른세 곳 하늘의 형상을 상징하는 황금탑을 공중에 던지며 고함을 질렀다.

"나선, 너는 오늘 이 재난에서 벗어나지 못할 것이다!"

나선은 재빨리 피하려고 했으나 그것이 어찌 가능했겠는가? 곧 이어 황금탑이 떨어져 내리니 어떻게 서 있을 수 있었겠는가? 가련하게도 그는 이런 신세가 되고 말았다.

봉신대에 자리 마련되어 있으니
도술이 하늘에 이른들 피하기 어려웠지!

封神臺上有坐位　道術通天難脫逃

황금탑이 정확히 나선의 머리 위로 떨어지니 나선은 즉시 뇌수가 터져버렸고 그의 영혼은 벌써 봉신대로 떠나버렸다. 이에 이정은 황금탑을 거둬들이고 흙의 장막을 이용해 서기성으로 갔다. 그가 순식간에 서기에 도착하여 강상의 저택으로 가자 목타가 자기 부친을 알아보고 황급히 강상에게 보고했다.

"제 아버님이 오셨사옵니다."

그러자 연등도인이 강상에게 말했다.

"그 사람도 우리 교단의 제자인데 예전에 주왕 밑에서 총사령관을 지냈소이다."

강상은 무척 기뻐하며 얼른 "안으로 모셔라!" 하고 인사를 나누었다.

한편 은교가 병력을 이끌고 방해하는 와중에 강상이 장수에 임명될 날짜가 가까워지는지라 조급해진 광성자는 연등도인에게 물었다.

"아직도 은교를 해결하지 못하고 있으니 이를 어쩌면 좋겠습니까?"

"번천인의 위력이 대단하니 현도의 이지염광기離地談光旗와 서방의 청련보색기青蓮寶色旗를 가져오지 않으면 안 되겠소이다. 지금은 옥허궁에서 주신 행황무기기만 있으니 은교를 어찌 굴복시킬 수 있겠소이까? 우선 이 깃발들부터 가져와야 할 것이외다."

"제가 현도에 가서 사백을 뵙고 와야겠습니다."

"어서 다녀오시구려."

광성자는 곧 종지금광법을 이용해 순식간에 팔경궁 현도동으로 갔다. 그곳의 경치는 너무나 아름다웠으니 이를 묘사한 노래가 있다.

금빛과 푸른빛 눈부시고
진주와 옥 찬란하다.
푸른 나무 춤추듯 흔들리고
푸른 녹음 방울방울 떨어질 듯하다.
신선 세계 난새와 학이 무리를 짓고
흰 사슴과 흰 원숭이가 짝을 이룬다.
표연히 떠도는 향 연기 하늘로 피어오르고
아름다운 색채 자욱하게 푸른 하늘에 닿는다.

안개에 가려진 누대 첩첩이 늘어서 있고

노을에 감싸인 전각 자줏빛 은은하다.

수만 갈래 상서로운 빛 복된 땅에 내려오고

수천 줄기 상서로운 기운 동부 대문에 비친다.

대라궁 안에서 황금 종 울리고

팔경궁 열리자 옥경이 울린다.

천지를 개벽한 신선이 사는 곳

그리하여 이곳 현도가 제일 훌륭한 곳이지!

金碧輝煌　珠玉燦爛

青葱婆娑　蒼翠欲滴

仙鸞仙鶴成群　白鹿白猿作對

香煙縹緲沖霄漢　彩色氤氳達碧空

霧隱樓臺重疊疊　霞盤殿閣紫陰陰

祥光萬道臨福地　瑞氣千條照洞門

大羅宮内金鐘響　八景宮開玉磬鳴

開天闢地神仙府　纔是玄都第一重

광성자는 현도동에 이르러 함부로 들어가지 못하고 잠시 기다렸다. 잠시 후 현도대법사가 밖으로 나오자 광성자가 다가가서 고개를 숙여 절했다.

"도형, 어르신께 제가 뵙고 싶다고 좀 알려주시구려."

현도대법사는 부들방석 앞으로 가서 보고했고 이에 노자가 말했다.

"안으로 데려올 필요는 없다. 그 아이는 이지염광기를 가지러 왔으니 네가 줘서 보내도록 해라."

현도대법사는 그 깃발을 광성자에게 건네주며 말했다.

"사부님께서 그대에게 들어올 필요 없이 이것만 가져가라고 하셨소이다."

광성자는 극진히 감사한 다음 깃발을 높이 받들고 서기로 돌아왔다. 그러자 강상이 그를 맞이하여 절하고 깃발을 건네받았다.

광성자는 다시 서방 극락을 향해 종지금광법으로 달려가서 하루 만에 도착했는데 그곳 풍경은 곤륜산과도 아주 달랐다.

보배롭게 일렁이는 금빛 태양처럼 환히 비추고
기이한 향기와 색채 더욱 섬세하고 훌륭하구나.
칠보림 안의 무궁한 풍경
팔덕지가에 드리운 상서로운 영락
정결한 신선 세계의 꽃은 인간 세계에 드물고
신선의 음악 울리는 생황 소리에 귀가 더욱 맑아진다.
빼어난 서방 땅은 참으로 부럽구나!
그야말로 연꽃잎 안에서 생겨난 곳이로다!

寶燄金光映日明　異香奇彩更微精
七寶林中無窮景　八德池邊落瑞瓔
素品仙花人罕見　笙簧仙樂耳更清
西方勝界眞堪羨　眞乃蓮花瓣裏生

광성자가 한참 동안 서서 기다리고 있노라니 동자 하나가 나왔다.

"여보게, 미안하지만 광성자가 찾아왔다고 알려주시게."

동자가 안으로 들어갔다가 잠시 후에 다시 나와서 말했다.

"안으로 모시라고 하십니다."

잠시 후 광성자는 어느 도인을 만났는데 그는 신장이 한 길 여섯 자에 얼굴은 황금색이며 머리에 상투를 틀어 올리고 있었으니 바로 접인도인接引道人이었다. 광성자와 인사를 나눈 접인도인은 자리에 앉아 말했다.

"도형께서는 옥허궁의 제자이시지요? 오래전부터 뵙고 싶었으나 인연이 없었는데 이번에 이곳을 찾아주셨으니 정말 삼생의 인연 덕분에 영광을 입게 되었습니다."

"제가 살계를 범하는 바람에 지금 제자인 은교가 강상이 장수에 봉해질 날짜를 맞추지 못하도록 방해하고 있습니다. 그래서 청련보색기를 빌려 은교를 물리쳐 주나라 무왕이 동쪽을 정벌하는 데 도움을 주고자 찾아왔습니다."

"이곳 서방은 청정무위淸淨無爲한 도를 추구하는지라 그대의 도교와는 다릅니다. 꽃을 피워 제게 보여주시면 저는 바로 연꽃의 모습으로 그 사람을 보니 동남 양쪽의 인물들과는 다릅니다. 그런데 이 깃발을 빌려드리면 속세의 때를 탈까 염려스러우니 그 부탁은 들어드리기 어려울 것 같습니다."

"추구하는 도의 문파는 달라도 그 이치는 하나가 아니겠습니까? 사람의 마음을 하늘의 도와 합치시키는 데 어찌 다를 수 있겠습니까? 동서남북 사방이 모두 한 가족이라 피차를 나누기도 어렵지 않습니까? 지금 주나라 무왕은 옥허궁의 분부를 받들고 운수에 따라 흥성하여 동서남북 사방이 모두 황제의 영토 안에 들어갈 것입니다. 그런데도 서방의 종교만이 동남쪽의 종교와 다르다고 하십니까? '금단과 사리는 인의를 함께하고 삼교는 애초에 한 집안이다[金丹舍利同仁義 三教原來是一家]'라는 옛말도 있지 않습니까?"

"일리 있는 말씀이기는 합니다만 청련보색기에 속세의 때를 묻힐 수는 없는 노릇이니 이를 어쩌면 좋겠습니까? 정말 곤란하구려!"

둘이 입씨름하는 동안 뒤쪽에서 또 한 명의 도인이 나타났으니 바로 준제도인이었다. 그는 인사하고 나서 자리에 앉아 말했다.

"도형께서 여기에 오신 것은 청련보색기를 빌려 서기산에서 은교를 격파하기 위해서겠지요? 원칙대로 하자면 이 깃발은 빌려드릴 수 없습니다만 지금은 상황이 달라졌으니 그럴 수 있는 까닭이 생겼습니다."

그리고 접인도인에게 말했다.

"지난번에 제가 도형께 말씀드렸던 것처럼 동남쪽에서 삼천 길이나 되는 붉은 기운이 하늘로 치솟았는데 그것이 우리 서방과 인연이 있어서 팔덕지에 오백 년 만에 꽃이 필 운수였습니다. 서방이 비록 극락이라고는 하나 그 도가 동남쪽에 행해질 날이 언제이겠습니까? 차라리 동남쪽의 교단을 빌려 우리의 도를 함께 행하도록 하면 되지 않겠습니까? 마침 지금 광성자 도형께서 오셨으니 당연히 빌려드려야지요."

그 말을 들은 접인도인은 즉시 청련보색기를 가져와 광성자에게 건네주었다. 광성자는 그 둘에게 감사하고 곧 서기로 돌아왔으니 그야말로 이런 격이었다.

단지 은교가 이 재앙을 당해야 했기 때문에
서방에 한번 다녀올 수밖에 없었지.

只爲殷郊逢此厄 纔往西方走一遭

광성자는 서방을 떠나 하루도 되지 않아 서기에 도착하여 강상의 저택으로 갔다. 그리고 연등도인에게 어렵사리 깃발을 빌려 오게 된 경위를 들려주자 연등도인이 말했다.

"잘되었구려! 이제 남쪽에는 이지염광기를, 동쪽에는 청련보색기를, 중앙에는 행황무기기를, 서쪽에는 소색운계기素色雲界旗를 세워놓고 북쪽만 비워 은교가 달아날 길을 열어두면 해결할 수 있을 것이외다."

"소색운계기는 어디에 있습니까?"

여러 제자들이 곰곰이 생각했지만 그 깃발이 어디에 있는지 아무도 몰랐다. 이에 광성자는 기분이 울적해졌고 제자들도 모두 물러갔다.

한편 거처로 돌아온 토행손은 아내인 등선옥에게 말했다.

"난데없이 은교가 우리를 공격하는 바람에 무척 귀찮게 되었는데 아직 소색운계기가 없으니 어쩌지? 그게 어디에 있는지도 모르니 원……."

그때 용길공주가 밀실에서 그 소리를 듣고 황급히 일어나 그들에게 와서 말했다.

"소색운계기는 제 어머님께서 갖고 계셔요. 그 깃발은 '운계雲界'라고도 하고 '취선聚仙'이라고도 하지요. 요지에서 반도회를 열 때 이 깃발만 세우면 모든 신선들이 알고 즉시 오기 때문에 '취선기'라고 부르는 것이지요. 깃발을 빌리려면 다른 사람은 안 되고 오직 남극선옹께서 가셔야만 해요."

그 말을 들은 토행손은 황급히 은안전으로 달려가 연등도인에게 말했다.

"제가 거처에서 아내와 상의하다가 용길공주께 들었사온데 그 깃발은 서왕모의 거처에 있고 취선기라고도 불린다고 하옵니다."

그제야 연등도인도 깨닫고 광성자에게 곤륜산에 다녀오라고 분부했다.

광성자는 종지금광법으로 옥허궁으로 가서 기린애 앞에서 한참 동안 기다렸다. 잠시 후 남극선옹이 나오자 그는 은교의 일에 대해 설명했고 남극선옹이 말했다.

"알겠소이다, 그대는 잠시 돌아가 계시구려."

광성자는 서기로 돌아왔다.

한편 남극선옹은 서둘러 행장을 꾸리고 옷을 갈아입은 다음 딸랑딸랑 옥패를 차고 홀笏을 들고 옥허궁을 나왔다. 그가 상서로운 구름을 타고 표홀히 날아갈 때 학이 앞길을 인도했으니 이를 묘사한 시가 있다.

상서로운 구름 밟고 신선이 길을 가서

학과 난새 타고 옥경으로 올라갔지.

복성, 녹성과 더불어 수성으로 불리나니

동남쪽에서 늘 행차를 머물고 있지.

祥雲托足上仙行　跨鶴乘鸞上玉京

福祿並稱爲壽曜　東南常自駐行旌

남극선옹이 요지에 도착하여 구름에서 내려와보니 붉은 대문은 단단히 닫혀 있고 옥패를 짤랑이는 소리도 들리지 않았다. 요지의 풍경은 정말 진귀했는데 이를 묘사한 노래가 있다.

머리는 하늘에 닿고

땅에는 수미산이 박혀 있지.

교묘한 봉우리 늘어서 있고

괴이한 바위 들쭉날쭉

까마득한 벼랑 아래에 기화요초 피어 있고

구불구불 오솔길 옆에 자줏빛 영지와 향긋한 혜초 자라지.

신선계의 원숭이 과일 따러 복숭아 숲으로 들어가니

마치 불꽃이 황금을 태우는 듯

소나무에 둥지 튼 백학이 가지 끝에 서 있으니

흡사 푸른 연기 위에 옥이 올려진 듯

오색 봉황 쌍쌍이 날고

푸른 난새 짝을 이루었다.

오색 봉황 쌍쌍이 날아

해를 향해 우니 천하가 상서로워지고

푸른 난새 짝을 이루어

바람 맞아 춤을 추니 세상에 보기 드문 모습일세.

또 노란 유리기와에 원앙 무늬 겹겹이 새겨졌고

눈부시게 밝고 화려한 벽돌 위에 마노가 깔려 있다.

동쪽도

서쪽도

모두 아름답고 보배로운 궁궐이요

남쪽도

북쪽도

아름다운 누각 끝없이 펼쳐져 있다.

운광전 위에는 황금빛 노을 피어나고

취선정 아래에는 자줏빛 안개 피어난다.°

그야말로 황금 궁궐에 신선의 음악 울리니

비로소 알겠구나, 이곳이 신선의 거처 요지瑤池임을!

頂摩霄漢　脈插須彌

巧峰排列　怪石參差

懸崖下瑤草琪花　曲徑旁紫芝香蕙

仙猿摘果入桃林　却似火燄燒金

白鶴棲松立枝頭　渾如蒼煙捧玉

彩鳳雙雙　青鸞對對

彩鳳雙雙　向日一鳴天下瑞

青鸞對對　迎風躍舞世間稀

又見黃鄧鄧琉璃瓦疊鴛鴦　明晃晃錦花磚鋪瑪瑙

東一行　西一行

盡是蕊宮珍闕

南一帶　北一帶

看不了寶瓊閣樓

雲光殿上長金霞　聚仙亭下生紫霧

正是　金闕堂中仙樂動　方知紫府是瑤池

남극선옹은 황금 계단 앞에 엎드려 아뢰었다.

"남극선옹이 금모金母께 아뢰나이다. 하늘의 운명에 부응한 성스러운 군주가 나옴에 봉황이 기산에서 울고 신선들이 살계를 열 때가 임박하여 하늘이 징조를 드리웠사옵니다. 삼교가 함께 논의하여 옥허궁의 명을 받들어 삼백육십오 도度의 방향에 따라 뇌부雷部와 화부火部, 온부瘟部, 두부斗部와 뭇 별자리를 비롯한 팔부八部의 신을 봉하도록 하였나이다. 그런데 지금 옥허궁의 부선副仙 광성자의 제자 은교가 사부의 분부를 저버리고 하늘을 거슬러 반란을 일으켜 백성을 죽이고 강상의 앞길을 막고 있으니 그가 장수에 임명될 기일을 그르칠까 두렵사옵니다. 은교는 자신이 맹서한 대로 서기에서 '쟁기와 호미의 재앙'을 당해야 마땅하옵니다. 이에 옥허궁의 분부를 받들어 성모께 간청하오니 부디 취선기를 하사하시어 서기에서 은교를 치죄하고 그의 맹서를 실현할 수 있도록 해주시옵소서. 참으로 황공한 심정으로 삼가 머리 조아려 아뢰나이다!"

그가 잠시 엎드려 있자 이윽고 신선의 음악이 울려 퍼졌다.

은교, 기산에서 '쟁기와 호미의 재앙'을 당하다.

옥궐의 황금 대문 두 쪽으로 열리니
음악 소리 일제히 울리는 가운데 요대로 내려오시네.
봉황이 붉은 조서 물고 하늘 관청을 떠나니
서왕모의 칙서가 인간 세상에 내려오지.

玉殿金門兩扇開　樂聲齊奏下瑤臺
鳳銜丹詔離天府　玉敕金書降下來

남극선옹이 황금 계단 앞에 엎드려 칙령이 내려오기를 기다리는데 갑자기 은은한 풍악이 울리면서 황금 대문이 열렸다. 이어서 네 쌍의 선녀가 취선기를 높이 받쳐 들고 와서 남극선옹에게 말했다.

"남극선옹에게 칙령이 내려왔어요. '주나라 무왕은 천하를 다스려야 마땅하고 추악한 행실이 하늘에까지 알려진 주왕은 마땅히 멸절되어야 하늘의 뜻에 부합하리라. 이에 특별히 그대에게 취선기를 빌려주어 주나라를 도울 수 있게 하나니 일이 끝나는 즉시 반환하여 신선의 보물에 때가 타지 않도록 하라. 속히 가서 경건히 임무를 수행하라!'"

남극선옹은 요지의 궁궐을 향해 감사의 절을 올리고 나서 그곳을 떠났으니 그야말로 이런 상황이었다.

주나라의 팔백 년 크나큰 기업 세우기 위해
성인의 황금 대궐에서 깃발을 빌려 왔지.

周主洪基年八百　聖人金闕借旗來

남극선옹이 곧장 서기로 가자 양전이 강상의 저택에 보고했다. 광성자는 향을 사르고 칙령을 받은 후 요지의 궁궐을 향해 감사의 절을 올렸고 강상은 남극선옹을 맞이하여 대전으로 들어가 함께 자리에 앉아 은교의 일에 대해 논의했다. 이때 남극선옹이 말했다.

"여보게, 길일이 가까워지고 있으니 어서 은교를 물리치시게. 나는 잠시 돌아가 있겠네."

여러 도인들이 남극선옹을 전송하고 나서 연등도인이 말했다.

"이제 취선기가 왔으니 은교를 잡을 수 있겠구려. 다만 이 일의 성공을 도와줄 분이 두세 분 더 필요하오이다."

그 말이 끝나기도 전에 나타가 들어와서 보고했다.

"적정자께서 오셨사옵니다."

강상이 적정자를 맞이하여 은안전으로 함께 들어오자 광성자가 말했다.

"나도 도형처럼 이런 못난 제자를 만나고 말았소이다."

둘이 그렇게 마주 보며 탄식하고 있을 때 또 보고가 들어왔다.

"문수광법천존께서 오셨사옵니다."

문수광법천존이 들어와서 강상에게 인사를 건넸다.

"축하하오!"

"축하할 일이 어디 있겠소이까? 몇 년째 전쟁이 끊이지 않아 밤낮으로 편히 먹고 잘 수도 없는 상황이 아닙니까? 언제나 부들방석에 차분히 앉아 무생無生의 오묘한 도리를 깨달을 수 있을지 모르겠소이다."

그러자 연등도인이 말했다.

"오늘은 문수 도우께서 수고를 좀 해주시기 바랍니다. 청련보색기를 가지고 기산의 진지震地에 주둔해주십시오. 그리고 적정자께서는 이지염광기를 지니고 기산의 이지離地에 주둔해주시고 중앙의 무기戊己 자리는 제가 지키겠소이다. 서방의 취선기는 무왕께서 직접 지니고 주둔해주셔야겠습니다."

그러자 강상이 말했다.

"그거야 문제없습니다."

그리고 그는 즉시 무왕을 모셔 오게 해서 은교의 일에 대해서는 거론하지 않고 그저 이렇게 말했다.

"전하, 기산에 행차하시어 적병을 물리쳐주시옵소서. 저도 함께 가겠나이다."

"상보께서 그리 분부하시니 당연히 과인이 직접 가야지요."

잠시 후 강상은 북을 울려 장수들을 소집하고 군령을 내렸다.

"황비호는 영전을 수령하여 장산의 영채 원문을 공격하고 등구공은 좌측의 군량이 드나드는 문을, 남궁괄은 우측의 군량이 드나드는 문을 공격하라. 나타와 양전은 좌측에서, 위호와 뇌진자는 우측에서, 황천화는 뒤편에서, 목타와 금타 및 이정은 후미에서 지원하라!"

그야말로 이런 격이었다.

계책 만들어 달 속에서 옥토끼 잡고
계략 이루어지니 해 안에서 금오金烏를 잡지.

計就月中擒玉兎　謀成日裏捉金烏

분부를 마친 강상은 먼저 무왕과 함께 기산으로 가서 서쪽 방위를 지켰다.

한편 영채가 살기로 뒤덮인 것을 본 장산과 이금은 중군 막사로 가서 은교에게 보고했다.

“전하, 여기에 주둔해 있어봐야 승리를 거두기 어려우니 차라리 조가로 돌아가서 훗날을 기약하는 것이 나을 듯하옵니다.”

“나는 어명을 받고 여기에 온 것이 아니다. 내가 상소문을 써서 먼저 조가에 구원병을 청하면 이까짓 성 하나쯤 점령하는 것이야 무엇이 어렵겠느냐?”

그러자 장산이 말했다.

“강상은 용병술이 귀신같고 또 옥허궁의 제자들도 무척 많이 모여 있으니 간단한 상대가 아니옵니다.”

“상관없다, 내 사부마저도 이 번천인을 두려워하는데 다른 사람이야 말할 필요가 있겠느냐?”

이렇게 셋이 의논하다 보니 날이 저물었다. 일경 무렵이 되었을 때 황비호가 일단의 병력을 이끌고 원문으로 쇄도했으니 병사들이 포성을 울리고 함성을 지르며 일제히 들이닥치자 그 기세를 감당하기가 어려웠다. 은교는 아직 잠자리에 들지 않고 있다가 엄청난 함성을 듣고 황급히 중군 막사에서 나와 방천극을 들고 말에 올랐다. 그가 횃불을 들고 주위를 둘러보니 황비호 부자가 원문으로 쳐들어오고 있었다. 이에 그가 고함을 질렀다.

“황비호, 감히 내 영채를 공격하다니 죽음을 자초하는구나!”

그러자 황비호가 맞받아 소리쳤다.

"군령을 받았으니 감히 거역할 수 없었소이다!"

그러면서 그가 창을 휘두르며 달려들자 은교도 방천극을 들고 맞섰다. 황천록과 황천작, 황천상이 일제히 달려들어 은교를 가운데 두고 단단히 에워쌌고 그러는 사이에 등구공은 태란과 등수, 조승, 손염홍을 거느리고 영채의 좌측을 공격했다. 남궁괄은 신갑과 신면, 태전, 굉요를 거느리고 영채의 우측으로 쇄도해 들어갔고 그들을 맞은 이는 이금이었으며 장산은 등구공과 맞섰다. 이때 나타와 양전이 중군으로 달려가 황비호 부자를 도왔는데 나타의 화첨창은 은교의 심장과 등, 옆구리를 어지럽게 찔러댔고 양전의 삼첨도는 은교의 머리 위를 날아다녔다. 은교는 풍화륜을 탄 나타를 먼저 쓰러뜨리기 위해 낙혼종을 꺼내서 그에게 흔들었지만 나타는 전혀 신경 쓰지 않았다. 또 번천인을 던져 양전을 공격했으나 일흔두 가지 오묘한 도술을 익힌 양전이 바람을 맞아 변신술을 써버리니 도저히 낙마시킬 수 없었다. 그렇게 은교가 고전하는 사이에 수많은 상나라 병사들이 한밤중에 일어난 전투로 인해 죽어갔으니 그야말로 이런 상황이었다.

주군 위해 천하를 안정시키려다
말과 사람의 시체 전장에 가득했지.

只因爲主安天下　馬死人亡滿戰場

그때 나타가 황금 벽돌을 던져 은교의 종을 정확히 맞히자 수만 갈래 노을빛이 번쩍였다. 그러는 사이에 남궁괄은 이금의 목을 베고 다시 중앙으로 달려와 나타를 거들었다. 장산은 등구공과 격전을 벌이다가 손염홍이 기습적으로 내뿜은 불길을 피하지 못하고 얼굴에 화상을 입었고 곧 등구공이 휘두른 칼에 맞아 몸이 둘로 갈라져 낙마해버렸다. 이어서 등구공도 장졸들을 이끌고 중앙으로 달려오니 은교와 휘하의 병사들은 주나라의 포위망에 겹겹이 갇혀버리는 신세가 되었다. 비록 은교가 세 개의 머리와 여섯 개의 팔을 가졌다 할지라도 창칼이 철벽처럼 둘러쌌으니 봉신방에 사나운 별신으로 이름이 오른 영웅들을 어찌 감당할 수 있었겠는가? 게다가 뇌진자까지 공중을 날며 황금 몽둥이로 내리치고 있는 상황이었다. 은교는 진영이 온통 혼란에 빠지고 장산과 이금마저 모두 죽자 사태가 불리해진 것을 깨닫고 황천화를 향해 낙혼종을 흔들어 그가 옥기린에서 떨어진 틈을 이용해 재빨리 포위망을 뚫고 기산으로 도주해버렸다. 이에 주나라의 장수들은 징과 북을 울리며 삼십 리를 추격하고 나서야 비로소 돌아왔다. 황비호는 병력을 인솔하여 성으로 돌아와 다른 장수들과 함께 강상의 저택으로 가서 그를 기다렸다.

한편 은교는 날이 밝아올 때까지 악전고투하고 나서 남아 있는 패잔병이 얼마 되지 않자 탄식했다.

"이렇게 패전하고 장수들까지 잃게 될 줄이야! 일단 다섯 관문을 통해 조가로 가서 부왕을 뵙고 병력을 빌려 와서 오늘의 복수를 해도 늦지 않아!"

그러면서 그가 말을 달려 가는데 갑자기 문수광법천존이 그의 앞을 가로막고 말했다.

"은교, 오늘이야말로 네가 '쟁기와 호미의 재앙'을 당할 때로구나!"

이에 은교는 허리를 숙여 예를 표하며 말했다.

"사숙, 저는 오늘 조가로 돌아가려 하는데 왜 길을 막으시옵니까?"

"너는 이미 그물에 걸려들었으니 당장 말에서 내려 투항하면 그 재앙은 당하지 않도록 용서받을 것이다."

은교가 버럭 화를 내며 말을 몰고 달려들어 방천극을 휘두르자 문수광법천존도 들고 있던 칼로 맞섰다. 다급해진 은교는 번천인을 던졌고 문수광법천존은 재빨리 청련보색기를 펼쳤다. 그 순간 허공에 하얀 기운이 서리더니 수만 갈래 금빛이 피어나면서 사리 한 알이 나타났다.

수만 갈래 금빛이 위아래로 은은하니
삼승의 오묘함이 서방으로 들어가는구나.
사리의 무궁한 묘용 알아야 하나니
번천인도 아무 쓸모없이 만들어버렸지.

萬道金光隱上下　三乘玄妙入西方
要知舍利無窮妙　治得番天印渺茫

이 보배로운 깃발이 펼쳐지자 번천인도 더 이상 아래로 내려오지 못했고 은교는 어쩔 수 없이 번천인을 회수하여 남쪽 이지離地를 향해 달려갔다. 그때 갑자기 적정자가 나타나 길을 막으며 그에게 호통쳤다.

"은교, 네가 사부의 분부를 저버렸으니 네 입으로 뱉은 맹서의 재앙을 피하기 어려울 것이다!"

은교는 한바탕 격전을 피할 수 없다고 생각하고 말을 몰아 적정자에게 방천극을 내질렀다.

"어리석은 놈! 너희 형제가 똑같으니 당연히 이렇게 죽어야 할 팔자로구나. 이는 모두 하늘이 정한 운수이니 너도 결코 피할 수 없을 것이다!"

적정자가 칼을 들어 맞서자 은교도 다시 한번 번천인을 던졌다. 그러자 적정자는 이지염광기를 펼쳤으니 현도의 보물인 이 깃발은 오행의 원리에 따라 만들어진 진귀한 것이었다.

혼돈이 처음 나뉠 때 도道가 정미하여
이궁에서 만들어져 조화의 기밀 담겼도다.
오늘 기산에서 펼쳐지니
은교는 핏물로 옷 적시는 일 피하기 어렵겠구나!

鴻濛初判道精微　產在離宮造化機
今日岐山開展處　殷郊難免血沾衣

적정자가 이 보물을 펼치자 번천인은 공중에서 어지럽게 날아다니기만 할 뿐 아래로 내려오지 못했다. 그것을 본 은교는 황급히 번천인을 거둬들이고 중앙을 향해 달려갔다. 그러자 연등도인이 가로막으며 말했다.

"네 사부가 백 개의 쟁기와 호미를 가지고 너를 기다리고 있는

니라!"

그 말에 놀란 은교가 공손히 물었다.

"사백, 제가 여러 어르신들께 잘못을 범하지도 않았는데 왜 곳곳에서 저를 핍박하십니까?"

"못된 놈! 네가 하늘에 맹서했으니 네 입으로 뱉은 재앙을 어찌 피할 수 있겠느냐?"

하지만 은교는 악신惡神이었으니 어찌 거기서 그만두려 했겠는가? 그가 즉시 분기탱천하여 달려들어 공격하자 연등도인도 "어허, 선재로다!" 하면서 칼을 들어 맞섰다. 세 판이 채 지나기도 전에 은교가 번천인을 던져 공격하니 연등도인은 옥허궁의 보물인 행황무기기를 펼쳤다.

오행의 원리에 따라 곤륜산 다스리니
한없는 현묘함이 사람 놀라게 하는구나.
깃발 펼치자 수만 갈래 금빛이 피어나
은교의 목숨 위태롭게 만들었지.

執掌崑崙按五行　無窮玄妙使人驚
展開萬道金光現　致使殷郊性命傾

그 깃발이 펼쳐지자 즉시 수만 송이 황금 연꽃이 나타났고 번천인은 아래로 내려오지 못했다. 은교는 다른 이가 그것을 훔쳐 갈까 봐 황급히 거둬들였는데 그때 문득 서쪽을 바라보니 용과 봉황이 수놓인 깃발 아래 강상이 서 있었다. 은교는 버럭 고함을 질렀다.

"원수가 앞에 있으니 어찌 그냥 보내줄 수 있으랴!"

그러면서 말을 몰고 달려들어 방천극을 휘둘렀다.

"강상, 내가 간다!"

세 개의 머리와 여섯 개의 팔이 달린 그가 방천극을 휘두르며 달려들자 무왕이 기함했다.

"아이고, 놀라 죽겠구나!"

그러자 강상이 말했다.

"괜찮습니다, 저 사람은 바로 은교 왕자이옵니다."

"왕자님이시라면 내가 마땅히 말에서 내려 절을 올려야지요."

"이제 적이 되었는데 어찌 그리 쉽게 대면할 수 있겠사옵니까? 제 나름대로 방법이 있사옵니다."

은교는 산을 무너뜨릴 듯한 기세로 달려들어 가타부타 말도 없이 곧바로 방천극을 내질렀고 강상은 황급히 칼을 들어 맞섰다. 은교가 단 한 차례만 맞붙고 나서 바로 번천인을 던지자 강상이 급히 요지의 보물인 취선기를 펼쳤는데 그 순간 온 땅에 은은한 향기가 퍼지면서 기이한 향 연기가 위를 덮었으니 번천인은 더 이상 아래로 내려오지 못했다.

상서로운 오색구름 천지에 자욱하니
만 갈래 금빛이 무지개를 토해낸다.
은교는 부질없이 번천인만 썼으니
조만간 쟁기와 호미가 머리 위로 쏟아지리라!

五彩祥雲天地迷　金光萬道吐虹霓

강상은 무궁한 묘용을 지닌 깃발로 인해 번천인이 내려오지 못하게 되자 즉시 타신편을 던져 공격했다. 다급해진 은교는 재빨리 북쪽으로 달아났는데 그가 이미 북쪽 감지坎地로 들어선 것을 본 연등도인은 우렛소리를 울렸고 곧 사방에서 함성이 일면서 징과 북이 일제히 울려 엄청난 살기가 진동했다. 은교는 말을 달려 도주하다가 사방에서 추격병이 달려들자 마땅한 길을 찾지 못하고 산속의 오솔길을 뚫고 내달렸다. 그런데 그 길은 갈수록 좁아졌다. 할 수 없이 그가 말을 버리고 도보로 움직이자 또다시 뒤에서 추격병의 소리가 아주 가까워졌다. 이에 그는 하늘을 향해 기원했다.

"제 부왕께서 아직 천하를 다스릴 복을 가지고 계시다면 이 번천인이 탈출로를 만들어주어 상나라 사직이 유지될 것이나 성공하지 못하면 저는 이제 끝이옵니다!"

그러면서 그가 번천인을 던지자 '쾅!' 하는 소리와 함께 한 줄기 길이 나타났다. 그는 무척 기뻐하며 중얼거렸다.

"상나라의 천하는 아직 끝날 수 없어!"

그는 곧 산길을 따라 내달렸는데 그 순간 한 발의 포성이 울리면서 산의 양쪽에서 주나라 병사들이 정상을 향해 휩쓸듯이 올라왔고 뒤쪽에서는 연등도인이 쫓아왔다. 전후좌우로 죄다 강상의 병력들인지라 벗어나기 어렵겠다고 판단한 은교는 황급히 흙의 장막을 이용해 위쪽으로 내달렸다. 그런데 그의 머리가 막 산꼭대기로 나오는 순간 연등도인이 두 손을 합치자 두 개의 산꼭대기가 하나로 모이면서 은교의 몸뚱이는 산 사이에 끼이고 머리만 밖으로 나온 꼴이 되고 말았다. 이제 그의 목숨이 어찌 되는지는 다음 회를 보시라.

제66회

홍금, 서기성에서 격전을 벌이다
洪錦西岐城大戰

기문둔갑의 술법 진세 앞에 펼쳐지니
적장 베고 기를 뽑는 기세도 장엄하구나!
검은 연기가 혼을 인도하며 밝은 해 가리고
푸른 깃발 땅에 던져지니 먼지가 일어난다.
삼산관 위에 영웅들 많고
오기애 앞에는 빼어난 인재 있다.
선녀가 변신술을 잘 써서가 아니라
그저 월하노인이 새로 중매를 섰기 때문이지.

奇門遁術陣前開　斬將搴旗亦壯哉
黑談引魂遮白日　青幡擲地起塵埃
三山關上多英俊　五烝崖前有異才
不是仙娃能幻化　只因月老作新媒

그러니까 연등도인이 산을 합쳐서 은교를 붙들어놓자 네 방향의 병력이 일제히 산으로 올라왔다. 무왕은 정상에 이르러 은교의 그런 모습을 보고 구르듯이 안장에서 내려 땅바닥에 무릎을 꿇고 절규했다.

"전하, 저 희발은 법을 받들고 신하의 도리를 다하면서 감히 군주를 기만한 적이 없사옵니다. 오늘 상보가 전하를 이렇게 만들었으니 저는 만고의 역사에 오명을 쓰게 되었나이다!"

그러자 강상이 무왕을 부축해 일으키며 말했다.

"은교는 천명을 거슬렀기 때문에 이렇게 될 운명이었으니 어찌 벗어날 수 있었겠사옵니까? 하지만 전하께서 신하의 도리를 다하시려거든 주군에 대한 절을 하셔서 주공主公에 대한 덕을 다하셔도 괜찮사옵니다."

"상보께서 오늘 전하를 산 사이에 끼워놓았으니 대역죄는 과인이 다 뒤집어쓰게 되었습니다. 도사님들, 부디 측은지심을 발휘하여 과인을 생각하셔서 전하를 풀어주시기 바랍니다!"

그러자 연등도인이 실소를 터뜨렸다.

"전하께서는 하늘이 정한 운명을 모르시나 봅니다. 은교는 천명을 거슬렀으니 어찌 처벌을 피할 수 있겠습니까? 전하께서 군주와 신하 사이의 예의를 차리시는 것은 괜찮지만 그렇다고 하늘을 거스르는 일을 하실 수는 없습니다."

무왕이 재삼 은교를 풀어주라고 청하자 강상이 정색하고 말했다.

"저는 다만 하늘의 뜻을 따르고 백성의 바람에 순응할 뿐이지 감히 하늘을 거스르며 주공을 그르치는 일은 할 수 없사옵니다."

이에 무왕은 눈물을 훔치며 향을 사르고 나서 땅바닥에 무릎을 꿇고 은교에게 말했다.

"제가 전하를 구하려 하지 않은 것이 아니라 여러 도사님께서 천명을 따라야 한다고 주장하시니 어쩔 수 없사옵니다. 이는 결코 저의 죄가 아니옵니다."

그러면서 그가 절을 올리고 나자 연등도인이 무왕에게 산 아래로 내려가라고 권했다. 그러고 나서 광성자에게 쟁기를 산 위로 끌고 오라고 분부하니 광성자는 은교의 그런 모습을 보고 자기도 모르게 눈물을 흘렸다. 그야말로 이런 격이었다.

자기 입으로 쟁기와 호미의 재앙을 받겠노라 맹서했으니
오늘 서기에서 어찌 그 재앙 벗어날 수 있으랴?

只因出口犁鋤願　今日西岐怎脫逃

잠시 후 무길이 쟁기로 은교를 갈아버리자 그의 영혼은 그대로 봉신대로 떠나버렸다. 그리고 청복신 백감은 백령번으로 그 영혼을 인도해 들어갔다. 하지만 원한이 풀리지 않은 은교의 영혼은 한 줄기 바람을 타고 조가로 갔다. 그때는 마침 주왕이 달기와 함께 녹대에서 술을 마시고 있었는데 갑자기 엄청난 바람이 몰아쳤다.

땅을 휩쓸고 하늘 가려 어둑하고
시름겨운 구름 캄캄하게 땅을 비춘다.

녹대는 먹물을 뿌려놓은 듯
온통 검푸르게 치장한 모습이 되었다.
처음 불어올 때는 흙먼지 일으키더니
나중에는 나무를 꺾고 숲을 무너뜨린다.
그 거센 기세에 항아도 사라수를 단단히 끌어안았으니
공중의 선녀가 어찌 구름을 탈 수 있었으랴?
곤륜산 정상의 바위를 불어 흔들고
강과 호수의 물을 휘말아 파도가 뒤집혔지!

刮地遮天暗　愁雲照地昏
鹿臺如潑墨　一派靛妝成
先刮時揚塵播土　次後來倒樹摧林
只刮得嫦娥抱定梭羅樹　空中仙子怎騰雲
吹動崑崙頂上石　捲得江湖水浪渾

한편 녹대에서 술을 마시고 있던 주왕은 누군가 온 듯한 소리를 듣고 자기도 모르게 정신을 잃어 앉아 있던 자리에서 그대로 누웠다. 그때 세 개의 머리와 여섯 개의 팔이 달린 이가 그의 앞에 서서 말했다.

"부왕, 자식인 저 은교는 나라를 위해 일하다가 '쟁기와 호미의 재앙'을 당했사옵니다. 부디 어진 정치를 펼치시어 상나라 천하를 잃지 않도록 하시옵소서. 마땅히 현량한 재상을 등용하시고 조속히 총사령관을 임명하시어 안팎의 큰일을 맡기시옵소서. 그러지 않으면 조만간 강상이 동쪽으로 정벌을 감행할 것이니 그때는 후회해도 늦을 것이옵니다! 말씀드리고 싶은 것이 더 있지만 봉신대에서 받아들여주지 않을까 염려스러워 저는 이만 가야겠나이다."

주왕이 깜짝 놀라 깨어나 중얼거렸다.

"괴이한 일이로다!"

달기는 그 자리에 호희미, 왕王 귀인과 함께 있다가 황급히 허리를 숙여 예를 표하며 물었다.

"폐하, 무슨 일이시옵니까?"

주왕이 꿈속의 일을 들려주자 달기가 말했다.

"꿈은 마음에서 비롯되는 것이니 괘념치 마시옵소서."

주왕은 주색에 빠진 어리석은 군주인지라 세 요녀가 교태를 부리며 잔을 권하자 더 이상 꿈속의 일을 마음에 두지 않았다.

잠시 후 사수관의 사령관 한영이 올린 긴급 보고가 문서방에 도착했다. 그 내용을 읽어본 미자는 몹시 불편한 마음으로 보고서를 들고 내궁으로 들어갔다. 마침 주왕은 현경전에 있었는데 미자가 알현하러 왔다는 보고를 받고 안으로 들여보내라고 했다. 미자는 앞으로 나아가 절을 올리고 한영의 보고서를 바쳤다. 그러자 주왕은 장산이 토벌에 실패하고 은교가 기산에서 죽었다는 내용을 읽고 벼락같이 진노하며 신하들에게 말했다.

"희발이 스스로 무왕의 자리에 올라 대역죄를 저질러 여러 차례 정벌했음에도 장수와 병력만 잃고 성공하지 못하는구나. 지금 당장 누구를 사령관으로 삼으면 좋겠소? 한시라도 빨리 저들을 제거하지 않으면 훗날 큰 근심거리가 될 것이오."

그러자 반열 가운데 간대부 이등李登이 나와서 절을 올리고 간언했다.

“지금 천하가 불안하여 사방에서 일어난 전란이 십 년이 넘도록 종식되지 않고 있사옵니다. 동백후 강문환과 남백후 악순, 북백후 숭흑호의 반란은 기껏 부스럼 정도에 지나지 않았사오나 강상의 도움을 받은 서기의 희발은 무도하게 전란을 함부로 일으키니 그 의도가 예사롭지 않사옵니다. 그런데 조가 안의 인물들 가운데 강상을 상대할 만한 이가 없으니 이에 저는 삼산관의 총사령관 홍금을 천거하고자 하옵니다. 재능과 술수를 겸비한 그로 하여금 정벌에 나서게 하면 문제를 해결할 수 있을 것으로 사료되옵나이다.”

주왕은 즉시 어명을 내려 삼산관의 홍금에게 정벌의 전권을 하사하도록 했다. 어명을 받든 전령은 곧바로 출발하여 하루도 되지 않아 무사히 삼산관 역관에 도착해 하룻밤을 쉬고 이튿날 홍금과 보좌관들의 영접을 받으며 어명을 전달했다. 홍금을 교대할 장수는 바로 공선이었다. 며칠 후 홍금은 공선에게 인수인계를 분명하게 하고 나서 십만 명의 정예병을 이끌고 서기를 향해 진격했으니 그 기세가 정말 엄청났다.

행군 도중에 깃발이 밝은 해를 가리고
살기에 떠가는 구름조차 어지러워졌지.
창칼에서는 한기가 으스스하고
검과 극에서는 냉기가 삼엄하다.
활은 가을 달처럼 굽었고
통에 꽂힌 화살은 차가운 별처럼 빛난다.

황금 갑옷 누렇게 빛나고

은빛 투구 옥으로 만든 종과 같다.

징 소리 천지를 놀라게 하고

북소리 우레가 울리는 듯하다.

장병은 비휴처럼 용맹하고

말은 교룡처럼 웅건하다.

이제 서기로 가게 되면

또 아름다운 앞길 날려버리겠지!

一路上旌旗迷麗日　殺氣亂行雲

刀槍寒颯颯　劍戟冷森森

弓彎秋月樣　箭插點寒星

金甲黃鄧鄧　銀盔似玉鐘

鑼響驚天地　鼓擂似雷鳴

人似貔貅猛　馬似蛟龍雄

今往西岐去　又送美前程

어쨌든 홍금의 부대가 기산에 도착하자 정찰병이 보고했다.

"서기에 도착했사옵니다."

홍금은 영채를 차리게 하고 주위에 울타리를 두르라고 명령한 다음 선봉장 계강季康과 백현충柏顯忠을 중군 막사로 불러 말했다.

"이제 칙령을 받아 정벌을 나왔으니 너희는 각자 나라를 위해 전심전력을 기울여주기 바란다. 강상은 지모가 풍부한지라 하찮은 적들과는 차원이 다르니 경시하여 경솔히 움직이지 말고 신중하게 행동해야 할 것이야!"

"예! 명심하겠사옵니다!"

이튿날 계강은 병력을 이끌고 서기성 아래로 가서 싸움을 걸었다.

정찰병의 보고를 받은 강상은 무척 기뻐했다.

"서른여섯 방향에서 공격해 올 것이라고 했는데 이제 마지막이니 드디어 동쪽 정벌을 준비할 수 있게 되었구려. 이번에는 누가 다녀오시겠소?"

그러자 남궁괄이 자원했다. 강상의 허락을 받은 그가 병력을 이끌고 나가자 계강의 부대가 먹구름처럼 몰려왔다. 이에 남궁괄이 소리쳤다.

"그대는 누구인가?"

"나는 총사령관 홍금 휘하의 선봉장 계강이다. 이제 칙령을 받아 정벌하러 왔으니 너희 역적들은 당연히 원문 앞에 와서 목을 내밀어야 하거늘 감히 아직도 병력을 이끌고 항거하느냐? 진정 국법도 군주도 모두 안중에 두지 않는구나!"

"하하! 너처럼 같잖은 작자는 서기성에서 몇 백만 명이나 죽였는지 모르는데 또 너 같은 작자들을 보냈구나. 당장 철군하면 목숨은 부지할 수 있을 게다!"

계강이 분기탱천하여 말을 몰고 달려들어 칼을 휘두르자 남궁괄도 들고 있는 칼을 들어 맞섰다. 둘이 서른 판쯤 맞붙었을 때 좌도방문의 술법을 익힌 계강이 주문을 외자 머리 위에서 검은 구름이 피어나 그 안에서 개가 한 마리 나타나 남궁괄의 팔을 덥석 물어버렸다. 그 바람에 남궁괄의 전포와 갑옷이 뭉텅 떨어져나갔고 연이어 날아온 계강의 칼에 하마터면 몸뚱이가 두 동강 날 뻔했다. 남궁괄이 혼비백산 성 안으로 패주하여 자세한 상황을 보고하자 강상은 불편한 표정을 지었다. 그 무렵 계강은 자기 진영으로 돌아가 홍금에게 승전보를 알렸다.

"첫 번째 전투에서 승리했으니 이후로 모든 전투에서 승리하게 될 걸세!"

이튿날은 백현충이 나와서 싸움을 걸었다. 정찰병의 보고를 받은 강상이 물었다.

"이번에는 누가 출전하겠는가?"

등구공이 자원하고 나서자 강상이 허락했다. 등구공은 말을 몰고 성문을 나가 대열의 맨 앞에서 백현충을 알아보고 호통쳤다.

"백현충, 천하가 모두 현명한 군주에게 귀의했는데 너희는 당장 투항하지 않고 무슨 때를 기다리는 것이냐?"

"너 같은 필부는 나라의 크나큰 은혜를 저버리고 은의를 생각하지 않으니 어질지도 지혜롭지도 못한 개돼지 같은 종자일 뿐이다!"

등구공이 분기탱천하여 말을 몰고 달려들어 합선도를 휘두르자 백현충도 창을 내지르며 맞섰다. 두 장수는 마치 사나운 호랑이가 머리를 흔들 듯 사자가 꼬리를 휘젓듯 격전을 벌여 천지가 캄캄해질 지경이었다.

이쪽의 황금 투구에는 세찬 불길 일어나고
저쪽의 황금 갑옷에는 사슬이 엮여 있다.

이쪽의 피비린내 붉은 전포 적시고
저쪽의 하얀 전포는 비단 같구나.
이쪽의 큰 칼은 번개처럼 번쩍이고
저쪽의 창은 용과 뱀이 꿈틀거리는 듯하다.
이쪽의 연지마가 내달리면 귀신도 놀라고
저쪽의 백룡구는 은빛 싸라기눈처럼 치달린다.
붉은 전포와 하얀 전포의 두 장수 하늘신과 같아서
용과 호랑이처럼 격전 벌이니 정말 흉험하구나!

這一個頂上金盔飄烈燄　那一個黃金甲挂連環套
這一個猩猩血染大紅袍　那一個粉素征袍如白練
這一個大刀揮如閃電光　那一個長槍恰似龍蛇現
這一個胭脂馬跑鬼神驚　那一個白龍駒走如銀霰
紅白二將似天神　虎鬥龍爭眞不善

둘이 이삼십 판쯤 맞붙었을 때 등구공이 이름난 대장답게 번개처럼 칼을 휘두르니 그 기세가 무시무시했다. 애초에 상대가 되지 않았던 백현충은 곧 빈틈을 드러냈고 등구공이 그것을 놓치지 않고 칼을 후려치자 그는 그대로 낙마하고 말았다. 이에 등구공이 개선하여 강상에게 백현충의 목을 벤 사실을 보고하자 강상이 분부했다.

"그자의 목을 성 위에 효수하라!"

장수를 잃은 홍금은 불같이 화가 치밀어 이를 갈며 단숨에 서기성을 삼키지 못하는 것을 한스러워했다.

이튿날 홍금은 직접 병력을 이끌고 서기성 아래로 가서 강상에게 나오라고 요구했다. 정찰병의 보고를 받은 강상은 즉시 대오를 정비했고 이윽고 포성과 함께 성문이 열리면서 일단의 병력이 몰려나왔다. 홍금이 살펴보니 주나라 병력은 병사들의 규율이 엄격한 데다가 좌우에는 영웅호걸들이 맹수처럼 위용을 떨치고 있었다. 삼산오악에서 모여든 옥허궁의 제자들 또한 표연히 신선의 풍모를 드러내며 양 날개를 펼치고 있었으며 중앙에 꿩 깃털을 장식한 보독번 아래에는 개국무성왕 황비호가 오색신우를 타고 있었다. 도복을 입은 채 사불상을 탄 강상은 그 외모부터 남달랐다.

어미금관 쓰고
도복은 동방에 맞춰 입었구나.
허리띠에는 음양의 매듭 묶었고
삼실로 엮은 신에는 옥구슬 달았구나.
손에는 고리 세 개 달린 칼을 들고
가슴속에는 백 번 담금질한 강철 같은 의지 담겼구나.
제왕의 스승으로 재상이 될 관상 지니고
만고에 그 이름 날리리라!

金冠如魚尾　道服按東方
絲絲懸水火　麻鞋繫玉璫
手執三環劍　胸藏百煉鋼
帝王師相品　萬載把名揚

홍금은 말을 몰고 앞으로 나가서 소리쳤다.

"그대가 강상인가?"

"장군의 성함은 어찌 되시오?"

"나는 칙령을 받고 토벌군을 이끄는 총사령관 홍금이다. 너희는 신하의 도리를 지키지 않고 하늘을 거슬러 반란을 일으키고 종종 천자의 군대에 대항했으니 그 대가가 막중하다. 이제 어명을 받들어 너희를 토벌하여 조가로 잡아가 국법으로 다스리고자 왔으니 나의 무서움을 알거든 당장 말에서 내려 오랏줄을 받아 이 지역 백성이 도탄에 빠지는 일이 없도록 하라!"

"홍금, 그대가 대장군이라면 마땅히 하늘의 예시를 파악해야 하지 않겠소? 천하가 모두 주나라에 귀의했고 현량한 선비들도 모두 독불장군 주왕에게서 등을 돌렸으니 기껏해야 작은 웅덩이에 고인 물에 지나지 않는 그대가 어찌 대세를 되돌릴 수 있겠소? 지금 팔백 명의 제후들이 무도한 천자를 토벌하자고 청하고 있는데 내 조만간 맹진에서 제후들과 회합하여 주왕의 죄를 다스려 백성을 도탄에서 구제하고 분란을 종식시킬 것이오. 그러니 그대들도 속히 투항하여 군주의 덕을 갖춘 이에게 귀순하시오. 그러면 제후로서 그대의 지위를 보전할 수 있을 것이지만 감히 하늘을 거슬러 무도한 주왕을 돕는다면 그것은 스스로 죄를 자초하는 행위일 뿐이오!"

"가소로운 늙은이, 어찌 감히 방자한 말을 함부로 지껄이느냐?"

홍금이 칼을 휘두르며 말을 몰고 달려들자 강상의 옆에 있던 희숙명姬叔明이 호통쳤다.

"함부로 날뛰지 마라!"

그러면서 그가 말을 몰고 달려 나가 창을 내지르니 두 사람은 한데 뒤엉켜 격전을 벌였다. 희숙명은 바로 문왕의 일흔두 번째 아들로 성격이 매우 급했으니 그는 성난 호랑이처럼 창을 휘둘렀다. 양측이 순식간에 삼사십 판을 맞붙었는데 홍금 또한 좌도방문의 술법을 배운 몸이라 이내 고삐를 돌려 사정권에서 벗어나더니 검은 깃발을 하나 꺼내 아래로 내리찍으며 칼을 위로 흔들었다. 그러자 깃발이 하나의 문으로 변해 홍금은 그대로 그 깃발의 문 안으로 들어갔고 그 술법의 무서움을 모르는 희숙명도 따라 들어갔다. 이에 홍금은 상대를 볼 수 있었지만 희숙명의 눈에는 홍금이 보이지 않았다. 말의 머리가 깃발의 문으로 들어오는 순간 안에 있던 홍금이 칼을 휘둘러 희숙명의 목을 잘라버리자 그 모습을 본 강상은 깜짝 놀랐다. 한편 깃발을 거둬들인 홍금은 다시 모습을 드러내고 소리쳤다.

"다음 상대는 누구냐?"

그러자 옆쪽에서 등선옥이 말을 몰고 앞으로 달려 나가며 소리쳤다.

"가소로운 놈! 자잘한 재주를 믿고 너무 날뛰는구나. 내가 간다!"

홍금이 돌아보니 황금 투구에 황금 갑옷을 입은 여자 장수가 나는 듯이 달려들고 있었다.

묘령의 여자 장수
영웅의 기상 늠름한데 용모는 아름답다.
보배로운 오광석 던지는 솜씨 오묘하여

나라를 도와 백성을 편히 만들어 태평성대를 이루리라!

女將生來正幼齡　英風凜凜貌娉婷
五光寶石飛來妙　輔國安民定太平

홍금은 더 이상 입씨름하지 않고 곧바로 칼을 휘둘렀다. 그러자 등선옥도 쌍칼을 놀리며 맞섰다. 이에 홍금이 생각했다.

'여자와의 싸움을 질질 끌 수는 없으니 얼른 목을 쳐버리는 게 상책이지!'

그는 재빨리 검은 깃발을 꺼내 조금 전처럼 문을 만들어 말에 탄 채 안으로 들어가 등선옥이 따라 들어오기를 기다렸다. 하지만 지혜로운 등선옥은 따라 들어가지 않고 재빨리 오광석을 꺼내 깃발의 문 안쪽으로 내던졌는데 그 순간 문 안쪽에서 "아이쿠!" 하는 비명이 들려오더니 얼굴에 부상을 입은 홍금이 다급히 깃발을 거둬들이고 패주했다.

저택으로 돌아온 강상은 왕자 하나를 잃어서 울적한 마음으로 생각에 잠겼다.

한편 오광석에 맞아 눈이 퉁퉁 붓고 코에 시퍼렇게 멍이 든 홍금은 화가 치밀어 이를 갈며 서둘러 단약을 꺼내 발랐다. 그는 하룻밤 사이에 상처가 다 낫자 이튿날 다시 말에 올라 성 아래로 가서 어제의 그 여자 장수를 내보내라고 요구했다. 정찰병의 보고를 받은 강상은 어쩔 수 없이 뒤채로 사람을 보냈고 그를 본 토행손이 다급히 등선옥에게 말했다.

"오늘 홍금이 당신을 지명했는데 절대 그자가 만든 깃발의 문으로 들어가면 안 되오!"

"삼산관에서 여러 해에 걸쳐 격전을 치른 제가 그까짓 좌도방문의 술법을 모르겠어요? 절대 들어갈 리가 없지요."

그때 두 사람의 이야기를 들은 용길공주가 황급히 밀실에서 나와서 물었다.

"두 분은 무슨 말씀을 나누고 계시나요?"

토행손이 대답했다.

"상나라의 장수 홍금이라는 자가 환술을 잘 씁니다. 검은 깃발을 문으로 만들었는데 희숙명 전하께서 따라 들어가셨다가 단칼에 목숨을 잃고 말았습니다. 어제 이 사람과 교전하다가 그자가 또 문을 만들었는데 이 사람이 쫓아 들어가지 않고 오광석을 던져 부상을 입혔지요. 그런데 그자가 오늘 또 와서 이 사람을 지명하기에 제가 절대 그자를 따라 깃발의 문 안으로 들어가지 말라고 당부하고 있었습니다. 하지만 계속 그렇게 따라 들어가지 않으면 그자가 우리 서기에 인물이 없다고 여기지 않을까 걱정입니다."

"호호! 그것은 기문둔旗門遁이라는 하찮은 술법이지요. 검은 깃발은 안쪽 문이 되고 하얀 깃발은 바깥쪽 문이 되지요. 그렇다면 내가 나가서 거둬들이겠어요."

토행손이 은안전으로 가서 강상에게 이런 이야기를 전하자 강상은 무척 기뻐하며 황급히 용길공주를 대전으로 청했다. 잠시 후 용길공주가 들어와 강상에게 고개를 숙여 예를 표하며 말했다.

"말 하나만 내주셔요. 제가 나가서 그 장수를 잡아 오겠어요."

이에 강상이 다섯 개의 점이 박힌 도화구桃花駒를 내주자 용길공주가 홀로 말을 타고 성문을 나갔다. 홍금은 어제 본 여자가 아니라는 것을 알고 물었다.

"그대는 누구인가?"

"물을 필요 없다, 말해준다 해도 너는 모를 테니까. 그저 말에서 내려 얌전이 목이나 내미는 게 네 분수에 맞는 일이다."

"뭐라고? 허허! 간덩이가 부었구나. 하찮은 계집이 감히 그따위 소리를 하다니!"

그러더니 홍금이 달려들어 칼을 휘두르자 용길공주도 들고 있던 난비검鸞飛劍으로 맞섰다. 서너 판쯤 맞붙고 나서 홍금이 검은 깃발로 안쪽 기문[內旗門]을 만들어 숨자 그것을 본 용길공주는 하얀 깃발을 꺼내 아래로 내리꽂으며 칼을 그었다. 그러자 그 하얀 깃발도 문으로 변했다. 이에 용길공주가 말에 탄 채 그 문 안으로 들어가 종적이 사라져버리니 홍금은 깜짝 놀랐다. 깃발로 만든 바깥 기문[外旗門]에 상생상극의 원리가 담겨 있음을 모르는 그는 뒤쪽에서 다가오는 용길공주를 눈치채지 못했고 그때 용길공주가 칼을 들어 홍금의 등을 내리치자 칼이 그의 어깨에 꽂히고 말았다. 그녀가 선녀라고는 하지만 아무래도 여자인지라 힘이 아주 약했기 때문이다. 그 순간 홍금은 "아이쿠!" 하고 비명을 지르며 기문을 만든 검은 깃발을 내팽개치고 북쪽으로 도주해버렸다. 용길공주가 쫓아가며 소리쳤다.

"홍금, 당장 말에서 내려 목을 내밀어라! 나는 바로 요지금모의 딸로 무왕을 도와 주왕을 정벌하러 왔느니라. 네가 아무리 도술이 뛰어나 하늘과 땅속으로 도망친다 하더라도 끝까지 쫓아가 네 수급을 베고야 말겠다!"

이렇게 되자 홍금도 필사적으로 도망칠 수밖에 없었는데 용길공주가 계속 쫓아가며 소리쳤다.

"홍금, 오늘 내가 너를 놓아주리라고는 꿈도 꾸지 마라! 내 이미 강 승상에게 네 목을 베기 전에는 돌아가지 않겠노라고 말해놓았다!"

그 말에 홍금은 더욱 다급해졌고 어깨의 부상도 점점 통증이 심해졌다.

'안 되겠다, 차라리 말에서 내려 흙의 장막을 이용해 돌아간 다음 다시 방법을 생각해보자.'

용길공주는 그가 흙의 장막을 이용해 도주하는 것을 보고 코웃음을 쳤다.

"흥! 그까짓 오행의 술법을 마음대로 부리는 것쯤이야 뭐가 어렵겠느냐? 나도 간다!"

곧 그녀도 말에서 내려 나무의 장막을 이용해 쫓아갔으니 목木은 토土를 이기기 때문이었다. 이렇게 둘이 쫓고 쫓기다가 북해에 이르게 되자 홍금이 생각했다.

'다행히 내게 이 보물이 있기에 망정이지 그렇지 않았더라면 큰일 날 뻔했구나!'

그는 급히 한 가지 물건을 꺼내 바다에 떨어뜨렸는데 그것은 물을 만나자 파도를 뒤집으며 다시 살아나 밖으로 나왔으니 바로 경룡鯨龍이라는 것이었다. 용길공주는 홍금이 경룡에 올라타고 바닷속으로 달아나는 모습을 보았다.

안개와 물결처럼 넘실거리고
거대한 물결 유유히 일렁인다.
넘실거리는 안개와 파도 은하수에 닿고
유유히 일렁이는 거대한 물결 산맥에 이어진다.
조수가 밀려와 사납게 치솟고
바닷물이 만으로 덮쳐 들어온다.
조수가 밀려와 사납게 치솟으니
삼춘에 벼락 치는 듯하고
바닷물이 만으로 덮쳐 들어오니
한여름에 거센 폭풍 몰아치는 듯하구나.
용을 탄 신선도
오가면서 틀림없이 눈썹 찌푸릴 테고
학을 탄 선동도
왕래하려면 정말 걱정스럽겠구나.
물가 근처에는 마을이 없고
가까운 물에도 고기잡이배 드물구나.
물결은 천 겹의 눈처럼 휘몰아치고
바람은 초가을처럼 불어온다.
들판의 날짐승 그에 따라 보였다 사라졌다 하고
모래밭 새는 멋대로 떴다가 가라앉지.
눈앞에는 낚시꾼도 없고
귓가에는 그저 갈매기 소리뿐.
바다 밑 물고기는 즐겁게 노닐지만

하늘가에 시름겨운 새가 날아간다.

煙波蕩蕩　巨浪悠悠
煙波蕩蕩接天河　巨浪悠悠連地脈
潮來洶湧　水浸灣還
潮來洶湧　猶如霹靂吼三春
水浸灣還　却似狂風吹九夏
乘龍福老　往來必定皺眉行
跨鶴仙童　反覆果然憂慮過
近岸無村舍　傍水少魚舟
浪捲千層雪　風生六月秋
野禽憑出沒　沙鳥任浮沈
眼前無釣客　耳畔只聞鷗
海底魚游樂　天邊鳥過愁

한편 그 모습을 본 용길공주는 코웃음을 쳤다.

"흥! 다행히 요지를 나오면서 이 보물을 가져왔지."

그녀는 서둘러 비단 주머니에서 물건을 하나 꺼내 바다에 던졌는데 그 보물은 물을 만나자 원래 모습을 드러내고 쏴아 물살을 가르며 태산 같은 위용을 드러냈으니 바로 신내神鰇라는 것이었다. 용길공주는 신내의 몸이 물에 뜨자 그 등에 타고 서서 칼을 들고 쫓아갔다. 신내는 경룡의 천적이나 마찬가지여서 처음에는 경룡이 바다에 들어가 하늘에 닿을 듯 거센 물결을 일으켰으나 나중에 신내가 바다로 들어오자 곧 힘을 잃고 말았다. 이에 용길공주는 금세 홍금을

홍금, 서기성에서 격전을 벌이다.

쫓아가서 용을 사로잡는 오랏줄인 곤룡삭捆龍索을 던지며 황건역사에게 명령했다.

“홍금을 잡아 서기로 압송하라!”

황건역사는 그 즉시 공중에서 홍금을 낚아채 서기로 가서 강상의 저택 안 계단 앞에 팽개쳐버렸다. 마침 장수들과 군사 업무를 의논하고 있던 강상은 갑자기 공중에서 홍금이 떨어져 내리는 것을 보고 말할 수 없이 기뻐했다. 자, 이제 홍금의 목숨이 어찌 되는지는 다음 회를 보시라.

제67회

강상, 금대에서 장수에 임명되다

姜子牙金臺拜將

금대에서 장수에 봉해지니 신선과 같아
커다란 황금 팔꿈치 뒤에 매달았도다.
꿈속에서 곰으로 나타났던 일 비로소 현실이 되니
노년에 이르러서야 비로소 천자의 신하 되었지.
유장히 이어질 주나라 왕조는 선조의 기업 계승하게 하여
제나라의 제후로 봉해져 현량한 후손에게 길을 열어주었도다.
복록과 장수 모두 누리기란 인간 세상에서 드문 일이고
제왕의 스승이자 재상으로 고금에 그 명성 전해졌지.

金臺拜將若飛仙　斗大黃金肘後懸
夢入熊羆方實地　年登耄耋始朝天
延綿周室承先業　樹列齊封啓後賢
福壽兩端人罕及　帝王師相古今傳

그러니까 강상은 홍금이 사로잡힌 것을 보고 용길공주가 공을 세웠음을 짐작했다. 홍금을 섬돌 아래에 내려놓고 있노라니 잠시 후 용길공주가 강상의 저택으로 들어왔다. 이에 강상이 허리를 숙여 감사했다.

"오늘 공주께서 막대한 공을 세워주셨으니 정말 사직과 백성의 복입니다."

"하산한 뒤로 아무 공도 세우지 못했는데 오늘 홍금을 사로잡았습니다. 승상께서 알아서 처분하시기 바랍니다."

그렇게 말하고 용길공주는 밀실로 돌아갔다. 강상은 수하에게 홍금을 대전으로 끌고 오라고 했다.

"너처럼 이렇게 하늘을 거스르는 짓을 하는 자들 가운데 살아 돌아간 자가 어디 있더냐? 여봐라, 이놈을 끌고 나가 효수하라!"

이에 남궁괄이 집행관이 되어 명령이 내려오기를 기다렸다가 마침내 명령이 떨어져 칼을 내리치려는 순간 도사 하나가 다급히 달려와 숨을 헐떡이며 소리쳤다.

"잠깐 멈추시오!"

남궁괄은 그를 보고 일단 처형을 멈추고 나서 강상의 저택으로 달려가 보고했다.

"승상, 제가 막 홍금의 목을 베려 하는데 웬 도사가 달려와 멈추라고 하니 이를 어찌해야 하옵니까?"

"이리 모셔 오게."

잠시 후 도사가 대전으로 와서 강상과 인사를 나누고 나자 강상이 물었다.

"도형, 어디서 오셨소이까?"

"저는 월합노인月合老人이외다. 부원선옹符元仙翁의 이야기에 따르면 용길공주와 홍금은 속세에서 혼인할 인연이 있어 붉은 실로 두 사람의 다리를 묶어주었다고 하기에 알려드리려고 왔소이다. 게다가 그 사람은 그대의 군대가 다섯 관문을 지나는 데 도움이 될 것이니 이처럼 중대한 일을 그르치시면 아니 될 것이외다!"

그 말을 들은 강상이 생각했다.

'용길공주는 예궁蕊宮의 선녀라 속세의 혼사에 대해 말을 꺼내기 곤란한데…….'

이에 그는 등선옥으로 하여금 용길공주에게 가서 월합선옹의 말을 전하게 했다. 등선옥이 안채로 들어가 용길공주에게 상의할 일이 있다고 하자 공주가 밀실에서 나와 물었다.

"무슨 일이지요?"

"월합선옹이라는 분이 말씀하시기를 공주와 홍금은 속세에서 혼인할 인연이 있어 붉은 실에 두 사람의 다리가 묶여 있다고 하더군요. 지금 대전에서 승상과 이 일에 대해 논의하다가 승상께서 저더러 공주께 먼저 알려드리라고 하셨습니다. 그런 뒤에 직접 대면하고 상의하겠다고 하셨습니다."

"나는 요지에서 규범을 어겨 인간 세상으로 쫓겨나는 바람에 다시 돌아가 어머니를 뵐 수 없게 되었어요. 그런데 이제 하산해서 어찌 또 속세의 죄업까지 하나를 더할 수 있겠어요?"

이에 등선옥은 감히 아무 말도 하지 못했다. 잠시 후 월합선옹이 강상과 함께 뒤채로 와서 용길공주와 인사를 나누고 말했다.

"이제 공주께서는 바른 길로 귀의하셨습니다. 지금 속세로 폄적되신 것은 바로 이 속세의 인연을 마무리 짓기 위해서이니 그런 다음에는 자연히 본래 자리로 돌아가시게 될 것입니다. 게다가 강상이 곧 장수에 임명될 테니 그때 군대가 다섯 관문을 들어가게 되면 공주께서도 홍금과 함께 훌륭한 공적을 세우셔서 역사에 이름을 남기게 될 것입니다. 공을 이루고 나면 자연히 요지에서 깃발을 보내 공주님을 맞이하러 올 것이므로 제가 이렇게 힘든 걸음을 마다하지 않고 찾아와서 중매를 서는 것입니다. 홍금이 막 참수형을 당하기 직전에 제가 늦지도 않고 너무 이르지도 않게 딱 맞춰 도착한 것만 보더라도 하늘이 정해놓은 운명을 알 수 있지 않습니까? 그러니 제 말씀대로 하십시오, 이 좋은 인연을 그르치시면 죄가 더욱 커질 테니 그때는 후회하셔도 늦을 것입니다. 부디 잘 생각해보시기 바랍니다!"

그의 일장 연설을 들은 용길공주는 자기도 모르게 긴 한숨을 내쉬었다.

"이런 속세의 죄업에 엮일 줄이야! 선옹께서는 인간 세상의 혼사를 주관하는 분이시니 저도 억지로 거절하지는 못하겠군요. 이렇게 된 이상 두 분께서 일을 주관해서 처리해주십시오."

이에 강상과 월합선옹은 무척 기뻐하며 곧 홍금을 석방하고 상처에 약을 발라 치료해주었다. 홍금은 스스로 성을 나가서 계강의 병력을 성 안으로 불러들이고 길일을 잡아 용길공주와 결혼식을 올렸다.

하늘이 정한 인연의 때를 맞추기 쉽지 않나니
당연히 붉은 실로 다리 묶어주어야 하기 때문이지!

天緣月合非容易　自有紅絲牽繫來

그러니까 홍금과 용길공주가 결혼한 것은 바로 주왕이 즉위한 지 삼십 년°째 되는 해의 3월 3일이었다. 주나라의 장수들은 동쪽을 정벌할 준비를 하면서 경비와 양곡을 충분히 마련해놓고 오로지 강상이 출사표를 올리기만을 기다렸다. 이튿날 무왕은 문무백관들을 모아서 조회를 열었다.

"상주할 일이 있으면 나와서 상주하고 별일 없으면 조회를 마치겠소이다."

그 말이 끝나기도 전에 강상이 출사표를 받들고 나아가 바쳤다. 내관이 받아서 무왕 앞에 있는 탁자에 펼쳐놓자 그것을 무왕이 차분하게 읽었으니 그 내용은 이러했다.

승상 강상이 아뢰옵나이다.

제가 듣기로 천지는 만물의 부모요 사람은 만물의 영장이라 하였사옵니다. 하늘이 백성을 보우하사 군주를 세우고 스승을 보내주셨나니 오직 그들만이 상제上帝를 보좌하여 사방을 위무하고 백성의 부모 노릇을 할 수 있사옵니다.° 지금 상나라의 왕 은수殷受는 하늘을 공경하지 않고 백성에게 재앙을 내려 온 나라에 해를 끼치고 현량한 이를 혹독한 형벌을 가해 죽이며 정치를 보좌하여 간언하는 신하를 잔혹하게 해치면서 오상五

常을 무시하며 게으름을 피워 천지신명을 공경하지 않고° 주색에 빠져 지내면서 죄를 지은 이는 그 일족을 처형하고 벼슬아치는 대대로 세습하고 있사옵니다. 오로지 궁전과 누대, 정자, 연못을 짓고 사치스러운 복장으로 호사를 누리면서 만백성을 잔혹하게 해치고 있사옵니다. 또 선조의 종묘를 팽개치고 제사를 올리지 않으며 원로를 내치고 죄인과 가까이 지내면서 아낙의 말만 따르고 충신과 현량한 이를 태워 죽이고 임신한 아낙의 배를 가르는 만행을 저지르며 간사한 이의 말만 믿고 정치를 보좌하는 사보師保를 축출했사옵니다. 형벌은 법에 따라 시행하지 않고 올바른 선비를 노예로 부리면서 아내와 자식을 죽이고 오로지 음란하고 흉포한 짓을 추구하면서 기묘한 기술로 아낙의 환심만 사고 있으며 천지신명과 종묘의 조상에 대한 제사도 거행하지 않고 있사옵니다. 이처럼 상나라의 죄가 차고 넘쳐서 하늘과 백성이 함께 분노하고 있사옵니다. 이제 천하의 제후들이 맹진에서 회합하여 백성을 위로하고 죄인을 토벌하는 군대를 일으켜 백성을 재난에서 구하고자 하오니 바라옵건대 대왕께서 백성을 사랑하는 하늘의 마음을 구현하고 천하 제후들의 염원에 따라 백성의 고충을 긍휼히 여겨주시옵소서. 대대적으로 군대를 일으키시고 길일을 택해 출병하여 삼가 하늘의 징벌을 시행하시옵소서. 이렇게 되면 사직과 신민臣民 모두에게 크나큰 다행일 것이옵니다.

이를 시행하도록 윤허하시어 상세한 지침을 내려주시기를 간곡히 바라오며 삼가 상소문을 올리나이다.

무왕은 한참 동안 생각에 잠겨 있다가 이윽고 입을 열었다.

"상보의 상소처럼 주왕이 무도하여 천하에 버림을 받았으니 마땅히 정벌해야 하지만 예전에 선왕께서 '절대 신하의 몸으로 군주를 정벌해서는 안 된다'라는 유훈을 남기지 않았습니까? 이 일을 시행하게 되면 후세 사람들이 과인을 구설수에 올릴 것이고 게다가 과인은 선왕의 유훈을 지키지 않는 불효를 저지르게 되지 않겠습니까? 주왕이 무도하다 해도 군주이니 과인이 그를 정벌하는 것은 불충이 아니겠습니까? 저와 상보가 모두 신하의 도리를 다하면서 주왕이 개과천선하기를 기다리는 것이 좋지 않겠습니까?"

"제가 어찌 감히 선왕의 유훈을 저버릴 수 있겠사옵니까! 하지만 천하의 제후들이 나라 안팎에 포고하여 주왕의 죄상을 호소하며 그는 군주로서 자격이 없으니 맹진에서 회합하여 하늘의 위세를 밝히고 백성을 위로하고 죄인을 토벌하는 군대를 일으켜 상나라의 정권을 대신 잡아야 한다고 했사옵니다. 이것은 예전에 동백후 강문환과 남백후 악순, 북백후 숭흑호가 문서로 작성하여 통지한 바 있사옵니다. 만약 한 명이라도 참석하지 않는 제후에게는 먼저 소환령을 어긴 죄를 묻고 그다음에 죄인 주왕을 정벌하기로 했사옵니다. 저는 나랏일을 그르칠까 걱정스러워 이렇게 상소를 올려 전하의 의중을 여쭙는 것이오니 부디 윤허하여주시옵소서!"

"기왕 그 세 곳의 제후들이 상나라를 정벌하고자 한다면 하고 싶은 대로 하라고 하시구려. 저는 상보와 함께 이 영토를 지키며 신하로서 도리를 다하도록 하십시다. 이렇게 하면 위로 군주에 대한 예의를 다하고 아래로 선왕의 분부를 어기지 않을 수 있으니 좋지 않겠습니까?"

"오직 하늘만이 만물의 부모요 사람만이 만물의 영장이라 총명함을 발휘하여 천자를 세우고 천자는 백성의 부모가 되는 것이옵니다. 지금 상나라 주왕은 백성에게 물과 불의 재앙 속에 있는 것과 같은 해를 끼쳐서 그 죄악이 차고 넘치니 하늘도 진노하여 우리 선왕께 천명을 내리셨으나 큰 공을 미처 이루지 못하셨을 따름이옵니다. 이제 대왕께서 백성을 위로하고 죄인을 토벌하는 군대를 일으키시는 것은 바로 하늘을 대신하여 토벌함으로써 백성을 재앙에서 구제하는 일이옵니다. 만약 하늘의 뜻에 따르지 않으면 그 죄 또한 주왕과 마찬가지가 될 것이옵니다."

그때 상대부 산의생이 앞으로 나와서 아뢰었다.

"승상의 말씀은 바로 나라를 위한 충정에서 우러난 것이오니 따를 수밖에 없을 듯하옵니다. 지금 천하의 제후들이 맹진에서 회합하는데 만약 대왕께서 군대를 보내 호응하지 않으시면 다른 제후들로부터 신임을 얻지 못할 것이고 다른 제후들이 반감을 품고 우리나라가 주왕의 잔혹한 행위를 방조한다고 비난할 것이옵니다. 혹시라도 그들이 우리를 공격하기라도 한다면 그야말로 땅을 치고 후회할 일을 자초하는 결과가 아니겠사옵니까? 게다가 주왕은 간신의 참소를 믿고 여러 차례 우리 서기에 정벌군을 보내서 백성이 놀라 고초를 겪었고 문무백관들도 많은 고생을 한 끝에 이제야 안정을 찾았사온데 또 천하 제후들의 군대가 들이닥친다면 재앙이 그칠 날이 없을 것이옵니다. 하오니 제 어리석은 생각으로는 상보의 말씀을 따라 병력을 이끌고 맹진의 회합에 참석하여 천하 제후들과 함께 상나라 교외에 진세를 펼치고 정권을 대신 장악한 채 주왕이 개과천선하기를 기다리시는 것이 좋을 것 같사옵니다. 그렇게 되면 천하의 백성들이 그 복을 입게 될 것이고 또 제후들에게 신임을 잃어 이 땅에 재앙이 일어나는 사태가 생기지 않을 것이옵니다. 이는 위로 군주에게 충성을 다하고 아래로 선왕께 효도를 다하는 만전의 방책이오니 부디 심사숙고하시옵소서!"

일장 연설을 들은 무왕은 자신도 모르게 기뻐졌다.

"지당하신 말씀이오, 그런데 어느 정도의 병력을 보내야 되겠소이까?"

"다섯 관문을 들어가려면 마땅히 승상을 대장군에 임명하시고 황금 도끼[黃鉞]와 하얀 깃대 장식[白旄]을 하사하시어 전군을 통솔하는 대권을 부여함과 동시에 외부에서 일어나는 모든 일을 다스릴 수 있도록 하셔야 일을 진행하기가 편할 것이옵니다."

"대부의 말씀대로 즉시 상보를 대장군에 임명하여 정벌에 관한 전권을 맡기겠소이다."

"옛날에 황제께서 풍후를 임명하실 때 대를 쌓아 천지신명과 산천 및 강과 하천의 신에게 고하고 몸소 수레를 밀어주셨으니 전하께서도 이렇게 하셔야 임명의 의식을 제대로 하실 수 있을 것이옵니다."

"모든 일은 대부께서 준비해서 진행해주시구려."

무왕이 조회를 파하자 산의생은 강상의 저택으로 가서 축하 인사를 했고 문무백관들과 여러 제자들도 모두 기뻐했다.

이튿날 산의생은 다시 강상을 찾아가 남궁괄과 신갑으로 하여금 기산에 대를 쌓는 일을 감독하도록 분부하라고 권했다. 이에 두 사람은 기산으로 가서 목재와 바위 등의 재료를 선별하고 날짜를 정해 공사를 시작했다. 여러 날이 걸려서 대가 완성되자 두 장수는 곧 강상에게 보고했다. 그리고 이에 산의생이 내궁으로 들어가서 무왕에게 아뢰었다.

"어명을 받들어 대장군의 임명식을 거행할 대를 완공하였사오니 길일인 3월 15일에 친히 그곳으로 행차하셔서 의식을 거행하시옵소서."

"알겠소이다."

한편 3월 13일에 강상은 신갑을 군정사로 임명하고 군법에 따라 처형할 수 있는 죄목이 적힌 패를 사령부에 걸어놓아 모든 장수들이 숙지하게 했다. 그 패에는 "소탕성탕천보대원수掃蕩成湯天寶大元帥 강상이 휘하의 모든 장수들에게 알리는 군법이니 숙지할 것"이라고 적혀 있었다. 그 아래에는 다음과 같은 항목이 나열되어 있었다.

첫째, 북소리를 듣고도 진격하지 않고 징 소리를 듣고도 퇴각하지 않으며 깃발을 들었을 때 일어서지 않고 깃발을 내렸을 때 엎드리지 않는 태만한 자는 참수형에 처한다.
둘째, 호명해도 응답하지 않거나 점호하는 데에 나오지 않고 소집 시간을 어기거나 규율을 위반하여 군법을 무시하는 자는 참수형에 처한다.
셋째, 야간 순찰에서 게으름을 피워 보고를 하지 않거나 제때에 시간을 알리지 않고 암구어를 똑바로 대지 않는 나태한 자는 참수형에 처한다.
넷째, 원망을 늘어놓거나 인솔하는 장수를 비방하며 통제에 따르지 않아 곤장으로도 다스리기 어려운 자는 군기를 무시한 죄로 참수형에 처한다.
다섯째, 큰 소리로 웃고 떠들면서 금지 사항을 무시하고 군문을 헐뜯는 자는 경솔한 죄로 참수형에 처한다.
여섯째, 무기 관리를 제대로 하지 않고 돈과 양곡을 축냄으로써 활이나 쇠뇌의 시위가 끊어지거나 화살에 깃털과 촉이 없고 창칼의 날이 제대로 서 있지 않으며 깃발을 함부로 다루어 헤지게 하는 자는 사적인 탐욕으로 군대를 그르친 죄로 참수형에 처한다.
일곱째, 유언비어를 퍼뜨리고 귀신에 대한 이야기를 날조하거나 꿈에 대한 거짓말과 같은 요사한 말을 함부로 하여 장수와 병사들을 미혹에 빠지게 하는 요망한 자는 참수형에 처한다.
여덟째, 간교한 말로 함부로 시비를 일으키고 병사들을 선동하여 서로 싸움을 붙이며 대오를 어지럽히는 교활한 자는 참수형에 처한다.
아홉째, 도착한 지역에서 백성을 능멸하거나 부녀자를 희롱하는 간악한 자는 참수형에 처한다.
열째, 남의 재물을 훔쳐서 자기의 이익을 취하거나 남이 벤 적의 수급을 빼앗아 자신의 공으로 내세우는 도적질을 저지르는 자는 참수형에 처한다.

열한째, 군중에서 무리를 모아 분란을 꾀하거나 중군 막사에 접근하여 정보를 몰래 탐문하는 간첩 행위를 하는 자는 참수형에 처한다.

열두째, 계책이나 암호를 외부에 누설하여 적에게 알리는 배신 행위를 하는 자는 참수형에 처한다.

열세째, 출전 명령을 듣고도 묵묵부답이거나 눈썹을 내리깐 채 고개를 숙이고 얼굴에 난색을 표하는 겁쟁이 병사는 참수형에 처한다.

열네째, 대오를 이탈해 함부로 앞뒤로 돌아다니거나 큰 소리로 떠들어 금령을 어기는 문란한 자는 참수형에 처한다.

열다섯째, 꾀병을 핑계로 진격을 회피하거나 거짓으로 죽은 체하여 탈영을 기도하는 간사한 자는 참수형에 처한다.

열여섯째, 재물과 양곡을 관리하면서 분배할 때 사적인 친분을 들어 불공평하게 함으로써 병사들의 원망을 사는 비리를 저지르는 부정한 자는 참수형에 처한다.

열일곱째, 적의 동태를 제대로 살피지 못해서 적병이 이르렀는데도 아직 도착하지 않았다고 보고하거나 적의 수가 많고 적음을 제대로 보고하지 않아 군정을 그르치는 자는 참수형에 처한다.

패의 내용을 본 장수들은 모두 경건하고 신중하게 규율을 숙지했다.

이튿날 산의생이 입궁하여 무왕을 알현했다.

"전하, 내일 새벽에 승상의 집으로 행차하셔서 함께 대에 올라가도록 청하시옵소서."

"임명식은 어떻게 진행하게 되오?"

"황제께서 풍후를 임명하셨을 때와 마찬가지로 하시면 되옵니다."

"과인도 그럴 생각이었소이다."

그리고 이튿날이 바로 길일인 3월 15일인지라 무왕은 조정의 모든 문무백관들을 거느리고 강상의 저택으로 갔다. 그때 안에서 세 번의 풍악이 울리고 곧이어 군정사 신갑의 지시에 따라 세 발의 포성과 함께 대문이 열렸다. 이에 산의생이 앞에서 인도하고 무왕이 그 뒤를 따라 은안전으로 가니 신갑이 황급히 대원수 강상을 대전으로 청했다.

"사령관님, 전하께서 친히 행차하셔서 수레에 오르시기를 청하고 계시옵니다."

강상은 황급히 성은에 감사하고 무왕과 좌우로 나란히 대문으로 갔다. 그러자 무왕이 허리를 숙여 예를 표했고 양쪽에서 시종들이 강상을 부축하여 수레에 오르게 했다. 산의생은 무왕에게 몸소 대나무 지팡이를 짚고 수레 뒤쪽을 손으로 밀어 세 걸음을 걷게 했다. 강상이 노년에 누린 이 영광을 묘사한 후세 사람의 시가 있다.

주나라 군주가 이제 장수를 임명할 대를 세우고
바람과 구름, 용과 호랑이의 네 대문을 열었지.
길에 한가득 향 연기 퍼지고 벼슬아치들이 인도하니

자줏빛 기운 하늘로 퍼지며 제왕의 행차 찾아왔지.
비휴처럼 용맹한 장수를 거느려 상서로운 빛 더하고
대오를 갖춘 병사와 말도 모두 웅장했지.
오늘 반계에서 인중룡이 나와
팔백 년 기업 여니 빼어난 인재 출현을 기뻐하지!

周主今朝列將臺　風雲龍虎四門開
香生滿道衣冠引　紫氣當天御仗來
統領貔貅添瑞彩　安排士馬盡崔嵬
磻溪今日人龍出　八百開基說異才

강상은 의장을 갖추고 성 밖으로 나갔다. 그러자 앞쪽으로 칠십 리에 걸쳐 커다란 붉은 깃발이 기산까지 늘어서 있고 성 안의 백성들은 남녀노소가 모두 나와서 구경했다. 마침내 강상이 기산에 도착하여 지휘대[將臺] 근처에 이르자 다음과 같은 대련이 적힌 패방牌坊이 세워져 있었다.

삼천 년의 사직 주나라 군주에게 돌아오고
중원과 오랑캐 모두 무왕의 산하가 되리라!

三千社稷歸周主　一派華夷屬武王

이어서 장수들도 대오를 나누어 걸어 들어갔다. 무왕이 지휘대 근처에 이르러 살펴보니 그것은 무척 높고 웅장하게 세워져 있었다.

높이는 세 길이라

삼재의 원리에 맞추었고

폭은 스물네 길이라

24절기에 맞추었다.

대는 삼 층으로 이루어졌으니

첫째 층 중앙에는 스물다섯 명이 서 있는데

각기 노란 옷을 입고

노란 깃발을 들었으니

중앙 무기 토에 맞춘 것이요

동쪽에 서 있는 스물다섯 명은

각기 푸른 옷을 입고

푸른 깃발을 들었으니

동방 갑을 목에 맞춘 것이요

서쪽에 서 있는 스물다섯 명은

각기 하얀 옷을 입고

하얀 깃발을 들었으니

서방 경신 금에 맞춘 것이며

남쪽에 서 있는 스물다섯 명은

각기 붉은 옷을 입고

붉은 깃발을 들었으니

남방 병정 화에 맞춘 것이요

북쪽에 서 있는 스물다섯 명은

각기 검은 옷을 입고

검은 깃발을 들었으니

북방 임계 수에 맞춘 것이지.

둘째 층에는 삼백육십오 명이 있어

각자 커다란 붉은 깃발 삼백예순다섯 개를 들었으니

하늘의 둘레 삼백육십오 도에 맞춘 것이지.

세째 층에는 일흔두 명의 지휘관이 서 있는데

각기 창, 칼, 갈고리, 추를 들고

72후候에 맞추었지.

세 층에는

각기 제기와 축문이 놓여 있지.

일층 아래에는

양쪽으로 의장대가

기러기 날개 모양으로 늘어서 있으니

참으로

단정히 의관 차려입고 엄숙히 서서

창칼도 삼엄하니

예로부터 비할 바 없었도다!

臺高三丈　象按三才

闊二十四丈　按二十四氣

臺有三層　第一層臺中立二十五人

各穿黃衣　手持黃旗　按中央戊己土

東邊立二十五人

各穿青衣　手持青旗　按東方甲乙木

西邊立二十五人

各穿白衣　手持白旗　按西方庚辛金

南邊立二十五人

各穿紅衣　手持紅旗　按南方丙丁火

北邊立二十五人

各穿皂衣　手持皂旗　按北方壬癸水

第二層是三百六十五人

手中各執大紅旗三百六十五面

按周天三百六十五度

第三層立七十二員牙將

各執劍戟瓜錘　按七十二候

三層之中　各有祭器祝文

自一層之下　兩邊儀仗　雁翅排列

眞是　衣冠整肅

劍戟森嚴　從古無兩

잠시 후 산의생이 수레로 다가와서 무왕에게 내리라고 청하자 무왕이 수레에서 내렸다. 그러자 산의생이 아뢰었다.

"대원수에게 가셔서 수레에서 내리라고 청하시옵소서."

무왕은 강상의 수레 앞으로 가서 허리를 숙여 예를 표하며 말했다.

"대원수, 내리시지요."

이에 강상은 황급히 중군 장수의 부축을 받아 수레에서 내렸다.

이어서 산의생이 그를 대 옆으로 안내하고서 이렇게 말했다.
"대원수, 남쪽을 향해 서시옵소서."
그런 다음 산의생은 축문을 펼쳐 읽었다.

위대한 주나라 14년 초봄 정묘丁卯 초하루 병자일丙子日에 주나라 무왕 희발이 대부 산의생으로 하여금 오악과 사독을 비롯한 명산대천名山大川의 신들께 삼가 아뢰도록 하였나이다.

오호! 하늘이 백성에게 은혜를 베푸시니 군주의 다스림은 하늘의 뜻을 받들어 백성을 위무함으로써 도리를 실현할 수 있나이다. 지금 상나라의 은수는 하늘을 공경하지 않고 백성에게 재앙을 내리면서 오로지 아낙의 말만 따르고 어리석게도 제사를 함부로 방기하고 부모형제를 버린 채 사방으로 도망 다녀야 할 죄인을 떠받들고 신뢰하여 등용해 높은 벼슬을 내림으로써 백성을 잔혹하게 학대하고 도읍에서 법을 어지럽히게 하였사옵니다.° 희발은 밤낮으로 두려워하오니 하늘의 뜻을 따르지 않으면 그 죄가 주왕과 같아질까 근심하나이다. 이에 오늘 길일을 택해 강상을 대장군에 임명하여 삼가 하늘을 대신하여 죄인을 토벌함으로써 백성을 위로하고 천하를 평안하게 만들고자 하옵나니 이 제사를 받으신 신들께서 우리 병사들을 도와 큰 공을 세우게 해주시옵소서.

이에 엎드려 제사를 올리나이다!

산의생이 축문을 다 읽자 주공 단이 강상을 대의 이 층으로 인도

하고 말했다.

"대원수, 동쪽을 향해 서시옵소서."

그런 다음 그가 축문을 펼쳐 읽었다.

위대한 주나라 14년 초봄 정묘 초하루 병자일에 주나라 무왕 희발이 주공 단으로 하여금 일월성신과 풍백風伯, 우사雨師 그리고 역대의 성스럽고 명철하신 제왕의 신들께 삼가 아뢰도록 하였나이다.

오호! 하늘에 밝게 드러난 도가 있나니 그 뜻과 종류가 분명하여 마땅히 본받아야 하나이다.° 지금 상나라의 왕 은수는 오만하게 상제와 신을 섬기지 않고 조상의 종묘에도 제사를 지내지 않은 채° 주색에 빠져 지나치게 잔혹한 짓을 일삼고 있사옵니다. 오로지 궁전과 누대, 정자만을 성대하게 꾸미면서 충성스럽고 어진 신하를 태워 죽이고 임신부의 배를 가르는 등의 만행으로 백성을 해치면서 자신은 진수성찬을 즐기고 있사옵니다. 이렇듯 흉악한 강도짓을 하면서도 "나는 만백성을 거느리는 천명을 받았노라"라고 내세우건만 신하들 가운데 그의 모멸에 저항하는 이가 없사옵니다.° 이에 하늘이 진노하여 희발로 하여금 그를 처벌하게 하였으니 어찌 감히 그 뜻을 외면할 수 있겠사옵니까? 스스로 생각건대 백성을 구제하고 싶지만 재능이 모자라 불가능한지라 이제 특별히 강상을 대장군에 임명하여 저 잔혹한 자를 처단하기 위한 정벌을 시행하고자 하나이다.

바라옵건대 신들께서도 보호하고 일깨워주시고 바람과 구

름의 변화를 조화롭게 하시어 백성을 구제하고 하늘의 벌을 삼가 시행하는 큰 공을 세움으로써 탕 임금께 영광을 비추도록 보살펴주시옵소서.

이에 엎드려 제사를 올리나이다!

주공 단이 축문을 읽고 나자 소공 석이 강상을 대의 삼 층으로 인도했다. 그리고 모공 수가 무왕이 하사한 황금 도끼와 하얀 깃대 장식을 받들고 축원했다.

"이제부터 하늘의 뜻을 받들어 정벌을 시행하여 저 독불장군 주왕을 처벌함으로써 백성의 재앙을 제거하고 천하에 복을 내려야 하나니 대원수시여, 힘써주시옵소서!"

강상은 무릎을 꿇고 황금 도끼와 하얀 깃대 장식을 받은 다음 수하에게 자루를 잡고 세워놓게 했다. 그러자 산의생이 말했다.

"대원수, 북쪽을 향해 서서 용장봉전龍章鳳篆°을 받으시옵소서."

강상이 무릎을 꿇고 절을 올리자 좌우에서 「중화中和」의 노래를 부르며 '팔괘의 음악'을 연주하니 맑고 고운 소리가 위아래에 두루 퍼졌다. 이에 소공 석이 축문을 펼쳐 읽었다.

위대한 주나라 14년 초봄 정묘 초하루 병자일에 주나라 무왕 희발이 삼가 호천상제와 후토신기后土神祇께 아뢰나이다.

오호! 하늘은 백성을 긍휼히 여기나니 백성이 바라는 바는 하늘이 반드시 따르리라!° 지금 상나라 왕 은수는 오상을 무시하며 게으름을 피워 천지신명을 공경하지 않음으로써 스스로 하늘로부터 버림받고 백성의 원망을 샀으며 겨울 아침에 물을 건너는 이의 정강이를 잘라 살펴보고 현자의 배를 갈라 심장을 살폈으며° 위세를 내세워 살육을 저지르고 천하에 지독한 해를 끼쳤나이다. 간사한 자를 받들어 신임하고 제왕의 스승으로 정치를 보좌할 인물을 내쫓았으며 법률에 따른 형벌을 팽개치고 올바른 선비를 옥에 가두고 노예로 부렸으며° 천지신명에 대한 제사와 종묘의 조상에 대한 제사도 거행하지 않고 기묘하고 음란한 기술을 만들어 아낙의 환심을 샀나이다.° 이에 무고한 백성이 하늘에 호소하니 상제께서도 진노하셔서 주왕의 목숨을 끊어 처벌하도록 하셨나이다. 그러니 저 희발이 어찌 그 뜻을 멀리 외면하겠나이까? 바라옵건대 상제의 뜻을 받들어 전란을 종식시키고 중원과 오랑캐가 모두 순종하게 하겠나이다.° 오직 우리 선왕만이 나라를 위해 현량한 인재를 구하고 강상을 초빙하여 저 희발을 돕게 해주었나이다. 이제 그를 대장군에 임명하여 맹진의 회합을 주도하게 함으로써 하늘을 대신하여 저 독불장군 죄인을 토벌하여 천하를 길이 평안하게 만들고자 하나이다.

신들이시여, 강상은 저를 도와 백성을 구제하고 신들께 부끄러운 일을 저지르지 않았나이다. 또 대업을 완성하여 천명에 부응해 중원과 오랑캐를 위무할 능력을 가졌나이다. 그러므로 부디 강림하시어 주나라에 영원한 광명을 비춰주소서!

이를 보살펴주시기를 바라며 삼가 엎드려 제사를 올리나이다!

소공 석이 축문을 읽고 나서 강상이 중앙에 서자 군정사 신갑이 대로 올라와 아뢰었다.

"대원수, 북을 울리고 깃발을 세우시옵소서!"

이에 양쪽에서 북을 울리며 꿩 깃털을 장식한 보독번을 세웠다. 군정사 신갑은 강상에게 머리를 보호하는 보물을 쓰라고 청했고 군정사 휘하의 장교는 붉은 옻칠을 한 쟁반 위에 황금 투구를 얹어 들고 나왔다.

노랗게 반짝이니
햇빛 반사하는 수면 같고
영롱한 꽃무늬
모양도 정교하다.
세 개의 꼭지 서 있고
네 마리 봉황 모였구나.
여섯 조각 육각형의 자금으로 만든 투구에
영락이 펄럭이고
주사처럼 빛나는구나.
산호와 벽옥이 주위를 둘렀고
마노와 진주 앞쪽에 박혀 있지.

黃鄧鄧　耀水鏡
玲瓏花　巧樣稱
豎三叉　攢四鳳
六瓣六楞紫金盔　纓絡翻　朱砂迸

珊瑚碧玉週圍繞　瑪瑙珍珠前面釘

군정사 신갑은 투구를 받쳐 들어 강상의 머리에 씌워주고 다시 수하에게 분부했다.

"전포와 갑옷을 가져와라!"

잠시 후 군정사 휘하의 장교가 전포와 갑옷을 받들고 대로 올라와서 바쳤다.

입을 쩍 벌린 용
어깨를 장식한 짐승 머리
불꽃처럼 붉고
연기처럼 검붉으니
태상노군 화로에서
불에 단련했고
망치로 천 번을 두드리고
만 번을 다졌지.
초록 융단으로 술을 단
자줏빛 융단 망토.
구리 추 매달고
강철 채찍 걸쳤다.
사슬 무늬
갑옷 위에 걸었고
일자로 된 옷깃은

남방 병정 화를 따랐지.

천초로 붉게 염색하여

연지 바른 듯하고

오색 마름과

천 송이 꽃

금실로 엮은 붉은 전포로다!

허리띠는 네 손가락만큼 넓고

양젖처럼 새하얀 옥과

마노 새겨 넣고

호박 박아 장식하니

자금에 작설팔보로 장식한 백옥 허리띠일세!

龍呑口　獸呑肩

紅似火　赤似煙

老君爐　曾燒煉

千錘打　萬錘顚

綠絨扣　紫絨穿

迸銅錘　扛鐵鞭

鎖子文　甲上懸

披一領　按南方丙丁火

茜草染　胭脂抹

五彩菱　花千朶

遍金織就大紅袍

繫一條四指闊

羊脂玉　瑪瑙鑲　琥珀砌
紫金雀舌八寶攢就白玉帶

강상이 대원수의 복식을 차려입고 대 위에 서자 군정사 신갑이 수하에게 분부했다.

"직인과 검을 가져와라!"

잠시 후 군정사 휘하의 장교가 대원수의 직인과 검을 받들고 대로 올라왔다. 그리고 작은 틀을 하나 들고 왔는데 거기에는 천자를 대신해 명을 내리고 제후에게 협력하게 하는 물건이 들어 있었다. 그것은 바로 영천자기令天子旗와 영천자검令天子劍, 영천자전令天子箭이었다.

되박 열 개만 한 황금 인장은 비휴도 장악하나니
예로부터 정벌 전쟁은 귀신도 시름겨워했지.
강상이 이제 대에 오르고 나니
천지가 통일되어 주나라에 귀속되리라!

黃金斗大掌貔貅　殺伐從來神鬼愁
呂望今朝登臺後　乾坤一統屬西周

군정사 신갑은 곧 직인과 검을 가져다 놓았고 강상은 그것을 받아 눈썹 위로 받쳐 올렸다. 이어서 산의생이 무왕으로 하여금 대원수에게 절을 올리라고 하니 무왕은 대 아래에서 여덟 번 큰절을 올렸다. 강상은 곧 신갑으로 하여금 영천자기를 들고 가서 무왕을 대 위로 모셔 오게 했다. 그러자 신갑이 깃발을 들고 크게 소리쳤다.

"대원수의 군령이오, 무왕께서는 대 위로 올라오시옵소서!"

무왕이 깃발을 따라 대 위로 올라오자 강상이 군령을 전했다.

"직인을 개봉하고 검을 뽑으시옵소서!"

그리고 무왕으로 하여금 남쪽을 향해 앉게 하고 감사의 절을 올린 후 무릎을 꿇고 아뢰었다.

"제가 알기로 나라는 외부의 말에 따라 다스리지 않고 군대는 궁중의 명에 따라 통솔하지 않으며 군주를 섬길 때는 딴 마음을 품지 않고 적에게 응전할 때는 확고한 신념이 있어야 한다고 했사옵니다. 이제 제가 대원수에 임명되었으니 국가 권력을 상징하는 부절符節과 부월斧鉞의 권위를 존중하여 못난 이들의 행태를 따르지 않고 제 능력을 알아봐주신 성은에 보답하겠나이다!"

"상보께서 이제 대원수가 되어 동쪽을 정벌하게 되셨으니 그저 하루속히 맹진에 도착하여 회맹會盟을 마치고 돌아오시는 것이 과인의 가장 큰 바람입니다."

강상이 성은에 감사하자 무왕은 대를 내려갔다. 그리고 모든 장수들은 군령이 내려오기를 기다리며 대기했다. 잠시 후 강상이 군령을 내렸다.

"군정사의 장관은 모두에게 통지하라. 사흘 후 훈련장에서 전군을 사열하겠노라! 오늘은 삼산오악의 여러 도우들이 나를 위한 전별의 자리를 준비했기 때문이다."

신갑은 모든 장수들에게 군령을 전했고 무왕은 모든 문무백관들과 함께 금대에 있었다.

강상, 금대에서 장수에 임명되다.

강상이 장대를 떠나 기산의 남쪽으로 가자 나타가 여러 제자들을 인솔하여 그를 영접했다. 이에 강상은 화려하기 그지없고 위엄이 넘치는 갑옷 차림으로 움막에 들어갔다. 그러자 잠시 후 옥허궁 문하의 열두 명의 도사들이 박수를 치고 환한 웃음을 지으며 찾아왔다.

"재상과 장수를 겸한 위엄이 차림새로 잘 나타났구려! 그대는 진정 인중룡人中龍이올시다!"

이에 강상이 허리를 숙여 예를 표하고 말했다.

"사형들께서 추천해주신 덕분에 이렇게 병권을 장악할 수 있게 되었을 뿐 제가 무슨 능력이 있겠습니까?"

그러자 도사들이 입을 모아 말했다.

"교주님께서 오셔야 우리가 술을 올릴 수 있겠소이다."

그 말이 끝나기도 전에 공중에 생황이 울리면서 신선의 음악이 일제히 연주되었다.

자줏빛 기운은 공중에서 제왕의 도읍을 감싸고
생황 소리 맑게 울릴 때 흰 구름 떠 있다.
푸른 난새와 붉은 봉황 수레를 따르고
깃털 부채와 깃발이 수레 옆에 늘어섰다.
금룡이 쌍쌍이 구름 속에 나타나고
나란히 늘어선 선녀가 옥패 소리 짤랑인다.
상서로운 광채 신령하고 신기하구나!
주나라 왕실은 옥허궁의 안배에 따라 흥성하리라!

紫氣空中繞帝都　笙簧嘹亮白雲浮
青鸞丹鳳隨鑾駕　羽扇幢幡傍轆轤
對對金龍雲裏現　雙雙玉女珮聲殊
祥光瑞彩多靈異　周室當興應赤符

원시천존이 수레를 타고 강림하자 여러 제자들이 길에 엎드려 영접했다. 강상도 엎드려 인사했다.

"사부님, 만수무강을 기원하나이다!"

제자들이 길을 인도하며 물을 따르고 향을 사르자 원시천존이 움막으로 들어가 자리에 앉았다. 강상이 다시 큰절을 올리고 나서 원시천존이 말했다.

"강상, 너는 사십 년 동안 공적을 쌓고 올바로 처신하여 이제 제왕의 스승이 되어 인간 세상의 복록을 누리게 되었으니 이를 가벼이 여겨서는 안 된다. 동쪽을 정벌하여 주왕을 멸하고 왕조의 기반을 수립하여 제후에 봉해진 후에는 자손이 끝없이 번창하고 나라의 복도 길이 이어질 것이다. 그래서 내가 오늘 특별히 너를 전송하러 왔느니라."

그러면서 원시천존은 백학동자에게 술을 가져오라고 하여 반잔을 따라 강상에게 건네주었다. 강상은 무릎을 꿇고 단숨에 마셨다. 그러자 원시천존이 말했다.

"이 잔은 네가 공을 세워 성스러운 군주를 보필하기를 바라는 뜻에서 내린 것이다."

그리고 강상이 다시 반잔을 마시자 이렇게 말했다.

"이 잔은 나라를 잘 다스려 우환이 없게 하기를 바라는 뜻에서 내린 것이다."

강상이 또 반잔을 마시자 이렇게 말했다.

"이 잔은 속히 제후를 회합하기를 바라는 뜻에서 내린 것이다."

강상이 석 잔을 마시고 나서 다시 무릎을 꿇자 원시천존이 물었다.

"왜 또 무릎을 꿇는 게냐? 무슨 할 말이 있느냐?"

"사부님의 가르침을 받아 제가 동쪽을 정벌하는 장수에 임명되었는데 이번 정벌의 길흉이 어찌 되는지 말씀해주시기를 간청하옵니다!"

"다른 것은 걱정할 필요 없지만 이 게송을 잘 기억해두도록 해라. 틀림없이 효험이 있을 게야."

그리고 원시천존은 이렇게 읊조렸다.

계패관에서 신선을 베는 진세를 지나고 나면
천운관에서 전염병을 겪으리라.
달達, 조兆, 광光, 선先, 덕德을 삼가 조심할지니
만선萬仙을 겪고 나면 몸이 강건해지리라!

界牌關過誅仙陣　穿雲關下受瘟癀
謹防達兆光先德　過了萬仙身體康

강상이 절을 올리며 감사했다.

"명심하겠사옵니다."

"나는 이만 궁으로 돌아갈 테니 제자들끼리 다시 전별 잔치를 열어주도록 해라."

여러 도사들이 움막을 나와 전송하자 잠시 후 한 줄기 신선의 바람이 불면서 원시천존의 수레는 옥허궁으로 돌아갔다. 이어서 열두 명의 도사들이 각자 돌아가며 석 잔의 술을 올렸고 남극선옹도 석 잔의 전별주를 올렸다. 그런 다음 모두들 작별 인사를 하고 떠나려 하자 강상이 원시천존에게 앞길의 길흉에 대해 물었던 것을 떠올린 제자들이 각자 스승에게 앞길에 대해서 물었다. 먼저 금타가 문수광법천존에게 물었다.

"사부님, 제 앞길은 어찌 되겠사옵니까?"

"너는 이렇게 될 게야."

도를 수련하여 신선의 몸이 되었나니
다섯 관문 들어갈 계책 없을까 걱정할 필요 있으랴?

修身一性起仙體　何怕無謀進五關

나타도 태을진인에게 물었다.

"사부님, 제 앞길은 어찌 되겠사옵니까?"

"너는 이렇게 될 게야."

사수관 앞에서 도술을 펼쳐
비로소 연꽃의 화신임을 드러내리라!

汜水關前施道術　方顯蓮花是化身

목타도 보현진인에게 물었다.

"사부님, 제가 사부님의 분부를 받고 하산했사온데 나중에 결국 어찌 되겠사옵니까?"

"너는 이렇게 될 게야."

관문 들어설 때는 오로지 오구검에 의지할지니
신선에게 전수받은 것 헛되지 않음은 구궁에 달려 있노라!

進關全仗吳鉤劍　不負仙傳在九宮

위호도 도행천존에게 물었다.

"제가 사숙을 모시고 맹진에 가는 데 혹시 무슨 장애가 있사옵니까?"

"너는 다른 사람과는 다르다는 것을 어찌 모르느냐? 자, 들어봐라."

역대로 수련한 이 많았지만
오직 너만이 전진의 일인자가 되리라!

歷代多少修行客　獨你全眞第一人

뇌진자도 운중자에게 물었다.

"사부님, 제 앞길은 어찌 되겠사옵니까?"

"너는 이렇게 될 게야."

두 알의 신선 살구로 천하를 안정시켜
주나라 팔백 년의 역사를 보장해주리라!

兩枚仙杏安天下　可保周家八百年

양전도 옥정진인에게 물었다.
"사부님, 제 앞길은 어찌 되겠사옵니까?"
"너는 다른 사람과는 다르다. 자, 들어봐라."

일흔두 가지 현묘하기 그지없는 도술 익혔으니
인간 세상에서 네 마음껏 포부를 펼치리라!

修成八九玄中妙　任你縱橫在世間

이정도 연등도인에게 물었다.
"사부님, 제 앞길은 어찌 되겠사옵니까?"
"너도 다른 사람들과는 다르다. 자, 들어봐라."

육신은 신선이 되어 하늘을 초월하니
먼 훗날 영취산에서 불법을 수호하리라!

肉身成聖超天境　久後靈山護法臺

황천화도 청허도덕진군에게 물었다.
"사부님, 제 앞길은 어찌 되겠사옵니까?"
하지만 황천화의 운명이 좋지 않아서 얼굴에 죽음이 멀지 않았음을 나타내는 징후를 본 청허도덕진군은 고개를 숙인 채 아무 말도 하지 않고 마음속으로 무척 안쓰러워하며 참으로 가련하게 여겼다. 잠시 후 그가 말했다.

"얘야, 앞길에 대해 물으니 내가 게송을 하나 읊어주마. 부디 항상 염두에 두고 그대로 행하면 아무 일도 없을 게다."

그리고 청허도덕진군은 게송을 읊었다.

이후에 어찌 되는지는 다음 회를 보시라.

제68회

백이와 숙제, 수양산에서 군대를 가로막다
首陽山夷齊阻兵

수양산의 현자들 법도를 실천하여
역사에 반역을 막은 명성 세우고자 했지.
몇 마디 말로 인생은 덧없는 꿈과 같음을 일깨우며
생사를 돌보지 않고 몸 바쳐 모범 보이려 했지.
어진 이를 구하면 자연히 얻을 것이요
의로운 선비는 의로운 선비 따라 이름 날리는 법.
역사서 읽고 나면 오히려 눈물 절로 흐르나니
부질없이 입안에 향기만 남겨놓았구나!

首陽芳躅爲綱常　欲樹千秋叛逆防
數語喚回人世夢　一身表率死生光
求仁自是求仁得　義士還從義士揚
讀罷史文猶自淚　空留齒頰有餘香

그러니까 청허도덕진군은 황천화가 앞길에 대해 묻자 자세한 내막을 말해주고 싶었지만 그가 승복하지 않을 것 같았다. 그렇다고 분명히 말해주지 않으면 실수하여 해를 당할까 봐 염려스러웠다. 이에 그는 어쩔 수 없이 앞길에 나타날 중요한 사건에 대해 게송을 지어서 천명에 맡겨야 했으니 그가 부른 게송은 이러했다.

고수를 만나면 싸우지 말고
능력자를 만나면 얼른 돌아오라.
금계의 머리 위에서 보고
벌 떼 몰려오면 기밀을 알게 되리라.
저지할 수 있으면 최고의 공을 세워
역사에 길이 이름 날리겠지만
시세를 알지 못하면
목숨이 위험에 빠지리라!

逢高不可戰　遇能急速回
金雞頭上看　蜂擁便知機
止得功爲首　千載姓名題
若不知時務　防身有難危

하지만 나이 어린 영웅인 황천화는 그 게송을 마음에 새겨놓지 않았다. 그때 토행손이 구류손에게 앞길에 대해 물었는데 구류손도 그의 앞길이 좋지 않다는 것을 알았으니 토행손은 관문을 들어설 수는 있지만 장규의 손에 죽을 운명이었던 것이다. 구류손은 어쩔 수 없이 게송을 읊어주어 훗날 토행손으로 하여금 그것을 징험하도록 해야 했다. 그가 읊은 게송은 이러했다.

지행술은 능통하지만
분을 참지 못하고 함부로 쓰지 말라!
도망쳐 나온 노루 덥석 물면
벼랑 앞 맹수는 옷이 붉게 물들게 될지니!

地行道術旣能通　莫爲貪嗔錯用功
攛出一獐咬一口　崖前猛獸帶衣紅

게송을 들은 토행손은 사부에게 감사 인사를 올렸다.

어쨌든 여러 도사들은 강상과 작별하고 삼산오악에 있는 각자의 거처로 돌아갔다. 강상도 무왕 및 여러 장수들과 함께 서기성으로 돌아갔다. 무왕은 왕궁으로 갔고 강상은 대원수의 집무소로 갔으며 장수들은 사흘 후에 훈련장에서 실시하기로 예정된 사열을 준비했다.

이튿날 강상은 성은에 감사하는 상소문을 작성하고 대전에 입궁하여 무왕을 알현했다. 그가 황금 두건과 붉은 전포, 옥 허리띠를 갖춰 입고 상소문을 올리자 상대부 산의생이 받아서 무왕 앞에 있는 탁자에 펼쳐놓았다. 이에 강상이 엎드려 아뢰었다.

"제가 무슨 복이 이리 많은지 모르겠사옵니다. 예전에 선왕께서 몸소 왕림하시어 불러주신 은혜를 티끌만큼도 보답하지 못했는데 또 전하께서 대원수에 임명하시니 정말 고금에 드문 은총을 받았사옵니다. 이 깊은 은혜는 최선의 노력을 다해 보답하겠사옵니다! 이제 대왕께 친히 정벌에 참여하시어 하늘과 백성의 바람을 따르시라는 내용의 상소를 올리고자 하나이다!"

"상보의 이번 거사는 하늘의 마음에 정확히 부합하는 것이외다."

무왕은 상소문을 읽었다.

위대한 주나라 14년 초봄에 소탕성탕천보대원수 강상이 아뢰옵나이다.

엎드려 살피건대 계절에 부응하여 변하는 것은 당연히 천지의 기운이 운행하기 때문이요 정벌을 통해 위세를 떨치는 것 또한 신성한 군주의 공업功業과 교화를 널리 알리기 위한 것이옵니다. 지금 상나라의 왕 은수는 하늘을 공경하지 않고 부덕하게 황음무도한 짓을 일삼으면서 무고한 백성을 잔혹하게 학대하고 살육을 자행하며 하늘을 거슬러 정벌 전쟁을 벌이니 하늘과 백성이 근심하고 원망하고 있사옵니다. 우리 주나라도 십년 동안 평안할 날이 없었으나 이제 하늘의 위엄에 기대어 스스로 재앙을 없애는 일을 실행하고자 하옵니다. 저는 이런 고난을 오랫동안 염려하고 있었사온데 이제야말로 죄악이 차고 넘치는 주왕을 처벌해야 할 때가 되어서 천하의 제후들이 맹진에서 회합하게 되었사옵니다. 이런 저희의 청을 윤허하시어 동쪽 정벌을 허락해주시니 만백성이 기뻐 춤추고 장수와 병사들도 더욱 용맹을 떨치려 하고 있사옵니다.

저는 감격을 이기지 못하고 밤낮으로 기원하며 두려워하고 있사옵니다. 재주가 모자라고 덕이 박해서 티끌만 한 보답도 하지 못한다면 대왕의 은혜에 감복하여 하사받은 부절과 부월을 실로 부끄럽게 할까 두렵기 때문이옵니다. 이에 간곡히 바라나니 대왕께서 큰 결단을 내리시어 하늘을 대신한 토벌에 몸소 나서주시옵소서. 그러면 저희는 하늘의 위세를 지척에서 의지할 수 있고 전투를 벌이기도 전에 전승을 거두게 되어 조속히 다섯 관문을 들어가 제후를 회합하고 상나라의 정치를 대신해서 시행할 수 있을 것이옵니다. 그렇게 되면 하늘도 그 추함을 혐오하는 독불장군이 목을 내놓게 될 것이니 이는 하늘과 백성의 분노를 씻어줄 뿐만 아니라 진정 탕 임금께도 영광을 비추는 장한 일이 될 것이옵니다.

이에 저는 감격을 누르지 못하고 지극한 소망을 적어 삼가 상소를 올리나이다.

무왕이 다 읽고 나서 말했다.

"상보, 병력은 언제 출발할 예정입니까?"

"훈련을 제대로 마치고 나면 신중하게 길일을 택해서 출정을 청하겠나이다."

그러자 무왕이 좌우의 시종에게 분부했다.

"상보께 축하 잔치를 열어드리도록 하라!"

이렇게 해서 군주와 신하가 함께 술을 마셨다. 그리고 강상은 성은에 감사하고 조정을 나갔다.

이튿날 강상은 훈련장에 들러서 병사들이 훈련하는 모습을 살펴보고 장수들을 호명하여 점검했다. 그가 이른 새벽에 훈련장에 도착해 지휘대에 오르자 군정사 신갑이 아뢰었다.

"포를 쏘고 깃발을 세운 다음 북을 울리고 장수들을 점호하시옵소서."

그 말을 듣고 강상은 생각했다.

'병력이 육십만 명이나 되니 선봉장을 네 명으로 해야 협조가 잘 이루어지겠구나.'

이에 그가 신갑에게 군령을 내렸다.

"남궁괄과 무길, 나타, 황천화를 데려오너라!"

잠시 후 신갑의 인도를 받아 지휘대에 올라온 네 장수가 허리를 숙여 예를 표하자 강상이 말했다.

"병력이 육십만 명이니 그대들 네 명을 선봉장으로 삼아 각기 좌左, 우右, 전前, 후後의 직인을 내리겠소. 각자 제비를 하나씩 뽑으면 어느 쪽을 맡게 될 것인지 자연히 정해질 것이오."

"알겠사옵니다!"

강상이 네 개의 제비를 내놓자 장수들이 각자 하나씩 뽑아보니 황천화는 전방, 남궁괄은 좌측, 무길은 우측, 나타는 후방의 지휘관으로 정해졌다. 강상은 무척 기뻐하며 군정사의 장교로 하여금 그들의 모자에 꽃을 꽂고 붉은 비단을 둘러주게 한 다음 각자의 직인을 받아 가게 했다. 네 장수는 강상이 하사한 술잔을 비우고 나서 감사 인사를 하고 돌아갔다. 강상은 또 양전과 토행손, 정륜에게 제비를 하나씩 뽑게 하여 삼군독량관에 임명했는데 양전이 일순위, 토행손이 이순위, 정륜이 삼순위였다. 강상은 군정사의 장교로 하여금 그들에게도 직인을 가져다주게 하고 앞서와 같이 모자에 꽃을 꽂고 붉은 비단을 둘러주게 한 다음 석 잔의 술을 하사했다. 그리고 군정사 신갑에게 장수들의 명부를 가져오게 해서 점검했다.

황비호, 황비표, 황비표, 황명, 주기, 용환, 오겸, 황천작, 황천상, 신면, 태전, 굉요, 기공, 윤공.

이어서 사현팔준을 점검했다.

주공 단, 소공 석, 필공 고, 모공 수.
백달, 백적, 중돌, 중홀, 숙야, 숙하, 계수, 계왜.

다음은 서백 희창의 아들들이었다.°

희숙도姬叔度, 희숙곤姬叔坤, 희숙강姬叔康, 희숙정姬叔正, 희숙계姬叔啓, 희숙백姬叔伯, 희숙원姬叔元, 희숙충姬叔忠, 희숙렴姬叔廉, 희숙덕姬叔德, 희숙미姬叔美, 희숙기姬叔奇, 희숙순姬叔順, 희숙평姬叔平, 희숙광姬叔廣, 희숙지姬叔智, 희숙용姬叔勇, 희숙경姬叔敬, 희숙숭姬叔崇, 희숙안姬叔安.

문왕에게는 아흔아홉 명의 아들이 있었고 연산에서 뇌진자를 얻음으로써 모두 백 명의 아들을 두었다. 문왕은 젖꼭지가 네 개였고° 스물네 명의 왕비에게서 아흔아홉 명의 아들을 낳았는데 그 가운데 서른여섯 명이 무예를 익혔다. 그러나 주왕이 여러 차례 주나라를 정벌함으로 인해 그 가운데 열여덟 명°은 전사하고 말았다.

또 주나라에 귀순하거나 투항한 장수 및 부장들은 다음과 같았다.

등구공, 태란, 등수, 조승, 손염홍, 조전, 조뢰, 홍금, 계강, 소호, 소전충, 조병, 손자우.

그 외에 두 명의 여자 장수가 있었다.

용길공주, 등선옥.

점검을 마친 강상은 황비호를 지휘대로 불렀다.

"상나라의 운세가 다하기는 했지만 다섯 관문 안에는 틀림없이 빼어난 인물들이 있을 테니 방비하지 않을 수 없소이다. 싸워야 할 때는 싸워야 하고 공격할 곳은 공격해야 할 텐데 그러려면 병사들이 반드시 진법을 익혀야 진격하고 후퇴하는 법을 숙지하게 되겠지요. 그런 다음에야 적을 격파할 수 있지 않겠소이까?"

그는 군정사의 장교에게 열두 개의 진법이 적힌 패를 지휘대로 가져오라고 분부했는데 그것은 다음과 같았다.

일자장사진一字長蛇陣, 이룡출수진二龍出水陣, 삼산월아진三山月兒陣, 사문두저진四門斗底陣, 오호파산진五虎巴山陣, 육갑미혼진

六甲迷魂陣, 칠종칠금진七縱七擒陣, 팔괘음양자모진八卦陰陽子母陣, 구궁팔괘진九宮八卦陣, 십대명왕진十代明王陣, 천지삼재진天地三才陣, 포라만상진包羅萬象陣.

이어서 강상이 말했다.

"이것은 모두 『육도六韜』의 병법에 따라 만든 것이니 잘 연습해서 익숙해지면 병사들이 진퇴의 방법을 알게 될 것이외다. 황 장군과 등 장군, 홍 장군 그대들 세 분은 일자장사진을 익히게 하여 이 대열을 유지하시오. 그리고 포성이 들리거든 그다음의 여러 진으로 변화해야 하는데 착오나 혼동이 있어서는 안 될 것이오."

"예, 알겠사옵니다!"

이에 세 장수는 지휘대를 내려가 일자장사진을 펼치고 행진하기 시작했다. 잠시 후 강상이 군령을 내렸다.

"포를 울려라! 육갑미혼진으로 변화하라!"

하지만 병사들이 갑자기 일사분란하게 움직일 수는 없었기에 이를 본 강상이 다시 세 장수를 지휘대로 불러서 훈시했다.

"동쪽을 정벌하는 일은 가벼이 볼 일이 아니라 큰 적을 상대하는 일이오. 병사들의 훈련이 잘 되지 못한다면 이는 지휘관의 수치가 아니겠소? 이래서야 어떻게 정벌을 나갈 수 있겠소이까! 그러니 밤낮으로 훈련을 게을리하지 않아야 병력의 통솔이 원활해질 것이오!"

이튿날 강상은 조회에 나가서 인사를 마치고 나서 이렇게 아뢰었다.

"전하, 병력과 군량이 모두 준비되었으니 이제 출정할 때가 되었나이다!"

"상보, 그러면 나라 안의 일은 누구에게 맡기면 좋겠습니까?"

"상대부 산의생이 적당할 듯하옵니다."

"그럼 외부의 일은 누구에게 맡기면 좋겠습니까?"

"경험 많고 노련한 장수인 황곤에게 방어를 맡기시면 좋을 듯하옵니다."

"상보, 아주 적절한 조치입니다. 저도 아주 흡족합니다."

조회를 마치고 난 무왕은 내궁으로 들어가 태사를 알현했다.

"모후마마, 이제 상보 강상이 맹진에서 제후를 회합할 것이니 저도 다섯 관문을 들어가 상나라 정권을 대신 보살펴주고 즉시 돌아오겠사옵니다. 절대 부왕의 유훈을 어기지 않겠나이다."

"승상께서 절대 실수하지 않으실 테니 전하께서는 모든 일을 상보께서 시키는 대로 하셔야 할 게요."

태사는 곧 술상을 마련하게 하여 무왕에게 전별 잔치를 열어주었다.

이튿날 강상은 드디어 육십만 정예병을 이끌고 서기성을 나섰다. 무왕도 친히 갑옷으로 무장한 말을 타고 어림군을 인솔하여 십리정에 이르렀는데 그곳에서는 이미 무왕의 아우들이 연회 자리를 만들어놓고 기다리고 있다가 무왕과 강상을 위해 전별연을 열어주었다. 그들이 무왕과 강상에게 술을 올리고 나자 드디어 길일을 택해 출병하게 되었으니 이때가 바로 주왕이 즉위한 지 삼십 년이 되는 해의 3월 24일이었다. 포성과 함께 출병하니 군대의 위세가 대단히 웅장했다.

전장의 구름 해를 가리고 깃발도 가렸는데
전사는 창 비껴들고 철갑마 몰았지.
번쩍이는 검劍은 자줏빛 번개 같았고
비스듬히 흐르던 유성은 북쪽으로 떨어졌지.
용맹한 장군은 그림으로 그릴 만했고
천자의 위엄 펼쳐진 바가 달랐지.
백성 위로하여 죄인 정벌하는 것이야 말할 것도 없고
비로소 알겠구나, 천지는 과연 공평무사하다는 것을!

征雲蔽日隱旌旗　戰士橫戈縱鐵騎
飛劍有光來紫電　流星斜掛落金藜
將軍猛烈堪圖畵　天子威儀異所施
漫道弔民來伐罪　方知天地果無私

대규모 정예병이 연산을 향해 나아가니 모든 병사들은 기뻐하며 용기가 넘쳤다. 연산을 지나 수양산을 향해 행군하는데 갑자기 백이伯夷와 숙제叔齊가 헐렁한 장삼에 삼실로 엮은 신을 신고 허리에 띠를 두른 채 길 한가운데 서서 행군을 저지하며 소리쳤다.

“어디로 가는 병력이오? 대원수에게 할 이야기가 있소!”

정찰병의 보고를 받은 강상은 급히 무왕을 모시고 나란히 말을 달려 앞으로 나갔다. 백이와 숙제는 그들을 보고 고개를 숙여 절하며 말했다.

"대왕마마 그리고 승상, 안녕하시옵니까?"

무왕과 강상도 허리를 숙여 답례했다.

"무장한 상태라 말에서 내리지 못하는 것을 양해해주시기 바라오. 그런데 두 분께서는 무슨 가르침을 주시려고 이렇게 길을 막고 계십니까?"

"지금 주군과 대원수께서는 병력을 이끌고 어디로 가시는 중이시옵니까?"

강상이 대답했다.

"무도한 주왕이 하늘을 거스르며 백성을 잔혹하게 학대하고 올바른 선비를 옥에 가두고 노예 취급을 하며 충성스럽고 현량한 신하를 불태워 죽이면서 황음무도한 짓을 자행하니 무고한 백성이 하늘에 호소하여 그 죄상이 널리 알려져 있소이다. 오직 우리 선왕만이 해와 달처럼 밝은 빛을 사방에 비추시어 주나라를 빛내셨으니 하늘이 우리 선왕으로 하여금 그 위세를 대신 펼치시게 하셨으나 대업을 미처 이루지 못하고 붕어하셨소. 그러나 우리 주나라만이 여러 지방에 큰 영향을 주고 있으니 선왕을 계승하신 우리 전하로 하여금 하늘을 대신하여 처벌을 시행하도록 하신 것이오. 이제 천하의 제후들이 한마음 한뜻으로 맹진에서 회합하고 우리 전하로 하여금 무위를 떨쳐 저들의 영토로 들어가 저 흉포하고 잔혹한 이를 처단함으로써 정벌의 위엄을 널리 퍼뜨려 탕 임금께 영광이 비치도록 할 것이오. 이는 우리로서도 어쩔 수 없이 해야 하는 일이오."

"저희가 듣기로 '자식은 아비의 허물을 이야기하지 않고 신하는 군주의 죄악을 드러내지 않는다'라고 하였사옵니다. 그렇기 때문에

백이 숙제, 수양산에서 군대를 가로막다.

아비에게는 간언하는 자식이 있고 군주에게도 간언하는 신하가 있는 것이옵니다. 덕으로 군주를 감동시킨다는 이야기는 들어봤어도 아랫사람이 윗사람을 정벌한다는 이야기는 들어보지 못했사옵니다. 지금 주왕은 군주이니 비록 부덕하다 할지라도 제후국의 운명을 걸고 간언함으로써 신하의 도리를 다한다면 그 또한 충성을 다하는 것이 아니겠사옵니까? 게다가 선왕께서는 진심으로 상나라를 섬기시면서 전혀 불만을 가지지 않으셨다고 들었사옵니다. 또 '지극한 덕이면 누구나 감동하고 지극히 어질면 누구라도 순복한다'라고 했사옵니다. 나 자신이 지극한 덕과 어진 품성을 갖추고 있다면 어떤 흉악한 이라도 선량하게 교화할 수 없겠사옵니까! 저희들의 어리석은 생각으로는 마땅히 물러나 신하의 도리를 지키시면서 선왕께서 진심으로 상나라를 섬겼던 정성을 실천하시는 것이 좋을 듯하옵니다. 그렇게 군주와 신하 사이의 영원한 본분을 지키시면 그 또한 훌륭한 일이 아니겠사옵니까?"

그 말을 들은 무왕은 고삐를 잡은 채 아무 말이 없었다. 그러자 강상이 말했다.

"두 분 말씀이 훌륭하다는 것은 저도 모르는 바 아니지만 그것은 하나만 알고 둘은 모르는 말씀이외다. 지금은 천하가 도탄에 빠져 백성이 재난을 겪고 있으며 삼강오륜이 이미 무너져서 위로 하늘이 분노하고 아래로 백성이 원망하니 그야말로 천지가 뒤집히고 천하가 들끓는 상황이 아닙니까? 오직 하늘만이 백성을 긍휼히 여기시어 백성의 바람을 반드시 들어주십니다. 게다가 하늘이 이미 우리 주나라에 사명을 내리셨는데 그것을 따르지 않는다면 그 죄는 주왕과 마찬가지가 되지 않겠소이까? 또한 하늘은 백성의 눈과 귀를 통해 보고 듣습니다. 백성이 잘못된다면 그것은 오롯이 제 책임이지요. 그러니 저는 반드시 이 정벌을 시행해야겠소이다. 이것이 만약 하늘의 뜻을 거스르는 일이라면 선왕께는 죄가 없고 오직 제가 어질지 못한 탓이니 그 책임을 져야겠지요."

강상 휘하의 장수와 병사들은 행군을 계속하려 하는데 백이와 숙제의 말이 끝이 없을 것 같은지라 기분이 몹시 불쾌했다. 그 낌새를 알아챈 백이와 숙제는 그들이 무왕과 강상을 모시고 반드시 정벌을 나설 기세인지라 이내 말 앞에 무릎을 꿇고 고삐를 잡은 채 간언했다.

"아비가 돌아가셨는데 장례도 치르지 않고 바로 전쟁에 나서는 것이 효도를 다하는 것이옵니까? 신하로서 군주를 정벌하는 것이 충성이라 할 수 있사옵니까? 저희는 천하의 후세 사람들이 틀림없이 이 일을 구설수에 올릴 것 같아 두렵사옵니다!"

이렇게 그들이 계속 행군을 막자 좌우의 장수들이 화가 치밀어 칼을 들고 목을 쳐버리려고 했다. 그러자 강상이 다급히 저지했다.

"안 되오! 이분들은 천하에 의로운 선비들이오."

그는 곧 수하들에게 두 사람을 부축해 일으켜서 떠나보내게 했고 병력은 비로소 행군을 계속할 수 있게 되었다. 훗날 백이와 숙제는 수양산으로 들어가 주나라의 곡식을 먹는 것을 부끄러이 여기고 나물을 캐서 먹고 살며 노래를 지어 부르다가 끝내 수절한 채 죽었으니 지금까지도 그들에 대한 칭송이 이어지고 있다. 하지만 이것은 훗날 일이니 더 이상 이야기하지 않겠다.

어쨌든 강상의 정예병은 수양산을 지나 계속 전진할 수 있었으니 그야말로 이런 격이었다.

으슬으슬 피어나는 살기 하늘을 찌르고
뭉게뭉게 전장의 구름 대지를 덮어오는구나!

騰騰殺氣沖霄漢　簇簇征雲蓋地來

그런데 병력이 금계령에 이르렀을 때 두 개의 붉은 깃발을 세운 일단의 병력이 고개를 가로막고 있는 것이었다. 정찰병의 보고를 받은 강상은 임시 영채를 세우라고 분부하고 중군 막사로 들어가 정찰병을 보내 상대가 누구인지 알아보게 했다. 그가 분부를 마치기도 전에 수하가 달려와서 보고했다.

"웬 장수가 싸움을 걸어오고 있사옵니다."

이에 강상이 장수들에게 물었다.

"누가 다녀오시겠소?"

그러자 좌측 부대의 선봉장인 남궁괄이 즉시 나섰다.

"제가 다녀오겠사옵니다!"

"첫 번째 출전이니 조심해야 하오."

"예!"

남궁괄이 곧 말에 올라 포성을 울리며 홀로 영채 밖으로 나가보니 두건을 쓰고 철갑을 입은 장수 하나가 검은 말을 탄 채 창을 들고 있었다.

맹호 같은 장수
전투에 나서면 구름 위로 뛰어오를 수 있지.
철갑은 아름답게 빛나고
검은 전포에는 용무늬를 수놓았다.
일편단심으로 진정한 군주 모시고
충심으로 성스러운 군주 지키려 하지.
서기에 와서 성은에 보답하고
바삐 달려 공을 세우려 하지.
강상이 이 장수 만났으니
바로 제자인 위분이로구나!

將軍如猛虎　戰陣可騰雲
鐵甲生光艷　皂服襯龍文
赤膽扶眞主　忠肝保聖君
西岐來報效　趕駕立功勳
子牙逢此將　門徒是魏賁

남궁괄이 그를 보고 물었다.

"어디서 온 무명의 병사이기에 감히 서기의 대군을 가로막는 것이냐?"

"그대는 누구이며 어디로 가는 중인가?"

"우리 대원수께서 하늘의 뜻을 받들어 독불장군 주왕을 정벌하러 가는 중인데 감히 네가 대담하게 우리의 이 엄청난 병력을 가로막는 것이냐?"

남궁괄은 버럭 호통치며 칼을 휘둘렀고 그 장수도 창을 들고 맞받았다. 그렇게 서른 판쯤 맞붙고 나자 남궁괄은 상대의 공격에 혼쭐이 나서 등에 식은땀이 줄줄 흘렀다.

'이제 막 출병했는데 여기서 이런 강적을 만났구나. 패전하여 돌아가면 대원수께서 문책하실 게 틀림없어.'

그가 잠시 딴생각을 하는 사이에 위분魏賁이 벼락같이 고함을 지르며 남궁괄의 허리띠를 낚아채 사로잡더니 이렇게 말했다.

"목숨은 살려주마, 당장 가서 대원수께 내가 좀 뵙자고 한다고 말씀드려라."

남궁괄이 영채로 돌아가 상황을 보고하자 강상이 불같이 화를 냈다.

"육십만 병력 가운데 그대는 좌측 선봉 부대의 지휘관이거늘 최초의 전투에서 전군의 사기를 꺾어놓고 무슨 면목으로 찾아왔느냐? 여봐라, 이 패장을 오랏줄에 묶어서 원문 밖으로 끌고 나가 참수하라!"

이에 좌우의 장수들이 즉시 남궁괄을 끌고 밖으로 나갔다. 그러자 위분이 말에 탄 채 그 모습을 지켜보고 있다가 고함을 질렀다.

"멈춰라! 그보다 어서 대원수께 전해라, 내가 상의드릴 기밀 사항이 있다!"

군정사의 장교로부터 그에 대해 보고받은 강상이 버럭 소리쳤다.

"비천한 작자가 우리 장수를 사로잡고도 죽이지 않고 돌려보내더니 또 원문 앞에 와서 남궁괄을 살려달라고 요구한다고? 당장 출전할 수 있도록 대오를 갖춰라!"

이어서 포성이 울리며 꿩 깃털을 장식한 붉은 보독번이 펄럭이는 가운데 원문 아래쪽에 붉은 전포와 황금 갑옷을 차려입은 장수들이 짝을 이루어 도열하니 모두들 용맹한 영웅의 위세를 피워냈다. 선봉장 황천화는 옥기린을 타고 무시무시한 살기를 피워냈고 풍화륜을 탄 나타는 화첨창을 들고 눈썹을 곧추세우고 있었다. 푸르뎅뎅한 얼굴에 시뻘건 머리카락을 가진 뇌진자는 황금 몽둥이를 들고 상대를 노려보았고 항마저를 든 위호는 분위기가 남달랐으니 그야말로 이런 상황이었다.

산을 투구로 바다를 갑옷으로 삼으니 그 위세 진정 강건하여
한 무리 하늘신이 우르르 몰려나온 듯!

盔山甲海眞威武　一派天神滾出來

이어서 강상이 사불상에 탄 채 물었다.

"그대는 누구인데 나를 보자고 하는가?"

위세가 넘치고 질서정연한 데다가 갑옷과 무기도 모두 선명한 강상의 일행을 보고 위분은 그들이 틀림없이 융성할 것임을 알아보고 얼른 말에서 내리더니 길가에 엎드려 말했다.

"대원수께서 주왕을 정벌하신다는 소문을 듣고 휘하에 들어가 미약한 힘이나마 최선을 다함으로써 대원수의 명망에 붙어 역사에 영예로운 이름을 남기고자 이렇게 찾아왔사옵니다. 하지만 대원수의 진정한 면모를 뵙지 못했기에 함부로 찾아뵙지 못했사온데 이제

정예병과 엄격한 군령, 성대한 의장을 보니 대원수께서 군대의 위세만 내세우시는 것이 아니라 어진 덕을 바탕으로 병력을 이끌고 계심을 알 수 있었사옵니다. 저도 대원수님을 모시고 저 독불장군 죄인을 정벌하는 데 함께 참여하여 하늘과 백성의 분노를 씻는 일에 일조하게 해주시옵소서!"

"그렇다면 일단 영채로 들어가서 이야기해보도록 하세."

중군 막사로 들어온 위분은 다시 바닥에 엎드려 큰절을 올리고 말했다.

"저는 어려서부터 창술과 기마술을 익혔지만 마땅한 주군을 찾지 못했사온데 이제 현명하신 군주와 대원수를 모시게 되었으니 여러 해 동안 무공을 익힌 보람이 생겼사옵니다."

이에 강상은 무척 기뻐했다. 그러자 위분이 다시 무릎을 꿇고 말했다.

"대원수, 남 장군이 잠시 실수로 패전했지만 긍휼히 여기시어 죄를 사면해주시옵소서!"

"남궁괄이 패전하기는 했지만 그대를 얻게 되었으니 오히려 길한 징조인 셈이지. 여봐라, 남궁괄을 석방하라!"

잠시 후 남궁괄이 중군 막사로 들어와 감사 인사를 하자 강상이 말했다.

"그대는 주나라 왕실의 공신이자 지휘관으로서 최초의 전투에서 패전했으니 참수형에 처해야 마땅하지만 위분이 주나라에 귀순했으니 흉조가 길조로 바뀌었소. 그대는 좌측 선봉장의 직인을 위분에게 주고 그의 지휘를 따르도록 하시오!"

남궁괄은 즉시 직인을 벗어 위분에게 걸어주었다. 그리고 강상은 행군을 계속하라는 군령을 내렸다.

한편 장산의 패전 소식이 이미 사수관에 전해지고 또 강상이 3월 15일에 금대에서 대원수에 임명된 사실이 알려지자 한영은 즉시 상소문을 써서 조가에 보고했다. 그날 문서대를 담당한 이는 미자였는데 보고서를 통해 장산이 패전하고 홍금이 주나라에 귀의한 사실을 알고는 즉시 상소문을 품에 안고 내궁으로 달려가 보고했다. 보고를 받은 주왕은 깜짝 놀랐다.

"희발의 방자한 전횡이 이런 지경까지 이를 줄이야!"

주왕은 종과 북을 울려 조회를 소집하고 문무백관들의 인사가 끝나자 말했다.

"지금 희발이 방자하기 그지없이 횡포를 부리고 있는데 서쪽 땅의 이 크나큰 우환을 제거할 묘책이 없소이까?"

그 말이 끝나기도 전에 반열 가운데서 중대부 비렴이 나와 엎드려 아뢰었다.

"강상은 곤륜산에서 도술을 배운 자이니 당당한 군대가 아니면 그를 사로잡아 역적의 무리를 소탕할 수 없사옵니다. 폐하, 공선을 사령관으로 임명해야 하옵니다. 그는 오행의 도술에 능통하니 이 일을 해낼 수 있을 것이옵니다."

주왕은 그 상소를 윤허하고 곧 삼산관에 전령을 파견했다.

천자의 사자가 말 달려 와서 격문 전하니

구중궁궐의 어명을 봉황이 물고 오는구나.

使命馬到傳飛檄　九重丹詔鳳啣來

어쨌든 무사히 삼산관에 도착한 전령은 공선에게 통보했다.

"어명이오!"

공선이 그를 맞이하여 대전으로 안내하고 무릎을 꿇자 전령이 조서를 펼쳐 낭독했다.

천자는 정벌의 권한을 가지고 장수는 궁궐 밖의 일을 맡아 처리하는 법. 이제 서기의 희발이 방자하기 그지없이 횡포를 부리면서 여러 차례 천자의 군대를 패퇴시켰으니 이는 도저히 용서할 수 없는 대역죄이다. 그대 공선은 지모와 술법을 모두 겸비하여 고금에 짝이 없는 훌륭한 인재인지라 사령관의 직무를 감당할 만한 자격을 갖추었으니 특별히 그대에게 부월과 깃발 장식을 하사하여 정벌의 전권을 부여하노라. 그러니 반드시 역적의 수괴를 사로잡고 그 도당을 소탕하여 영원히 서쪽 땅에 환란이 생기지 않게 하라. 그러면 그대의 공적은 사직에 길이 기록될 것이요 짐 또한 그대와 함께 영광을 누릴 것이니라. 아울러 봉토를 아끼지 않을 것이며 지고한 작위를 내려 그 공적에 대해 보상할 것이니 경건히 직무를 수행하기 바라노라.

이와 같이 명하노라!

어명을 받은 공선은 천자의 사자를 조가로 돌려보내고 나서 밤을 새워 병력을 점검하여 총 십만 명을 선발했다. 그리고 이튿날 즉시 꿩 깃털을 장식한 보독번을 놓고 제사를 올린 다음 삼산관을 출발했다. 그가 이끄는 부대는 새벽같이 출발하여 밤이 되면 야영하면서 여러 날을 행군한 끝에 사수관에 이르렀는데 잠시 후 정찰병이 중군 막사에 보고했다.

"사수관의 사령관 한영이 영접하러 나왔사옵니다."

"안으로 모셔라!"

곧 한영이 들어와 허리를 숙여 절하며 말했다.

"사령관, 늦으셨습니다."

"그것이 무슨 말씀이시오?"

"강상은 3월 15일에 금대에서 대원수에 임명되어 벌써 병력을 이끌고 서기성을 나섰습니다."

"아니, 그런 자에게 무슨 능력이 있겠소이까! 이번에 내가 가면 기필코 희발과 그의 신하들을 사로잡아 조가로 압송하고 말겠소. 그러니 어서 관문이나 열어주시오!"

그는 곧 병력을 재촉하여 서기로 향하는 큰길을 따라 행군했다. 며칠이 걸려서 금계령에 도착하자 정찰병이 보고했다.

"금계령 아래에 주나라 병력이 이미 도착해 있사온데 어찌할지 분부를 내려주시옵소서!"

"고개 위에 영채를 세우고 주나라 병력을 저지하라!"

이제 승부가 어찌 되는지는 다음 회를 보시라.

제69회

공선, 병력을 이끌고 금계령을 가로막다

孔宣兵阻金雞嶺

죄를 다스려 백성 위로하고자 주왕을 정벌하니

주나라는 원래 옥허궁의 분부에 호응한 것이었지.

혈전이 없어도 자연히 공을 세우기 쉽나니

분쟁으로 왕업 세우는 것이 어찌 특별하랴?

공작이 하늘 거스르는 일 모두 허무맹랑하니

금계령에서 길 막은들 결국 시간만 늦출 뿐.

현묘한 재주 자랑하지 말지니

결국 서방의 제자로 끌려가고 말 것을!

伐罪弔民誅獨夫　西周原應玉虛符

自無血戰成功易　豈有紛爭立業殊

孔雀逆天皆孟浪　金雞阻路盡支吾

休言伎倆參玄妙　總是西方接引徒

그러니까 공선의 병력이 금계령에 도착하자 정찰병이 보고했다.

"고개 아래에 주나라 병력이 주둔하고 있으니 어찌할지 분부를 내려주시옵소서!"

"고개 위에 영채를 차리고 요충지를 막아서 주나라 병력이 전진하지 못하게 하라!"

여기까지는 앞서 설명했기 때문에 더 이상 언급하지 않겠다.

한편 강상의 병력이 한창 행군하는 도중에 정찰병이 중군으로 달려와서 보고했다.

"대원수, 고개 위에 상나라 병력이 주둔하고 있사옵니다."

"일단 여기에 영채를 차려라!"

그리고 강상은 중군 막사로 들어가서 생각에 잠겼다.

'서른여섯 곳에서 공격하기로 되어 있던 병력이 이미 다 왔는데 어떻게 또 이런 병력이 나타났지?'

한참 생각하던 그는 곧 손가락을 짚어 헤아려보았다.

"알고 보니 장산이 서른다섯 번째이고 이번이 마지막이로구나. 그럼 어쩔 수 없이 겪어야 될 일인 셈이로구나."

한편 사흘 동안 고개 위에 주둔하고 있던 공선은 강상의 대규모 병력이 도착하자 황급히 군령을 내렸다.

"누가 첫 번째 전투에 나서겠는가?"

그러자 선봉장 진경陳庚이 즉시 나섰다.

"제가 나가겠사옵니다!"

진경은 공선의 승낙이 떨어지자 곧 말을 타고 산을 내려가 주나라 영채 앞에서 싸움을 걸었다. 정찰병의 보고를 받은 강상이 주위의 장수들에게 물었다.

"이번에는 누가 나서겠는가?"

그러자 선봉장 가운데 하나인 황천화가 나섰다. 이에 강상이 허락하며 당부했다.

"조심해야 하네."

"그야 분부가 필요 없는 말씀이 아니겠사옵니까?"

황천화는 즉시 옥기린을 타고 영채 밖으로 나갔다. 그러자 상대편의 장수가 방천극을 치켜들고 물었다.

"역적 놈아, 네 이름은 무엇이냐?"

"나는 봉천정토奉天征討 소탕성탕천보대원수 휘하의 선봉장 황천화다. 그러는 너는 누구냐? 이름을 밝혀야 공적 기록부에 네 수급을 취했다고 적지 않겠느냐?"

"뭐라고! 개나 닭 같은 하찮은 소인배가 감히 조정의 재상에게 대항하는 것이냐?"

그러면서 그가 말을 몰고 달려들어 방천극을 내지르자 황천화도 두 개의 추를 휘두르며 맞서 격전을 벌였다.

진세 앞의 두 장수 기세가 비할 데 없어
말을 거꾸로 몰며 생사를 판가름하려 하는구나.
서로 맞대고 빙빙 도는 철갑마 눈을 어지럽히고
펄럭이는 깃발 용이 꼬리 흔드는 듯하구나.
은추가 손을 떠나면 막아낼 방법이 없고

목을 찌르는 방천극은 뱀의 혀처럼 일어나지.
예로부터 장수들의 전투 많이 보았지만
이번처럼 끝이 없는 경우는 없었지.

二將陣前勢無比　顚開戰馬定生死
盤旋鐵騎眼中花　展動旗幡龍擺尾
銀錘發手沒遮攔　戟刺咽喉蛇信起
自來也見將軍戰　不似今朝無底止

옥기린과 말이 뒤얽히며 서른 판쯤 격전을 벌이고 나자 황천화가 추를 들어 공격하는 척하며 재빨리 달아났다. 그러자 진경이 앞뒤를 분별하지 못하고 쫓아갔는데 황천화가 뒤따라오는 말방울 소리를 듣고는 두 개의 추를 걸어 화룡표를 꺼내 들고 허리를 돌리며 내던졌으니 그야말로 이런 상황이었다.

황금 화룡표 발출되어 신령한 빛이 나타나
목숨 끊어버리니 죽어도 영문을 몰랐지.

金鏢發出神光現　斷送無常死不知

화룡표에 맞은 진경이 낙마하자 황천화는 고삐를 돌려 수급을 베어 들고 승전고를 울리며 영채로 돌아갔다. 그러자 강상이 말했다.
"전과는 어찌 되었는가?"
"대원수의 크나큰 복에 힘입어 화룡표로 진경의 수급을 취해 왔사옵니다."

강상은 무척 기뻐하며 황천화의 첫 번째 공로를 장부에 기록했다. 그런데 그가 막 붓을 들어 벼루에 고인 먹물에 적시려고 할 때 뜻밖에도 붓끝이 떨어져버리는 것이었다. 강상은 한참 동안 아무 말이 없더니 새 붓을 가져오게 해서 황천화의 첫 번째 공을 기록했다. 이는 황천화가 이번 첫 번째 공만 세울 수 있음을 암시하는 징조였다.

그 무렵 공선의 영채에도 정찰병의 보고가 올라왔다.

"진경이 패전하여 황천화에게 목이 잘려 원문에 효수되었사옵니다!"

"허허! 진경이야 무능하니 죽었다 해도 애석할 게 없지."

그러면서 그는 전혀 신경조차 쓰지 않았다.

이튿날은 손합孫合이 출전하여 싸움을 걸었다. 보고를 받은 강상이 주위 장수들에게 묻자 무길이 자원했다. 강상의 허락을 받은 무길이 영채 밖으로 나가보니 붉은 전포와 황금 갑옷을 입고 누런 말에 탄 채 커다란 칼을 든 장수가 앞에 서서 소리쳤다.

"너는 누구냐?"

"강상 대원수의 제자이자 우측° 선봉장 무길이다."

"하하! 강상이 낚시꾼이니 너는 나무꾼이겠구나. 스승과 제자가 아주 그림처럼 잘 어울리는구나!"

"뭣이! 하찮은 놈이 건방지구나! 감히 그따위 말로 나를 희롱하다니! 어디, 이거나 받아라!"

무길이 이를 갈며 창을 들고 곧장 가슴을 찌르자 손합도 칼을 휘둘러 맞섰다. 그렇게 서른 판쯤 격전을 벌였으나 승부가 나지 않자 무길이 일부러 창을 허공에 휘두르고 패한 체하며 도주했고 손합은 그가 나무꾼 출신이라 어쩔 수 없다고 비웃으며 즉시 쫓아갔다. 손합은 강상이 반계에서 무길에게 전수해준 창술에 신출귀몰한 묘용이 있음을 전혀 짐작조차 하지 못했던 것인데 손합이 쫓아오는 것을 눈치챈 무길은 재빨리 고삐를 당겨 말을 세웠다. 그러자 너무 급박하게 쫓아오던 손합의 말이 그대로 무길의 말에 가슴팍을 들이받고 휘청거렸고 순간 무길이 고삐를 돌려 창을 내지르자 손합은 그대로 낙마해버렸다. 이에 그는 적장의 수급을 베어 들고 승전고를 울리며 영채로 돌아갔다. 무길이 강상에게 전과를 보고하자 강상은 무척 기뻐하며 그의 공적을 기록했다. 그것을 본 나타는 자기도 당장 출전하여 공을 세우고 싶어서 안달했다.

한편 상나라 진영에도 정찰병의 보고가 올라왔다.

"사령관님, 손합이 패전하여 무길의 창에 맞아 죽고 수급이 잘려 원문 앞에 효수되었사옵니다. 이제 어떻게 할지 분부를 내려주시옵소서!"

그 말을 들은 공선은 주위의 장수들에게 말했다.

"어명을 받고 토벌에 나왔으니 그대들도 공을 세워야 할 게 아니겠소? 연달아 두 번이나 패전한 것을 보니 내 기분이 좋지 않소. 오늘은 누가 나가서 나라를 위해 공을 세워보겠소?"

그러자 그의 옆에 있던 오군구응사 고계능高繼能이 나섰다.

"제가 나가고 싶사옵니다."

"조심해야 할 게요!"

고계능은 말에 올라 창을 들고 주나라 영채 앞으로 가서 싸움을 걸었다. 정찰병의 보고가 올라오자마자 나타가 나섰다.

"제가 출전하고 싶사옵니다."

강상의 허락을 받은 나타는 곧 풍화륜을 타고 밖으로 나가 한 쌍의 붉은 깃발을 앞세우고 붉은 구름을 몰아가는 바람처럼 재빨리 앞으로 달려갔다. 그러자 고계능이 그를 보고 소리쳤다.

"나타, 멈춰라!"

"어라? 내 이름을 아는구나? 그렇다면 당장 말에서 내려 목을 내밀지 않고 무얼 하는 게냐?"

"하하! 듣자 하니 너의 도술이 제법이라고 하더구나. 그렇지 않아도 고대하고 있었는데 오늘에야 네놈을 처리할 수 있겠구나!"

"일단 이름이나 밝혀라, 그래야 공적 기록부에 네 수급을 베었다고 기록할 수 있지 않겠느냐?"

그 말에 고계능이 버럭 화를 내며 나타의 가슴을 향해 창을 내지르자 나타도 재빨리 화첨창을 휘둘러 맞섰으니 그야말로 보기 드문 격전이 벌어졌다.

두 장수 전장에서 창을 맞대니
팔다리 사지가 허공 향해 바삐 움직이는구나.
이쪽은 일편단심으로 참된 군주 지키려 하고
저쪽은 충정으로 상나라 주왕 보좌하려 했지.
나타는 천 년에 길이 남을 공적을 세우려 하고
고계능은 주군 위해 나라를 바로 세우려 했지.
예로부터 복 있는 이가 복 없는 이를 쫓아내고

공선, 병력을 이끌고 금계령을 가로막다.

도리 갖춘 이는 흥성하지만 무도한 이는 망해야 하는 법!

二將交鋒在戰場　四肢臂膊望空忙
這一個丹心要保眞明主　那一個赤膽還扶殷紂王
哪吒要成千載業　繼能爲主立家邦
古來有福摧無福　有道該興無道亡

한참 격전을 벌이던 고계능은 나타가 선수를 쓸까 봐 일부러 창을 허공에 휘두르고 그대로 도주했다. 그것을 본 나타가 생각했다.

'이번 전투에서는 반드시 공을 세우고야 말겠어!'

그러니 그가 고계능을 그냥 보내줄 리 있었겠는가? 나타는 손에 잡히는 대로 건곤권을 꺼내 허공에 던졌고 마침 지네와 벌이 든 자루인 오봉대蜈蜂袋를 열려던 고계능은 뜻밖에 건곤권이 뒤쪽 어깨를 치는 바람에 그대로 안장 위에 엎어지고 말았다. 그렇게 그는 말 위에 엎어진 채 달아나버렸다. 개운한 승리를 거두지 못한 나타는 분을 품은 채 영채로 돌아와 강상에게 보고했다.

"완승을 거두지 못했사오니 처분을 내려주시옵소서!"

그래도 강상은 나타의 공을 기록해두었다.

한편 고계능은 부상당한 채 패주하여 공선에게 전투 결과를 보고했고 공선은 아무 말도 하지 않고 단약을 가져와서 그에게 발라주었다. 그러자 상처가 즉시 나았다.

이튿날 공선은 중군에 대포를 울리게 하고 자신이 직접 병력을 이끌고 전투에 나서 주나라 진영의 수문장에게 말했다.

"너희 쪽 사령관에게 좀 보자고 전해라!"

보고를 받은 강상은 즉시 군령을 내렸다.

"여덟 명의 장수는 출전을 준비하라!"

잠시 후 강상은 붉은 보독번을 펼치고 좌우로 각기 네 명씩 선봉장과 제자들을 기러기 날개 모양으로 배열시킨 채 사불상을 타고 앞으로 나섰다. 그가 공선을 살펴보니 아무래도 그 내력이 이전의 인물들과는 크게 다른 것 같았다.

불빛에 반짝이는 황금처럼
온몸을 감싼 투구와 갑옷 선명하구나.
커다란 칼에 붉은 말 타고 기세 드높고
밝게 빛나는 다섯 줄기 광채 아름답다.
일찍이 천지개벽을 직접 목격했고
일월성신 만들어지는 것도 보았지.
신령한 도道와 덕德 수양도 깊나니
그는 서방과 인연이 있는 몸이지.

身似黃金映火　一籠盔甲鮮明
大刀紅馬勢崢嶸　五道光華色映
曾見開天闢地　又見日月星辰
一靈道德最根深　他與西方有分

강상은 공선의 등 뒤에 푸르고, 노랗고, 붉고, 희고, 검은 다섯 줄기 광채가 피어나는 것을 보고 의아하게 생각했다. 한편 공선은 강상이 직접 나온 것을 보고 말을 몰아 앞으로 가서 물었다.

"혹시 그대가 강상이오?"

"그렇소이다."

"그대들은 원래 상나라의 신하였는데 왜 반역을 해서 망령되게 왕으로 자처하면서 제후를 회합하는 것이오? 어째서 분수를 지키면서 주나라에 그대로 있지 않고 하늘을 거슬러 자신의 본성을 속이는 것이오? 이제 내가 칙명을 받들어 토벌하러 왔으니 그냥 조용히 물러나 경건히 신하로서 도리를 지키시오. 그러면 나라를 보전할 수 있을 것이나 만약 조금이라도 머뭇거린다면 내 기필코 서쪽 땅을 초토화시킬 테니 그때는 후회해도 늦을 것이오!"

"천명은 일정하지 않아서 오직 덕이 있는 사람에게 돌아오는 법이오. 옛날에 요 임금은 아들 단주가 못나서 제위를 순 임금에게 물려주었고 순 임금 또한 자신의 아들 상균이 못나서 우 임금에게 제위를 물려주었소. 우 임금에게는 부친의 뜻을 계승할 만한 현명한 아들인 계啓가 있었으나 선양의 관례를 존중하여 다시 익益에게 제위를 물려주었소. 그런데 천하 백성은 소송과 옥사를 신중하게 처리하는 모습을 보고 익이 아닌 계에게 마음을 주었고 그로부터 한참 뒤에 제위는 걸왕에게로 이어졌는데 그가 무도한 짓을 자행하자 성탕이 하나라를 정벌하여 천하를 다스리게 되었지요. 그것이 이제 주왕에게 이어졌는데 지금 주왕은 음란하고 흉포하여 잔학한 짓을 자행하니 그 추악한 죄상이 널리 알려져서 하늘이 분노하고 백성이 근심하여 천하가 들끓고 있소이다. 이에 하늘의 덕이 우리 주나라로 돌아왔기에 삼가 하늘을 대신해 죄인을 처벌하고자 하오. 장군께서도 하늘의 뜻을 따라 우리 주나라에 귀순하여 함께 저 독불장군 주왕을 처벌하는 것이 어떻소?"

"너는 아랫사람으로서 윗사람을 정벌하면서 오히려 하늘을 거스르는 행동을 그만두지 않고 그런 추잡한 말을 꾸며내 민심을 현혹하고 또 그것을 핑계로 반란을 일으켜 천자의 군대에 대항하니 참으로 괘씸하구나!"

그러면서 공선이 말을 몰고 달려들어 칼을 휘두르자 강상의 뒤쪽에서 홍금이 말을 달려 나오며 고함을 질렀다.

"공선, 무례하게 굴지 마라! 내가 간다!"

공선은 달려드는 홍금에게 호통쳤다.

"역적! 네놈이 감히 내 앞에 나서다니!"

"천하의 제후 팔백 명이 이미 모두 주나라에 귀의했으니 네가 충신이라 해도 혼자서는 대세를 돌이킬 수 없을 것이다."

그 말에 공선은 분기탱천하여 칼을 휘두르며 홍금에게 달려들었는데 둘이 몇 판 맞붙었을 때 홍금이 깃발을 아래로 내리치며 칼로 잘라 기문둔을 펼쳐 막 문 안으로 들어가려 하자 공선이 껄껄 웃음을 터뜨렸다.

"좁쌀만 한 진주에서 무슨 광채가 나겠느냐?"

공선은 말의 고삐를 당기고 자신의 왼쪽에 있는 노란 빛을 아래로 뿌려서 홍금을 쓸어버렸다. 그러자 그는 아무 소리도 없이 마치 큰 바다에 모래 알갱이가 떨어지듯 종적을 감추고 덩그러니 말만 남게 되었다. 그 모습을 본 강상과 수하의 장수들은 모두 입이 딱 벌어지고 두 눈이 휘둥그레졌는데 공선이 다시 고삐를 돌려 강상을 공격하자 강상도 급히 칼을 들어 맞섰다. 그때 옆에 있던 등구공이 말을 몰고 달려 나와 협공하니 공선은 그들과 열대여섯 판을 맞붙었다. 잠시 후 강상이 타신편을 날려 공격했으나 그것은 어느새 공선의 붉은 빛 속으로 떨어져 호수에 던져진 돌멩이처럼 사라져버렸고 강상은 깜짝 놀라서 황급히 퇴각의 징을 울리라고 명령했다. 이에 양측은 각기 자기 영채로 돌아갔다.

강상은 중군 막사로 들어가 자리에 앉아 깊은 생각에 잠겼다.

'그 사람의 등 뒤에서 오색 광채가 피어났는데 그것은 오행의 원리에 따른 것이었어. 이제 홍금이 잡혀가 생사를 알 수 없게 되었으니 이를 어쩐다? 오늘은 공선이 승리해서 느긋할 테니 밤에 기습해서 승전을 거두고 다시 대책을 강구해야겠구나.'

이에 강상이 분부했다.

"나타, 자네는 오늘 밤 공선의 원문을 공격하게. 그리고 황천화는 좌측을, 뇌진자는 우측을 공격하도록 하게. 일단 저들의 사기를 꺾어놓고 그자를 격파할 계책을 세우면 틀림없이 성공할 게야."

"예! 알겠습니다!"

한편 영채로 돌아온 공선은 등 뒤의 오색 광채를 가볍게 흔들어 홍금을 땅바닥에 떨어뜨리고는 수하에게 기절한 그를 뒤쪽 옥에 가둬두라고 분부했다. 그리고 타신편을 챙겨 들고 숙소로 돌아가려고 하는데 갑자기 한 줄기 거센 바람이 불더니 사령관의 깃발을 서너 겹으로 말아버리는 것이었다. 그는 깜짝 놀라서 황급히 손가락을 짚어 점을 쳐보더니 비로소 그 내막을 알게 되어 황급히 고계능을 불러 분부했다.

"자네는 좌측 영채에 매복하게, 그리고 주신周信 자네는 우측 영채에 매복하게. 오늘 밤에 강상이 우리 영채를 기습할 걸세. 마침 기다렸는데 애석하게도 강상이 직접 오지는 않는구먼!"

그 무렵 강상의 영채에서는 세 무리의 병력이 암암리에 고개를 올라가더니 마침내 이경이 가까워지자 한 발의 포성을 울리며 세 곳에서 병사들의 함성이 일면서 일제히 기습을 감행했다. 나타가 풍화륜을 타고 영채의 문을 들이쳐 중앙으로 돌격하자 마침 막사에 앉아 있던 공선이 전혀 서두르지 않고 느긋하게 말을 타고 나와서 껄껄 웃음을 터뜨렸다.

"나타, 너는 이번 기습에서 틀림없이 사로잡힐 테니 저번처럼 승리할 것이라고는 꿈도 꾸지 마라!"

공선의 엄청난 능력을 몰랐던 나타는 분기탱천하여 욕을 퍼부었다.

"오늘은 기필코 너를 사로잡아 공을 세우고 말겠다!"

그러면서 나타가 화첨창을 들고 달려드니 피차 떼어놓을 수 없는 격전이 벌어졌다. 한편 공중에 날아오른 뇌진자는 우측 영채를 공격하여 주신과 격전을 벌였는데 그가 풍뢰시를 펼치고 위쪽의 길을 차지하니 한밤중에 일어난 전투인지라 주신은 결국 뇌진자가 내리친 몽둥이에 정수리를 맞고 뇌수가 터져 비명에 죽고 말았다. 이에 뇌진자는 중앙으로 날아가 나타와 공선이 격전을 벌이는 모습을 발견하고 벼락처럼 호통치며 달려들었다. 그러자 공선은 노란 빛을 공중으로 뿌려 뇌진자를 사로잡고는 그 무시무시한 모습을 보고 얼른 도망치려 하던 나타마저 하얀 빛으로 휩쓸어 종적도 없이 사라져버리게 했다.

한편 황천화는 상대의 허실을 살피지도 않고 다짜고짜 옥기린을 몰고 좌측 영채로 돌격했는데 그때 갑자기 포성이 울리면서 고계능이 혼자 말을 몰고 달려들자 둘은 아무 말도 나누지 않고 대뜸 심야의 격전을 벌였다. 창과 추가 맞붙어 황천화가 휘두르는 두 개의 추가 고계능의 창을 때려 불꽃이 피어나니 살기가 파고들어 가슴이 서늘할 지경이었다. 고계능은 황천화의 추가 유성처럼 땅에 닿지도 않고 재빨리 오가면서 먼지 한 점도 일으키지 않자 사태가 심상치 않다고 판단하고는 재빨리 창으로 허공을 찔러 상대를 속이고 고삐를 돌려 달아났다. 그러자 황천화는 밤중이기도 하거니와 또 그의 운명이 그러했기에 고계능이 오봉대를 풀자 지네와 벌이 메뚜기 떼처럼 달려들어 두 개의 추를 휘돌리며 막아서는 그의 뜻과 달리 옥기린의 한쪽 눈을 쏘아버렸다. 이에 옥기린이 비명을 지르며 앞발을 치켜들고 곧추서는 바람에 황천화는 그만 땅에 떨어져버렸고 그 순간 고계능이 내지른 창이 옆구리를 찔러 비명에 죽은 그의 영혼은 봉신대로 떠나버렸다. 하산한 이래로 사천왕을 크게 물리친 공적을 세운 황천화는 가련하게도 상나라 영토를 한 뼘도 얻지 못했으니 그야말로 이런 격이었다.

공을 완수하기도 전에 목숨 잃어
일찌감치 봉신대에서 벼슬 봉해질 날 기다려야 했구나!

功名未遂身先死　早至臺中等侯封

공선이 병력을 거두고 보니 밤새 벌어진 전투로 고개 위에는 온통 시신이 널려 있고 풀은 피에 물들어 있었다. 중군 막사로 돌아온 그는 오색 광채를 흔들어 나타와 뇌진자를 떨어뜨려 그들도 옥에 가두라고 분부한 뒤 자리에 앉았다. 잠시 후 고계능이 공적을 보고하며 황천화의 수급을 바치자 공선은 그것을 원문 앞에 효수하라고 분부했다.

한편 강상은 천지를 뒤집을 듯이 고개 위에서 벌어지는 전투의 소음 때문에 밤새 잠을 이루지 못했다. 날이 밝을 무렵에 전령이 달려와서 보고했다.

"대원수, 기습 작전에 출전한 세 장수 가운데 황천화의 수급이 원문에 효수되었고 나머지 두 장수는 행방을 알 수 없사옵니다!"

강상은 그 말을 듣고 깜짝 놀랐고 옆에 있던 황비호는 대성통곡했다.

"천화가 그렇게 죽다니! 상나라 영토를 한 뼘도 얻지 못했으니 너의 그 빼어난 재능도 아무 소용이 없게 되었구나!"

황천화의 세 형제와 두 숙부 그리고 여러 장수들도 너나없이 눈물을 흘렸다. 황비호는 마치 술에 취한 사람처럼 정신이 없었고 강상은 답답한 마음에 아무 말도 하지 않았다. 그러자 남궁괄이 말했다.

"황 장군, 고정하십시오. 아드님께서는 나라를 위해 몸을 바치셨으니 역사에 길이 남을 것입니다. 지금 고계능이 오봉대라는 좌도방문의 술법을 쓰고 있으니 숭성의 숭흑호를 초청하시는 것이 어떻습니까? 그 사람이라면 이 술법을 깰 수 있을 것입니다."

그 말을 들은 황비호는 강상에게 나아가 말했다.

"제가 숭성에 다녀오겠사옵니다. 숭흑호가 와서 이 적을 격파하면 제 아들의 한을 풀어줄 수 있지 않겠사옵니까?"

그의 비통한 모습을 보고 강상도 허락할 수밖에 없었다. 황비호는 즉시 영채를 나와서 숭성으로 향하는 큰길에 올랐다. 그는 이른 새벽에 출발하여 저녁이면 야영하면서 길을 재촉했다. 그러던 어느 날 어느 산에 도착했는데 그 산 아래에는 비봉산飛鳳山이라고 새겨진 비석이 있었다. 황비호가 오색신우를 몰아 산을 지나가려 하자 갑자기 어디선가 징 소리와 북소리가 일제히 울리는 것이었다.

'어디서 전투가 벌어졌나?'

그가 산 위로 올라가 살펴보니 골짜기 안에서 세 장수가 격전을 벌이고 있었다. 한 사람은 다섯 개의 날이 달린 쇠스랑인 탁천차托天叉를, 또 한 사람은 팔각형의 구리로 만든 추인 숙동추熟銅錘를, 다른 한 사람은 다섯 개의 날이 달린 갈퀴인 난은조爛銀抓를 쓰고 있었는데 세 장수는 피아를 가릴 수 없을 정도로 어지럽게 뒤얽혀 격전을 벌였다. 그런데 자세히 보니 탁천차를 쓰는 장수와 난은조를 쓰는 장수가 숙동추를 쓰는 장수를 함께 공격하다가는 이번에는 숙동추를 쓰는 장수와 탁천차를 쓰는 장수가 난은조를 쓰는 장수를 함께 공격하는 것이었다. 그렇게 격전을 벌이면서도 세 장수는 소리 높여 껄껄 웃어댔으니 황비호는 의아하게 생각했다.

'저 사람들은 왜 전투를 놀이 삼아 하는 것이지? 어디, 가서 한번 물어보자.'

그러자 탁천차를 쓰는 장수가 봉황 같은 눈에 누에 같은 눈썹,

왕의 복장을 하고 오색신우를 탄 황비호를 발견하고는 고함을 질렀다.

"아우들, 잠시 멈추게!"

이에 두 사람이 황급히 손을 멈추자 탁천차를 쓰는 장수가 황비호를 향해 허리를 숙여 예를 표하며 물었다.

"혹시 무성왕 전하가 아니십니까?"

"그렇소이다, 그런데 세 분께서는 어떻게 저를 아시는지요?"

그 말을 들은 세 장수는 구르듯이 말에서 내려와 땅바닥에 엎드렸고 황비호도 황급히 안장에서 내려와 공손하게 답례했다. 곧 세 장수가 말했다.

"전하의 용모에 대해 예전에 들은 적이 있기 때문에 알아볼 수 있었사옵니다. 여기를 방문해주시니 너무나 영광스럽사옵니다!"

그들은 황비호를 산 위로 초대하여 막사 안으로 들어가서 각기 자리를 나누어 앉았다. 잠시 후 황비호가 물었다.

"조금 전에 세 분께서는 왜 그렇게 싸우고 계셨소이까?"

세 장수가 허리를 숙여 예를 표하며 말했다.

"저희 형제가 이곳에서 밥만 축내고 하는 일이 없는지라 재미 삼아 그렇게 했는데 뜻밖에 전하께서 이곳을 지나시는데 저희가 미처 길을 비켜드리지 못했사옵니다."

황비호는 겸양하며 물었다.

"그런데 세 분의 성함은 어찌 되시는지요?"

"저는 문빙文聘이라 하옵고 여기는 최영崔英, 저쪽은 장웅蔣雄이라 하옵니다."

그런데 사실 이때가 바로 '오악五嶽'이 만나야 하는 시점이었으니 문빙은 바로 서악이고 최영은 중악, 장웅은 북악, 황비호는 동악, 숭흑호는 남악이었던 것이다.

어쨌든 문빙은 술상을 차려서 황비호를 접대하며 물었다.

"그런데 전하, 지금 어디로 가시는 중이셨사옵니까?"

황비호는 강상이 대원수에 봉해져서 상나라를 정벌하러 나섰다가 도중에 공선을 만나 황천화가 죽게 된 일을 자세히 들려주고 나서 이렇게 덧붙였다.

"그래서 지금 저는 숭흑호를 초빙하러 숭성으로 가는 중이었소이다. 함께 금계령에서 고계능을 격파하여 제 아들의 복수를 하려는 것이지요."

그러자 문빙이 말했다.

"하지만 숭흑호 전하께서는 오실 수 없을 것이옵니다."

"장군께서 어떻게 그것을 아십니까?"

"그분은 병력을 훈련시켜 진당관으로 들어가 맹진에서 열리는 천하 제후들의 회합에 참석하실 예정인지라 혹시 일이 잘못될 수도 있으니 절대 오지 않으려 하실 것이옵니다."

"그래도 이렇게 세 분을 뵙게 되었으니 헛걸음을 한 것은 아닌 셈입니다."

최영이 말했다.

"그렇지 않사옵니다, 문형께서 말씀은 그렇게 하셨지만 사실 숭흑호 전하께서 진당관으로 들어가신다 하더라도 무왕의 병력을 기다려야 하지 않겠사옵니까? 그러니 오늘 밤은 누추하나마 이곳에서 묵으시고 내일 저희 삼형제와 함께 숭성으로 가보시는 것이 좋을 듯하옵니다. 아마 그분께서도 틀림없이 협조해주실 것이옵니다. 절대 거절할 리가 없사옵니다."

이에 황비호는 무척 감사하며 그곳에서 하룻밤을 묵었다.

이튿날 아침을 먹고 나서 그들은 함께 길을 떠났으니 도중에 별다른 일 없이 결국 며칠 만에 숭성에 도착했다. 문빙이 사령부의 입구로 가서 수문장에게 이야기하자 수문장이 안으로 들어가서 보고했다.

"전하, 비봉산의 세 분께서 찾아오셨사옵니다."

"안으로 모셔라!"

세 장수가 대전으로 들어가 절하고 나서 최영이 말했다.

"밖에 무성왕 전하도 와 계십니다."

그 말을 들은 숭흑호는 몸소 그를 맞이했다.

"전하, 오신 줄을 몰라서 미처 영접을 나가지 못했소이다. 널리 양해해주시구려!"

"갑자기 이렇게 찾아뵈었지만 어쨌든 존안을 뵙게 되었으니 제게는 삼생의 영광입니다."

그들은 인사를 나누고 나서 각자 주인과 손님의 자리에 앉았다. 가벼운 인사말이 오가고 나서 문빙이 황비호의 일에 대해 자세히 설명했고 그 말을 들은 숭흑호는 한숨만 내쉬었다. 그러자 최영이 말했다.

"형님, 진당관으로 들어가는 일이 시급하기 때문에 그러십니까? 지금 강상 대원수의 병력이 금계령에서 길이 막힌 상태이니 설사

형님께서 먼저 진당관을 들어가 맹진에 도착하신다 해도 결국은 무왕의 병력이 도착해야 제후의 회합이 성사될 수 있지 않겠습니까? 그런데 그것이 지체되면 곤란하지 않습니까? 제 생각에는 우선 고계능을 격파하여 대원수의 병력이 진군할 수 있게 되면 그때 형님께서도 병력을 나누어 진당관으로 들어가시면 늦지 않을 듯합니다. 어쨌든 모두가 같은 목적으로 일을 진행하는 것이 아닙니까?"

"그럼 내일 바로 출발하세, 내 아들 응란에게 병사를 훈련시키게 하고 우리가 공선을 격파한 다음 출병해도 늦지 않을 테니 말일세."

황비호가 감사 인사를 하자 숭흑호는 곧 술상을 차려서 그들을 접대했다.

이튿날 날이 새기도 전인 사경 무렵에 오악은 숭성을 출발하여 금계령으로 향하는 큰길에 들어섰다. 그리고 며칠이 걸려서 마침내 강상의 영채 앞에 도착했다. 정찰병의 보고를 받은 강상은 황비호를 중군 막사로 불러서 다녀온 일에 대해 물었다.

"숭흑호 전하는 모셔 오셨소이까?"

"예, 그리고 세 분이 더 오셨는데 모두 원문 밖에 대기하고 있사옵니다."

"그래요? 여봐라, 깃발을 세우고 나가 그분들을 안으로 모셔 오너라!"

숭흑호 등은 모두 왕궁 밖의 모든 일에 대해 전권을 쥐고 있는 대원수의 권위를 인정하고 곧 중군 막사로 가서 허리를 숙여 예를 표했다.

"대원수, 무장한 상태라 온전히 예를 갖추지 못하는 것을 양해해주시옵소서!"

그러자 강상이 황급히 아래로 내려가서 맞이했다.

"전하 일행은 모두 외부의 빈객이신데 이런 예를 차리시면 제가 죄를 짓는 셈이 아니옵니까?"

그들은 서로 겸양하고 나서 곧 빈객과 주인으로서 정식 인사를 나누고 자리가 마련되자 숭흑호 등은 모두 빈객의 자리에 앉고 강상과 황비호는 주인의 자리에 앉았다. 잠시 후 강상이 말했다.

"지금 공선이 횡포를 부리며 우리 병력의 진군을 막는 바람에 전하를 비롯한 여러분께서 이렇게 먼 길을 달려와주셨으니 너무나 죄송하기 그지없사옵니다!"

숭흑호가 답례하고 일어서서 말했다.

"대원수, 무왕을 뵙도록 해주십시오."

강상은 곧 그들을 인도하여 뒤쪽 막사로 들어갔다. 서로 인사가 끝나자 숭흑호가 무왕에게 말했다.

"이제 전하께서 생명을 아끼는 하늘의 어진 덕을 체현하여 백성을 재난에서 구제하고 함께 저 독불장군 주왕을 정벌하고자 하시는데 공선이 이를 헤아리지 못하고 하늘의 군대를 막고 있으니 이는 죽음을 자초하는 행위가 아니겠사옵니까? 그러니 금방 괴멸될 것이옵니다."

"무력하고 박덕한 과인이 과분하게 여러 제후들의 천거를 받아 함께 의병을 일으키고자 하는데 서기성을 벗어나자마자 이런 장애를 만났으니 아무래도 하늘이 제 편이 아닌 것이 분명합니다. 그래서 과인은 회군해서 스스로 덕을 수양하며 도리를 갖춘 분이 나오실 때를 기다릴까 하는데 어찌 생각하시는지요?"

"그것은 아니 될 말씀이십니다! 지금 주왕의 죄악이 차고 넘쳐서 사람과 하늘의 신들이 모두 진노하는 마당인데 하찮은 부스럼에 지나지 않는 공선 같은 무리가 어찌 천하 제후들의 마음을 막을 수 있겠사옵니까? 때를 놓치지 말아야 하옵니다. 전하, 장수와 병사들의 사기를 꺾는 그런 말씀은 절대 삼가셔야 하옵니다!"

무왕은 감사 인사를 하고 술상을 준비하게 하여 숭흑호와 함께 몇 잔을 마셨다. 숭흑호는 곧 무왕에게 감사하고 강상과 함께 밖으로 나왔다. 강상은 다시 중군 막사에 술상을 차리게 하여 네 사람을 접대했으니 바로 이런 상황이었다.

오악이 금계령에서 함께 술 마시니
이 전투는 정말 놀라운 격전이었지!

五嶽共飮金雞嶺　這場大戰實驚人

이튿날 숭흑호는 화안금정수를 타고 좌우로 문빙과 최영, 장웅의 지원을 받으며 고개 위로 올라가 고계능에게 나오라고 요구했다. 보고를 받은 공선은 즉시 고계능에게 출전을 명령했으니 밖으로 나온 고계능은 숭흑호를 보고 호통쳤다.

"아니, 너는 북쪽의 역적이 아니더냐? 그런데 네가 왜 또 서기를 도와 악행을 저지르려 하느냐? 어쨌든 네놈들이 한꺼번에 사로잡기 편하도록 한곳에 모여 있으니 우리도 신경 쓸 일이 줄어들었구나!"

이에 숭흑호가 대꾸했다.

"비천한 놈, 죽을지 살지 분간조차 하지 못하는구나! 사방팔방에서 모두 주왕을 비난하고 있는데 감히 천명이 어디에 있는지도 모르고 우리를 막아서느냐? 저번에 황천화 공자를 살해한 자가 바로 너렷다?"

"하하! 나타와 뇌진자도 별게 아니어서 그런 꼴을 당했는데 네까짓 게 무슨 재간이 있다고 감히 나에게 추궁하려 드느냐?"

그러면서 고계능이 말을 몰고 달려들어 창을 내지르자 숭흑호도 도끼를 휘두르며 맞섰다. 그들이 몇 판 맞붙었을 때 문빙이 청총마를 몰고 달려들어 탁천차를 휘두르며 협공했고 최영과 장웅도 각기 황표마黃彪馬와 오추마를 몰고 달려들어 거들었다. 네 장수가 고계능을 에워싸고 공격하자 고계능은 어쩔 수 없이 한 자루의 창으로 네 개의 무기를 막아야 했다. 이에 양측의 병사들은 각기 함성을 지르고 깃발을 흔들며 응원했다.

그 무렵 황비호는 중군 막사에 있었는데 강상이 천지를 진동하는 북소리를 듣고 그에게 말했다.

"황 장군, 숭흑호 전하가 그대를 위해 왔으니 그대도 나가서 도와드려야 하지 않겠소이까?"

"이런! 제가 아들을 생각하느라 잠시 정신이 팔려 있어서 하마터면 그것을 잊어버릴 뻔했사옵니다."

그는 급히 오색신우에 올라 창을 휘두르며 전장으로 달려갔다.

"전하, 아들의 원수를 잡으러 제가 갑니다!"

이리하여 황비호 역시 전투에 가세했으니 그야말로 이런 격이었다.

흑살을 제거하려 오악이 특별히 찾아왔으니
금계령에서 빼어난 공을 세우리라!

五嶽特來除黑煞　金雞嶺上立奇功

이들 오악은 고계능을 에워싸고 무시무시한 공격을 퍼부었고 고계능은 놀랍게도 한 자루 창으로 버텨냈으니 이것이 바로 '오악이 흑살과 싸운' 사건인데 그 결과가 어찌 되는지는 다음 회를 보시라.

제70회

준제도인, 공선을 거둬들이다

準提道人收孔宣

준제보살 서방에서 태어나니

도덕의 뿌리 깊어 오묘함 헤아릴 수 없도다.

연잎에 바람 일면 색상°이 생겨나고

연꽃은 비가 오지 않아도 중생을 제도할 길 만들지.

황금 활이든 은 창이든 걱정할 바 아니요

보배로운 몽둥이나 보검도 대처할 방법 있지.

공선이 변신술 뛰어나다 자랑하지 마라

사라수 아래에서 명왕이라 불리게 될 테니!

準提菩薩產西方　道德根深妙莫量

荷葉有風生色相　蓮花無雨立津梁

金弓銀戟非防患　寶杵魚腸另有方

漫道孔宣能變化　婆羅樹下號明王

그러니까 고계능이 오악과 격전을 벌이면서 한 자루 창을 은빛 이무기가 꿈틀거리듯 바람에 폭우가 몰아치듯 휘두르니 정말 놀랍기 그지없었다. 그 격전을 묘사한 노래가 있다.

찬바람은 호랑이가 포효하듯 땅을 휩쓸고
깃발은 눈부시고 붉게 펄럭인다.
황비호는 다급히 금참제로저로 창술을 펼치고
고계능은 정말 흉맹하게 창 흔드는구나.
문빙은 탁천차 내지르고
최영의 은빛 숙동추는 유성이 떨어지는 듯했지.
숭흑호의 도끼는 수레바퀴 같았고
장웅의 신령한 난은조에는 황금 오랏줄 묶여 있었지.
전군이 찬탄하며 깃발 흔들었으니
이것이 바로 흑살이 오악을 만난 상황이었지.

刮地寒風如虎吼　旗幡招展紅閃灼
飛虎忙施提蘆槍　繼能槍搖眞猛惡
文聘使發托天叉　崔英銀錘一似流星落
黑虎板斧似車輪　蔣雄神抓金紐索
三軍喝彩把旗搖　正是黑煞逢五嶽

고계능은 한참 싸우다 보니 아무래도 중과부적으로 고전할 수밖에 없었는데 그렇다고 포위망을 뚫고 탈출할 수도 없었다. 그때 마침 장웅의 난은조에 묶인 황금 오랏줄이 느슨해지자 고계능은 그 틈을 놓치지 않고 재빨리 말을 몰아 포위망을 벗어났다. 그는 숭흑호 등 다섯 명이 뒤쫓아오는 것을 보고 오봉대를 펼쳐 흔들었고 수많은 지네와 벌이 해를 가리며 소낙비처럼 몰려들었다. 이에 문빙이 고삐를 돌려 달아나려 하자 숭흑호가 말했다.

"괜찮네! 놀라지 말게, 내가 있지 않은가."

그러면서 숭흑호는 황급히 등 뒤에서 호리병을 꺼내 뚜껑을 열었다. 그러자 그 안에서 검은 연기가 피어나더니 연기 속에서 강철 같은 부리를 가진 천 마리의 신령한 매가 나타났다.

호리병에서 검은 연기 피어나더니
연기 걷히자 귀신도 놀라게 했지.
비밀리에 전수받은 현묘한 술법으로
천 마리 신응을 불러냈지.
연기 타고 날아오르니
지네와 벌은 국거리가 되었지.
단단한 날개는 구리로 만든 가위 같았고
뾰족한 부리는 무쇠로 만든 바늘 같았지.
날개에 맞은 지네와 벌이 가루로 부서지고
부리에 쪼인 지네와 벌은 수정으로 변했지.
오늘 아침에 오악이 만나게 되니
흑살이 그들을 만나 목숨이 위태로워졌지.

葫蘆黑煙生　煙開鬼神驚
秘傳玄妙法　千隻號神鷹

乘煙飛騰起　蜈蜂當作羹
鐵翅如銅剪　尖嘴似金針
翅打蜈蜂成粉爛　嘴啄蜈蜂化水晶
今朝五嶽來相會　黑煞逢之命亦傾

결국 고계능의 지네와 벌은 숭흑호의 신령한 매의 날개에 맞아 부서지거나 부리에 쪼여 순식간에 깨끗이 먹어치워져버렸다. 그것을 본 고계능은 분기탱천하여 고함을 질렀다.

"감히 내 술법을 깨뜨리다니!"

그러면서 그가 다시 돌아서 맞서자 다섯 사람이 또 그를 포위했으니 황비호는 창을 휘둘러 고계능을 도저히 빠져나가지 못하게 묶어놓았다.

그 무렵 중군 막사에 있던 공선은 고계능을 지원하러 나갔던 장수에게 물었다.

"고 장군은 누구와 대적하고 있느냐?"

"다섯 장수의 포위에 갇혀 있사옵니다."

공선이 영채 밖으로 나가보니 고계능의 창술이 점점 어지러워지고 있었다. 이에 그가 말을 달려 구원하러 나서려는 순간 황비호의 창이 어느새 고계능의 옆구리를 찔러버리는 바람에 그는 그대로 낙마하고 말았다. 마침내 황비호 일행이 고계능의 수급을 베어 들고 승전고를 울리자 갑자기 뒤쪽에서 벼락같은 호통 소리가 들려왔다.

"비천한 놈들, 기다려라, 내가 간다!"

황비호는 그를 알아보고 소리쳤다.

"공선, 하늘의 때를 모르는 네놈이야말로 비천하기 짝이 없구나!"
"흥! 네까짓 하찮은 놈들과는 말을 섞을 가치도 없다. 도망치지 말고 덤벼라!"
그러면서 그가 문빙을 향해 칼을 휘두르자 숭흑호가 재빨리 도끼를 내리쳤다. 이렇게 되자 마치 수레바퀴가 돌듯이 여섯 장수가 어울려 치열한 격전을 벌였다.

공중을 나는 새도 숲 속으로 숨고
산속의 원숭이와 짐승도 굴속으로 숨어들었지!

空中飛鳥藏林内　山裏猿蟲隱穴中

공선은 다섯 장수가 사납게 무기를 휘두르자 다급해졌다.
'먼저 손을 쓰지 않으면 오히려 내가 당하겠구나!'
그렇게 작정한 그가 등 뒤의 오색 광채를 아래로 내리쓰니 다섯 장수는 흔적도 없이 사라졌고 다섯 필의 말만 덩그러니 남게 되었다. 그 무렵 중군 막사에 안아 있던 강상에게 정찰병이 달려와서 보고했다.
"다섯 장군들께서 공선의 빛에 쓸려 사라져버렸사온데 어찌하면 좋겠사옵니까?"
"뭐라고! 고계능을 죽이기는 했지만 또 장수 다섯 명을 잃고 말았구나! 일단 움직이지 말고 이대로 영채에 주둔하라!"
그 무렵 자기 영채로 돌아간 공선은 신령한 광채를 털었다. 그러자 다섯 명의 장수가 기절한 채 땅바닥에 떨어졌다. 공선은 그들을 옥에 가둬두라고 분부하고 주위를 둘러보았는데 아군의 장수가 하나도 없고 자기 혼자만 남아 있는 것이었다. 그는 더 이상 싸움을 걸지 않고 요충지의 길목만 지켰다. 그러니 주나라 병력이 어찌 금계령을 넘어갈 수 있었겠는가?

한편 강상의 부대에서 양곡과 마초의 보급을 담당한 첫 번째 지휘관 양전은 원문 앞에 이르러 말에서 내리며 깜짝 놀랐다.

"아니, 아직도 여기에 머무르고 있다니!"

군정사 장교의 보고를 받은 강상은 그를 안으로 불렀다. 양전이 중군 막사로 들어와서 절하고 아뢰었다.

"양곡 삼천오백 섬을 기한 내에 가져왔사오니 처분을 바라옵나이다."

"고생하셨네, 나라를 위해 마땅히 해야 할 일이지."

"그런데 저기 길을 막고 있는 자는 누구이옵니까?"

강상은 황천화가 죽은 일부터 많은 장수들이 사로잡힌 사정을 자세히 들려주었다. 양전은 황천화가 죽었다는 소식을 듣고 분노했다.

도를 수양한 마음은 드넓은 바다에 던져버리고
오히려 알 수 없는 분노만 치미는구나!

道心推在汪洋海　却把無名上腦來

"대원수, 내일 친히 출전해보시옵소서. 그자가 무슨 물건으로 요사한 짓을 하는지 제가 살펴보면 틀림없이 처리할 방법이 생길 것이옵니다."

"일리 있는 생각이로구먼."

양전이 막사에서 나오자 남궁괄과 무길이 그에게 말했다.

"공선이 황비호와 홍금, 나타, 뇌진자까지 잡아갔는데 도무지 어찌 되었는지 종적조차 알 수 없네."

"제가 아직 조요감을 종남산에 돌려드리지 않았으니 내일 대원수께서 그자와 전투를 벌이게 되면 정체를 알 수 있을 것입니다."

이튿날 강상은 제자들을 이끌고 영채를 나와 공선을 만나러 갔다. 순찰병의 보고를 받은 공선은 강상과 다시 마주했다.

"너희는 아무 이유 없이 반역을 저지르고 요사한 비방을 퍼뜨려 천하의 제후들을 미혹시켰으며 망령되게 군대를 일으켜 맹진에서 역적들의 회합을 가지려 했다. 나는 너희를 공격하지 않고 그저 이곳을 지나가지 못하도록 막고 있을 테니 그 회합이 과연 이루어질지 두고 보겠다! 너희들의 양곡과 마초가 모두 바닥난 뒤에 사로잡아도 늦지 않을 것이니 말이다."

그때 양전이 원문 뒤쪽에서 조요감으로 공선을 비춰보니 거울에 오색 광채로 장식된 마노가 이리저리 굴러다니고 있었다.

'이것이 무슨 물건이지?'

공선은 자신을 비춰보는 양전을 발견하고 코웃음을 쳤다.

"양전, 조요감으로 비춰보려면 좀 더 가까이 다가와야 하지 않겠느냐? 거기는 너무 멀어서 제대로 보이지 않을 테니 말이다. 사내대장부가 무슨 일을 하려면 당당히 드러내놓고 해야지 그렇게 몰래 숨어서 해서는 안 되지. 어디 나와서 비춰봐라!"

그 말에 머쓱해진 양전이 말을 몰고 다가가 다시 조요감을 비춰보니 거울에 비친 것은 아까와 마찬가지였다. 이에 그가 의아해하고 있을 때 공선은 양전이 아무 말도 없이 조요감을 비춰보기만 하자 화가 치밀어 말을 몰고 달려들어 칼을 휘둘렀다. 이에 양전도 황급히 삼첨도를 들어 맞섰는데 둘은 서른 판쯤 맞붙었지만 승부가 나지 않았다. 양전은 조요감으로도 그의 정체를 파악하지 못하고 전투에서도 승리를 거두지 못하자 몹시 초조해져서 황급히 효천견을 공중에 풀어놓았다. 하지만 공선에게 달려들던 효천견은 자기도 모르게 몸이 가볍게 날려서 공선의 신령한 광채 속으로 떨어져 버렸다.

그 모습을 지켜보고 있던 위호는 재빨리 항마저를 던져서 공격했고 공선이 신령한 광채를 피워내자 양전은 사태가 심상치 않게 돌아간다고 생각하고 재빨리 금빛을 타고 도망쳤다. 그 순간 공선을 향해 떨어져 내리던 항마저는 붉은 빛에 휩쓸려 사라져버렸다. 이에 공선이 버럭 고함을 질렀다.

"양전, 네가 일흔두 가지 도술을 익혀서 변신술도 잘한다고 들었거늘 어째서 도망쳤느냐? 다시 나와서 맞설 용기가 있느냐?"

보물을 잃어버린 위호는 깃발 아래에 숨어서 멀뚱멀뚱했다. 그러자 공선이 다시 소리쳤다.

"강상, 오늘은 너와 자웅을 판가름내고 말겠다!"

공선이 말을 몰고 달려드니 강상의 뒤쪽에서 이정이 버럭 호통쳤다.

"정말 비천하기 그지없는 놈이로구나! 어찌 감히 이렇게 방자하게 구는 것이냐!"

그러면서 그는 방천극을 휘두르며 달려 나가 공선의 칼과 맞섰고 두 장수는 호랑이 굴과 용이 사는 연못에서 벌어지는 싸움처럼 경천동지할 격전을 벌였다. 이정이 서른세 곳 하늘의 형상을 본떠 만든 영롱금탑을 공중에 던져 공격하자 공선은 노란 광채를 쓸어서 그 금탑을 흔적도 없이 가져가버렸다. 그리고 그는 소리쳤다.

"이정, 도망치지 마라! 내 너를 사로잡고 말겠다!"

그야말로 이런 격이었다.

붉은 광채 펼쳐져 오묘함 무궁하니
비로소 알겠구나, 현묘한 것 가운데 진정 현묘한 것이 있음을!

紅光一展無窮妙　方知玄內有眞玄

한편 부친이 사로잡히는 것을 본 금타와 목타 형제는 네 자루 보검을 날리며 욕을 퍼부었다.

"역적 공선 놈아, 네가 감히 우리 부친을 해쳐?"

둘이 보검을 내리치자 공선도 황급히 칼을 들어 맞섰다. 곧 금타는 둔룡장을, 목타는 오구검을 일제히 공중으로 던졌는데 공선은 그런 것쯤이야 대수롭지 않게 여기고 즉시 붉은 광채를 뿌려서 두 보물을 한꺼번에 쓸어가버렸다. 두 형제는 사태가 불리해진 것을 깨닫고 얼른 도망치려 했으나 어느새 공선의 신령한 광채에 사로잡히고 말았다.

강상은 전투에서 수많은 제자들을 잃게 되자 화가 치밀어 악이 받쳤다.

"나도 곤륜산에서 고명한 도사들을 수없이 만나보았거늘 네까짓 놈을 어찌 두려워하겠느냐?"

그는 곧 사불상을 타고 달려들어 공선과 격전을 벌였다. 서너 판쯤 맞붙었을 때 공선이 푸른 광채를 피우며 쓸어 오자 강상도 재빨리 행황무기기를 펼쳤다. 그러자 그 깃발에서 천 송이 황금 연꽃이 나타나더니 강상을 보호하여 공선의 푸른 광채는 강상의 몸을 쓸어갈 수 없었다. 이 깃발은 옥허궁의 보물이니 당연히 다른 보물들과는 차원이 달랐던 것이다. 그것을 본 공선은 화가 치밀어 말을 몰고 달려들었고 이에 강상의 뒤쪽에 있던 등선옥이 분개하여 고삐를 잡은 손을 놓고 오광석을 집어 내던졌으니 바로 이런 격이었다.

손을 뻗어 붉은 광채 다섯 손가락에서 나오니
유성 하나가 떨어져 내렸지.

發手紅光出五指　流星一點落將來

공선은 등선옥의 오광석에 얼굴을 맞고 황급히 고삐를 돌려 자기 영채로 도망쳐버렸다. 그때 용길공주가 연비검을 날려 공선의 배후를 내리쳤는데 미처 방비하지 못하고 있던 그는 왼쪽 어깨에 일격을 당하고 하마터면 낙마할 뻔했으나 간신히 고통을 참으며 자기 영채로 돌아갔다. 중군 막사로 돌아간 그는 황급히 단약을 꺼내 상처에 발랐고 그 즉시 모든 상처가 아물었다. 그러자 신령한 광채를 털어서 여러 가지 보물을 챙긴 다음 이정과 금타, 목타를 옥에 가두게 했다. 공선은 자신에게 부상을 입힌 두 여자를 생각하며 이를 갈았다.

한편 강상은 징을 울려 병력을 철수하게 하고 영채로 돌아갔다. 그런데 양전이 이미 중군 막사에 와 있었으니 그가 자리에 앉으며 물었다.

"여러 제자들이 모두 붙잡혀 갔는데 자네는 어떻게 돌아왔는가?"

"사부님의 오묘한 술법과 사숙의 복 덕분이옵니다. 공선의 신령한 광채가 무시무시해서 저는 미리 금빛으로 변해 빠져나왔사옵니다."

강상은 그나마 양전이라도 무사해서 조금 위안되었지만 마음이 무척 괴로웠다.

"사부님의 게송 가운데 '계패관에서 신선을 베는 진세를 만난다'라고 하셨는데 어찌 여기서 이 병력에 의해 이토록 오랫동안 발이 묶여 있는 것일까? 이를 어찌하면 좋을꼬?"

그가 고민에 빠져 있을 때 무왕이 사람을 보내서 상의할 일이 있다고 했다. 강상은 황급히 뒤쪽 막사로 가서 절을 올리고 자리에 앉았다. 그러자 무왕이 말했다.

"대원수, 며칠 동안 계속 승리를 거두지 못하고 병사와 장수들만 잃었구려. 대원수께서는 여러 장수를 이끄는 분이시니 육십만 병력의 목숨도 모두 대원수의 손에 달려 있지 않습니까? 지금 갑자기 천하 제후들이 역심을 품어 분란을 일으키고 맹진에서 사방 제후들을 회합해 상나라 정권을 대신 장악하자고 하는 바람에 천하가 들끓고 민심이 흉흉하여 만백성이 도탄에 빠지고 있소이다. 그런데 여기서 병력의 진군이 막히고 많은 장수들이 사로잡히는 재앙을 당해 전군이 예상치 못한 우환을 떠안게 되었으니 부모와 처자식을 두고 떠나온 육십만 병사들도 본인과 가족 모두 근심하지 않습니까? 과인 또한 어머님 슬하에서 멀리 떨어져 자식의 도리를 다하지 못하고 또 선왕의 유훈까지 저버리게 되었습니다. 대원수, 그러니 이쯤에서 그만 돌아가 우리 영토를 단단히 지키며 하늘의 뜻을 기다리고 다른 이들이야 자기들 마음대로 하라고 내버려두는 것이 상책인 듯합니다. 대원수께서는 어찌 생각하시는지요?"

"전하, 옳은 말씀이기는 합니다만 저는 천명을 거스를까 두렵사옵니다."

"천명이 있다면 굳이 억지로 이루려고 할 필요가 있겠습니까? 천명이 우리에게 있다면 어찌 이렇게 모든 일에 걸림이 많을 수 있겠습니까?"

그 말에 마음이 흔들린 강상은 어찌할 바를 몰랐다. 그는 중군 막사로 돌아와서 선봉장에게 군령을 내렸다.

"오늘 밤은 밥 짓는 부뚜막의 수를 줄이고 병력을 차례로 철수하도록 하라!"

장수들은 짐을 꾸리면서 아무도 감히 반대 의견을 제시하지 못했다. 그런데 이경 무렵에 원문 밖에 육압도인이 찾아와서 다급히 소리쳤다.

"어서 대원수께 전하시게!"

그 무렵 철군 준비를 하고 있던 강상에게 군정사 장교가 들어와서 보고했다.

"원문 밖에 육압도인이 찾아왔사옵니다."

강상은 황망히 밖으로 나가서 육압도인을 맞이하여 함께 중군 막사로 들어왔다. 그리고 숨을 헐떡이는 그에게 물었다.

"아니, 무슨 다급한 일이 있소이까?"

"대원수께서 철군하려 하신다는 소식을 듣고 다급히 달려왔소이다. 대원수, 절대 철군해서는 안 되오! 그랬다가는 제자들이 모두 비명횡사를 당할 것이외다. 하늘의 운세가 이미 정해져 있으니 절대 틀리지 않을 것이외다."

그 말에 강상은 다시 마음이 흔들려서 군령을 내렸다.

"전군에게 전하여 이전과 마찬가지로 영채에 주둔하라고 하라!"

그때 무왕은 육압도인이 찾아왔다는 소식을 듣고 중군 막사로 와서 어찌 된 일인지 물었다. 그러자 육압도인이 말했다.

"전하께서는 하늘의 뜻을 모르시나 봅니다. 무릇 하늘이 위대한 법통을 이을 사람을 태어나게 하면 자연히 그 사람이 문제를 해결할 수 있게 마련입니다. 하지만 만약 지금 철군해버리면 포로로 잡힌 장수들은 모두 살아 돌아올 길이 없어지고 말 것입니다."

그 말을 들은 무왕은 다시는 철군하자는 말을 꺼내지 못했다.

이튿날 공선이 원문 밖에 찾아와서 싸움을 걸자 정찰병의 보고를 듣고 육압도인이 나서서 말했다.

"제가 나가서 공선이 어떤 자인지 알아보겠소이다."

밖으로 나온 육압도인은 중무장을 한 공선을 보고 물었다.

"장군이 바로 공선이라는 분이시오?"

"그렇소."

"총사령관이나 되는 분이 어찌 하늘의 운세와 인간사의 변천을 모르시는 게요? 지금 주왕이 무도하여 천하가 분열되어 무너지고 모두가 함께 저 독불장군을 정벌하기를 바라고 있소이다. 그런데 그대 혼자서 하늘의 뜻을 돌릴 수 있겠소이까? 갑자년이 되면 주왕은 멸망하게 되어 있거늘 그것을 어찌 막을 수 있겠소이까? 혹시 고명한 분이 나오게 되어 그대가 잠시 실수라도 하게 되면 그때는 후회해도 늦을 것이외다!"

"흥! 보아하니 너도 어리석고 하찮은 작자에 지나지 않는 것 같은데 무슨 하늘의 운세와 인간사의 변천 같은 것을 알 수 있겠느냐?"

그러면서 그가 칼을 휘둘러 공격하자 육압도인도 칼을 들어 맞섰다. 말에 탄 공선과 땅바닥을 걷는 육압 사이에 전투가 대여섯 판쯤 벌어졌을 때 육압이 호리병을 열어 참선비도斬仙飛刀를 날리려 하자 공선이 오색의 신령한 광채로 육압도인을 쓸어가려고 했다. 그 광채의 무서움을 아는 육압도인은 재빨리 무지개로 변해서 영채로 돌아와 강상에게 말했다.

"과연 엄청나구려, 대체 어떤 신인지 도무지 알 수 없어서 나중에 다시 방법을 찾아볼 생각으로 무지개로 변해서 빠져나왔소이다."

그 말을 들은 강상은 가슴이 더욱 답답해졌다. 그때까지도 공선은 돌아갈 생각을 하지 않고 원문 앞에서 고함을 질렀다.

"강상에게 나와서 나와 자웅을 결판내자고 해라! 괜히 병사들만 고생시키지 말라고 전해라!"

수하의 보고를 받은 강상은 도무지 어찌할 방도를 찾지 못했다.

그때 공선이 다시 원문 밖에서 고함을 질렀다.

"강상, 명색이 대원수라면서 하는 짓은 직위에 어울리지 않는구나? 칼이 무서워 피하는 것이 어디 대장부가 할 짓이더냐?"

그가 이렇게 원문 밖에서 강상에게 욕을 퍼붓고 있을 때 두 번째 양곡과 마초 조달을 담당한 토행손이 막 원문 밖에 도착했다. 그는 공선이 큰소리를 치는 것을 보고 속으로 부아가 치밀었다.

'이 하찮은 놈이 어찌 감히 우리 대원수를 이렇게 능멸할 수 있다는 말인가!'

이에 그가 공선을 향해 고함을 질렀다.

"너 이 역적 놈, 네가 누구이기에 감히 이렇게 무례하게 구느냐?"

공선이 돌아보니 신장이 서너 자밖에 안 되는 난쟁이가 쇠몽둥이를 들고 있었다.

"허! 너는 뭐 하는 물건인데 그따위 소리를 하느냐?"

그러자 토행손이 다짜고짜 공선이 타고 있는 말의 다리 아래로 구르듯이 달려가 몽둥이를 후려쳤고 공선도 칼을 휘둘러 맞섰다. 공선은 몸놀림이 재빨라 이리저리 뛰어다니는 토행손과 서너 판쯤 맞붙고 나자 무척 곤혹스러워졌다. 그런 모습을 본 토행손은 재빨리 사정권에서 벗어나 그를 유인했다.

"공선, 네가 말을 타고 있어서 싸우기 곤란하니 말에서 내려 덤벼라. 내 기필코 너를 사로잡아 내 진정한 실력을 알게 해주마!"

원래 토행손을 안중에도 두지 않았던 공선은 속으로 생각했다.

'이 같잖은 놈은 죽어야 마땅해! 칼을 쓸 필요도 없이 그냥 단번에 밟아 두 동강으로 만들어버리겠어!'

그야말로 이런 격이었다.

공을 세워 주왕을 돕고 싶었는데
어찌 알았으랴, 오히려 교묘한 계책에 걸려들 줄을!

欲要成功扶紂王　誰知反中巧中機

어쨌든 공선이 말에서 내려 칼을 들고 아래로 내리치자 토행손은 몽둥이를 위로 휘두르며 다시 격전이 벌어졌다.

그 무렵 중군 막사에 있던 강상에게 전령의 보고가 들어왔다.

"대원수, 토행손이 양곡을 운송하여 원문에 도착했다가 공선과 격전을 벌이고 있사옵니다."

그 말을 들은 강상은 다급해졌다. 양곡 조달을 담당하는 장수가 잡혀가는 날에는 큰 문제가 발생하기 때문이었다. 이에 그는 등선옥에게 원문 밖으로 나가서 지원하라고 분부했다.

한편 땅바닥에서 전투를 벌이는 것이 토행손에게는 익숙한 일이었지만 원래 기마 전투를 주로 하던 공선에게는 고역이 아닐 수 없었다. 그 바람에 공선은 몸놀림이 신속하지 못했고 그 대가로 토행손의 몽둥이에 몇 방을 허용하고 말았다. 자신의 실수를 깨달은 공선은 황급히 오색 광채를 아래로 쓸었고 그 광채가 내려오는 모습이 예사롭지 않다는 것을 간파한 토행손은 재빨리 몸을 움찔하더니 즉시 사라져버렸다. 공선은 허탕을 치고 나서 황급히 아래를 살펴보았는데 그 틈에 등선옥이 오광석을 날렸다.

"역적 놈아, 이거나 먹어라!"

뭔가 날아오는 소리에 황급히 고개를 드는 순간 오광석은 이미 공선의 얼굴을 강타하고 말았다.

"아이쿠!"

공선은 두 손으로 얼굴을 감싸고 허둥지둥 도망쳤고 그 틈을 노려 등선옥이 다시 오광석을 날리니 그것은 그대로 공선의 목 뒤를 강타했다. 중상을 입은 공선은 간신히 자기 영채로 돌아갔다. 한편 토행손 부부는 무척 기뻐하며 중군 막사로 들어가 강상에게 전투 결과를 보고했다. 그러자 강상도 기뻐하며 토행손에게 말했다.

"공선의 그 신령한 오색 광채는 정체가 뭔지 모르겠지만 많은 제자와 장수들을 사로잡아 갔네."

"정말 무시무시하더군요. 다음번에는 대처 방안을 만들어야겠사옵니다."

강상은 토행손의 공적을 축하하며 잔치를 열어주었다.

한편 영채에 도착한 공선은 이미 얼굴에 두 번이나 부상당하고 이번에는 목에도 부상당하자 너무나 화가 치밀었다. 그는 단약을 바르고 상처가 낫자 이튿날 즉시 말을 타고 주나라의 원문 앞으로 가서 소리쳤다.

"내게 돌을 던진 그 계집에게 나오라고 해라. 세 번이나 고생하게 한 복수를 하고 말겠다!"

정찰병의 보고가 들어오자 등선옥은 즉시 출전하려고 했다. 그러자 강상이 말했다.

"안 되네, 자네가 오광석으로 세 번이나 부상을 입혔으니 그자가 순순히 물러날 것 같은가? 이번에 출전하면 불리할 것이 분명하네."

그렇게 말한 후 강상이 수하에게 분부했다.

"일단 휴전패를 내걸어라!"

이렇게 되자 공선도 분이 풀리지 않은 채 돌아갈 수밖에 없었다.

이튿날 연등도인이 원문으로 찾아왔다는 보고를 받은 강상은 황급히 밖으로 나가서 그를 맞이하여 함께 중군 막사로 들어와 상석을 권했다. 강상이 깍듯이 존칭을 쓰면서 공선의 일에 대해 자세히 설명하자 연등도인이 말했다.

"나도 그런 사정을 다 알기 때문에 그를 만나려고 이렇게 찾아왔소이다."

이에 강상은 수하를 시켜서 휴전패를 거두게 했다. 수하에게 그 사실을 보고받은 공선은 황급히 말에 올라 칼을 들고 주나라의 원문 앞으로 찾아가서 싸움을 걸었다. 잠시 후 연등도인이 표연히 나오자 공선이 그를 알아보고 코웃음을 쳤다.

"연등도인, 그대는 속세의 일에 무관심한 청정한 분이고 깨달은 도가 깊은데 무엇하러 굳이 여기에 와서 속세의 재앙을 야기하는 것이오?"

"나를 그리 잘 안다면 무기를 버리고 귀순하여 주나라 무왕과 함께 다섯 관문을 들어가 저 독불장군을 정벌해야 마땅하거늘 어째서 아직 미혹에서 깨어나지 못하고 감히 저항하는가?"

그러자 공선이 껄껄 웃으며 말했다.

"나는 나를 알아주는 사람이 아니면 말을 섞지 않소. 당신은 자신의 도가 깊은 줄만 알지 내 내력에 대해서는 모르는 모양인데 잘 들어보시오."

혼돈이 처음 나뉠 때 세상에 나와
음양과 태극을 마음대로 거둬들였지.
이제는 끝없는 변화의 이치를 다 깨달아
더 이상 삼승의 오묘함 속에서 노닐지 않지!

混沌初分吾出世　兩儀太極任搜求
如今了却生生理　不向三乘妙裏游

연등도인은 공선의 말이 끝났지만 그가 어떤 사물이 득도하여 변한 존재인지 언뜻 떠오르지 않았다.

"그대가 흥망성쇠의 원리를 알고 현묘한 이치에 깊이 통달했다면 어째서 천명을 모르고 아직도 당돌하게 하늘을 거역하는가?"

"그것은 너희가 중생을 미혹하기 위해 하는 말일 뿐이다. 하늘이 미리 정해놓은 자리가 있거늘 어찌 오히려 반역을 정의라고 하는 것이냐?"

"이런 못된 것! 제 힘을 과신하고 큰소리만 칠 뿐 전혀 생각 같은 것은 하지 않으니 틀림없이 땅을 치고 후회하게 될 게야!"

이에 공선이 분기탱천하여 칼을 휘두르며 달려들자 연등도인은 "선재로다!" 하면서 보검을 들어 맞섰다. 둘이 두세 판쯤 맞붙었을 때 연등도인이 스물네 알의 정해주를 공중에 던져 공격했는데 공선이 재빨리 신령한 오색 광채로 낚아채니 정해주는 그대로 광채 속으로 사라져버렸다. 연등도인은 깜짝 놀라서 황급히 자금 바리때를 던졌으나 그 역시 신령한 광채 속으로 사라지고 말았다. 그러자 연등도인이 소리를 질렀다.

"제자야, 어디에 있느냐?"

그 순간 공중에 거센 바람이 몰아치더니 그 안에서 거대한 붕조鵬雕가 나타났고 공선은 그것을 보고 재빨리 머리에 쓰고 있던 투구를 바로 쓰니 한 줄기 붉은 빛이 하늘로 치솟아 공중에 가로놓였다. 연등도인은 지혜의 눈으로 공선을 유심히 살펴보았으나 뚜렷하게 보이지 않았는데 그 순간 공중에서 천지가 무너지는 듯한 소리가 울리더니 서너 시간쯤 지나자 '쨍!' 하는 소리와 함께 붕조가 땅으로 내리꽂혔다. 그러자 공선이 재빨리 말을 몰아 달려들어 신령한 광채로 연등도인을 쓸어가려고 했지만 연등도인은 이미 상서로운 빛을 타고 영채로 돌아간 뒤였다. 잠시 후 연등도인은 강상에게 공선의 무시무시함을 설명하면서 도무지 그 정체를 알 수 없었다고 말했다. 그리고 붕조가 막사 앞으로 다가오자 물었다.

"공선의 정체를 알 수 있더냐?"

"공중에서 살펴보니 상서로운 오색구름이 몸을 감싸고 있는데 그 역시 두 개의 날개를 가진 것 같았사옵니다. 하지만 무슨 새인지 알 수 없었사옵니다."

그렇게 이야기하는 와중에 군정사의 장교가 들어와서 보고했다.

"도사 한 분이 찾아오셨사옵니다."

강상은 연등도인과 함께 원문 밖으로 그를 맞이하러 나갔다. 그곳에는 두 개의 상투를 틀어 올리고 누런 얼굴에 비쩍 마른 몸집을

준제도인, 공선을 거둬들이다.

가진 이가 상투 위에 두 송이 꽃을 꽂고 손에는 나뭇가지를 하나 들고 서 있었다. 그는 연등도인을 보더니 아주 반갑게 인사했다.

"도우, 안녕하셨소이까!"

이에 연등도인도 황급히 고개를 숙여 답례하며 말했다.

"어디서 오신 분이신지요?"

"동쪽과 남쪽에 인연이 있는 이를 만나려고 서방에서 왔소이다. 지금 공선이 주나라 병력을 막고 있다기에 그를 제도하려고 이렇게 왔소이다."

연등도인은 서방에 같은 교파에 소속된 도사가 있음을 알고 있었기에 서둘러 그를 막사 안으로 안내했다. 그 도사는 속세의 분위기가 가득하고 살기가 무럭무럭 피어나는 데다가 주변에 보이는 모든 이에게 살생의 운세가 보이자 그저 "오호, 선재! 선재로다!"라는 말만 되뇌었다. 그들이 중군 막사에 도착해서 서로 정식으로 인사를 나누고 자리에 앉자 연등도인이 물었다.

"듣자 하니 서방은 극락정토라고 하던데 이제 중생을 제도하기 위해 동녘 땅에 오셨다니 그야말로 상황에 따라 자비를 베푸시는 공덕을 쌓으실 요량이로구려. 그런데 도형의 존함은 어찌 되십니까?"

"저는 서방 종교에 소속된 준제도인입니다. 저번에 광성자 도우께서 청련보색기를 빌리러 우리 서방에 오셨을 때 만난 적이 있소이다. 그런데 저 공선은 우리 서방과 인연이 있는 이라서 오늘 이렇게 저 사람을 데리고 극락정토로 가려고 찾아온 것이외다."

그 말에 연등도인은 무척 기뻐했다.

“이번에 도형께서 공선을 거둬들이신다면 그야말로 무왕이 동쪽을 정벌하는 시기가 무르익게 되겠구려!”

“그 문제뿐만 아니라 공선은 득도의 뿌리가 아주 깊어서 서방과 인연이 있기 때문이지요.”

준제도인은 그렇게 말하고 나서 공선을 만나기 위해 영채 밖으로 나갔으니 이제 승부가 어찌 되는지는 다음 회를 보시라.

제71회

강상, 병력을 세 방향으로 나누다

姜子牙三路分兵

승상이 병사 일으키니 전차가 늘어서고
용맹한 장수와 병사들 정말 자랑할 만하구나.
제후들은 격려하며 모두 자신의 이익 잊고
백성은 노래하며 모두 가족을 생각하지 않았지.
삼엄하게 늘어선 창칼에 상서로운 광채 날리고
해를 가린 깃발에서는 아침노을 일렁거렸지.
하늘의 뜻은 어질고 성스러운 이에게 돌아가나니
죄인을 정벌하게 되면 물결이 모래 휩쓸 듯하지!

丞相興兵列戰車　虎賁將士實堪誇
諸侯鼓舞皆忘我　黎庶歌謳盡棄家
劍戟森羅飛瑞彩　旌旗掩映舞朝霞
須知天意歸仁聖　縱有征誅若浪沙

그러니까 준제도인은 고개 위로 올라가 소리쳤다.

"공선, 할 이야기가 있소!"

잠시 후 공선이 나와보니 웬 도사 하나가 맥없이 비틀거리며 걸어오고 있었다.

도복 걸치고
나뭇가지 하나 들었구나.
팔덕지가에서 늘 도리를 풀어주고
칠보림 아래에서 삼승을 설법했지.
머리 위에는 언제나 사리가 걸려 있고
손바닥 안에 글자 없는 경전 쓸 수 있지.
표연한 모습 진정 득도한 나그네요
수려한 모습 정말 빼어나구나!
단련을 이루어 서방의 명당에 살고 있으며
수련을 완성하여 영원한 생명 얻고 속세를 벗어났지.
연꽃으로 몸을 이루어 오묘함 무궁하나니
서방의 우두머리 신선이 찾아왔도다!

身披道服　手執樹枝
八德池邊常演道　七寶林下說三乘
頂上常懸舍利子　掌中能寫沒文經
飄然眞道客　秀麗實奇哉
煉就西方居勝境　修成永壽脫塵埃
蓮花成體無窮妙　西方首領大仙來

공선이 그를 보고 물었다.

"그대는 이름이 무엇이오?"

"내가 그대와 인연이 있어서 함께 서방 극락정토를 누리며 삼승의 위대한 불법을 풀어 설명함으로써 아무런 장애도 없이 정과를 이루어 금강석처럼 부서지지 않는 단단한 몸을 완성하고자 하오. 이 얼마나 좋은 일이오? 그런데 왜 굳이 이런 재앙 속에서 살아가려 하시오?"

그러자 공선이 껄껄 웃음을 터뜨렸다.

"또 말도 안 되는 소리로 나를 미혹하려 하는구나!"

"그러지 말고 내 도에 대한 노래를 들려줄 테니 들어보시구려."°

공부와 수련을 마쳤으면 목욕을 해야 하나니
본성을 단련하여 자연과 일치하지.
하늘이 그대에게 열려 곧 도를 완성하니
구계°와 삼귀°가 비로소 저절로 새롭게 시작되지.
깃털 벗어 던지고 극락에 귀의하여
조롱 벗어나 온몸의 신을 기르지.
속세의 때 씻어버려 전혀 물들지 않으니
근원으로 돌아가 영원히 죽지 않는 몸이 되지!

功滿行完宜沐浴　煉成本性合天眞
天開於子方成道　九戒三皈始自新
脫却羽毛歸極樂　超出樊籠養百神
洗塵滌垢全無染　返本還元不壞身

그 말을 들은 공선은 버럭 화를 내며 준제도인의 머리를 향해 칼을 내리쳤다. 하지만 준제도인은 칠보묘수七寶妙樹를 가볍게 내저어 그 칼을 한쪽으로 밀쳐버렸다. 그러자 공선이 황급히 황금 채찍을 꺼내 들고 공격했고 준제도인은 다시 칠보묘수를 내저으니 그 채찍도 한쪽으로 치워져버렸다. 양손이 모두 비자 다급해진 공선은 황급히 붉은 광채를 내려 준제도인을 쓸어갔는데 그 모습을 본 연등도인은 자기도 모르게 깜짝 놀랐다. 그때 준제도인을 쓸어가던 공선이 갑자기 눈을 부릅뜨고 입을 딱 벌리더니 순식간에 투구와 전포, 갑옷이 가루로 부서졌고 타고 있던 말도 땅바닥에 주저앉아버렸다. 이어서 오색 광채 안에서 벼락 소리가 울리더니 열여덟 개의 손과 스물네 개의 머리가 달리고 영락이 드리워진 양산을 받쳐 든 채 화관花罐과 어장검魚腸劍, 가지신저加持神杵°, 보좌寶銼, 금령金鈴, 금궁金弓, 은극銀戟 그리고 깃발[旗幡] 등을 든 신의 모습이 나타났다. 이에 준제도인이 게송을 읊었다.

보배로운 금빛 밝은 해에 비치나니
서방의 오묘한 불법 너무나 정미하지.
수천 가닥 영락에는 오묘함 무궁하고
수만 줄기 상서로운 빛 차례로 피어나지.
신령한 몽둥이 들고 지켜주는 모습 인세에 보기 드무니
칠보림 안인들 어찌 쉽게 다닐까?
이번에 함께 연화대의 모임에 가게 되면
그날에야 비로소 큰 도가 이루어졌음을 알게 되리라!

寶焰金光映日明　西方妙法最微精
千千瓔珞無窮妙　萬萬祥光逐次生
加持神杵人罕見　七寶林中豈易行
今番同赴蓮臺會　此日方知大道成

준제도인은 끈으로 공선의 목을 감고 중생을 지켜주는 보배로운 몽둥이를 그의 몸 위에 얹으며 말했다.

"도우, 본색을 드러내시게!"

그러자 순식간에 작은 눈에 붉은 볏을 단 공작새가 나타났는데 준제도인은 그 공작새의 등에 앉아 천천히 고개를 내려와 주나라 영채로 들어가서 말했다.

"저는 이대로 타고 있겠소이다."

그가 작별 인사를 하려고 하자 강상이 말했다.

"도사님, 정말 한없이 위대한 법력이로군요! 그런데 공선이 수많은 제자와 장수들을 잡아다가 어디에 두었는지 모르겠사옵니다."

이에 준제도인이 공작에게 물었다.

"도우, 오늘은 정과에 귀의했으니 당연히 대원수의 제자와 장수들을 돌려드려야 하지 않겠소이까?"

"그들은 모두 저쪽 영채의 옥에 갇혀 있습니다."

이에 준제도인은 강상과 연등도인에게 작별 인사를 하고 공작을 툭 쳤다. 그러자 공작이 두 날개를 펴고 날아오르더니 오색구름과 자줏빛 안개에 감싸여 곧장 서방으로 날아갔다.

강상은 곧 위호와 육압도인과 함께 장수들을 이끌고 공선의 영채로 가서 항복을 받아냈다. 우두머리를 잃은 상나라 병사들이 모두 투항하고 싶어 하자 강상은 그들을 받아들이고 서둘러 옥에 갇힌 이들을 풀어주었다. 장수와 제자들은 모두 주나라 영채로 돌아와서 강상과 연등도인에게 절을 올렸다.

이튿날 숭흑호 등은 숭성으로 돌아갔고 연등도인과 육압도인 또한 각자의 거처로 돌아갔으며 양전은 다시 양곡을 조달하러 떠났다. 강상은 곧 병력을 출발시켜 금계령을 지났는데 도중에 별다른 일 없이 사수관에 이르렀다. 정찰병의 보고를 받은 강상은 관문 아래에 영채를 차리라고 분부했다.

경치 좋은 곳에 영채 차리니
영채 뒤로는 언덕 하나 받쳐주었지.
남쪽의 주작, 북쪽의 현무를 나누고
동쪽의 청룡과 서쪽의 백호에 따라 영채 세웠지.
시각을 알리는 장교는 금방울 흔들고
명전을 전하는 젊은 병사는 북을 울렸지.
산과 물을 옆에 끼고 영채를 차려
강한 활과 쇠뇌로 무장한 복병을 숨겨두었지.

營安勝地　寨背孤虛
南分朱雀北玄武　東按靑龍西白虎
打更小校搖金鈴　傳箭兒郎鳴戰鼓
依山傍水結行營　暗伏強弓百步弩

강상은 나타를 선봉장으로 삼고 남궁괄로 하여금 뒤쪽 부대를 보조하게 하여 그곳에서 사흘 동안 주둔했다.

한편 사수관의 한영은 공선이 패배했다는 사실과 주나라 병력이 관문 아래에 이르렀다는 소식을 듣고 여러 장수들과 함께 성 위로 올라가서 살펴보았다. 아니나 다를까 강상의 병력은 정말 가지런히 정돈되어 있었다.

일단의 살기 피우며
시내처럼 철마와 무기 늘어서 있고
오색 광채 현란하게
수천 개의 붉은 깃발 세워져 있다.
화려한 창은 삼엄하게 펼쳐지고
수실 달고 금실로 수놓은 오색 깃발 가벼이 나부낀다.
무기는 으스스하여
호랑이와 용도 베어버릴 듯 눈 같은 하얀 날이 숲처럼 서 있다.
빽빽한 청동 날은
백만 개의 크고 작은 수정 쟁반처럼 늘어서 있고
쌍쌍이 늘어선 창은
수천 개의 굵고 가는 고드름처럼 배치되었다.
은은한 뿔피리 소리
동해의 늙은 용이 신음하는 듯하고
딸랑딸랑 방울 소리
처마 앞에서 철마가 숨을 몰아쉬는 듯하다.

활은 막 떠오른 달 같고
쇠뇌는 날아가는 물오리 같다.
비단 휘장 두른 막사는 빽빽이 포진되어 있고
수놓은 띠를 두른 깃발은 겹겹의 구름 같다.
도복 입고 유건 두른 이들은
모두 옥허궁의 제자요
붉은 전포에 옥 허리띠 두른 이들은
모두 선봉에 설 기마병이니
그야말로 강상이 동쪽으로 진격하여 전투 벌이는 날
우리 무왕의 명성이 이 행보를 통해 높이 드날리리라!

一團殺氣　擺一川鐵馬兵戈
五彩紛紛　列千桿紅旗赤幟
畫戟森羅　輕飄豹尾描金五彩幡
兵戈凜冽　樹立斬虎屠龍純雪刃
密密銅鋒　如列百萬大小水晶盤
對對長槍　似排數千粗細冰淋尾
幽幽畫角　猶如東海老龍吟
喞喞提鈴　酷似檐前鐵馬喘
長弓初吐月　短弩似飛鳧
錦帳團營如密布　旗幡繡帶似層雲
道服儒巾　盡是玉虛門客
紅袍玉帶　都係走馬先行
正是　子牙東進兵戈日　我武惟揚在此行

한영은 주나라 영채의 깃발이 모두 붉은색인지라 의아한 생각이 들었다. 성에서 내려와 은안전으로 들어간 그는 상소문을 작성하여 전령을 통해 조가에 위급한 상황을 보고하고 장수들을 선발하여 성을 방어할 방법을 마련했다.

그 무렵 강상은 중군 막사에 단정히 앉아 있었는데 선봉장 나타가 들어와서 아뢰었다.

"사숙, 관문 앞에 이르렀으니 의당 속전속결로 해치워야 할 것 같은데 왜 이렇게 주둔만 하고 계십니까?"

"안 되네, 이제 병력을 셋으로 나누어 두 부대는 각기 가몽관과 청룡관을 치게 할 생각일세. 두 명의 지휘관을 뽑아야 하는데 재능과 덕을 겸비하고 세상을 뒤덮을 만한 영웅의 기상을 지닌 사람만이 이 임무를 감당할 수 있을 걸세. 내 생각에는 황 장군과 홍 장군이 아니면 안 되겠구먼."

이에 두 장수가 앞으로 나오자 강상이 말했다.

"두 분이 하나씩 제비를 뽑아서 좌우를 결정하도록 하겠소이다."

"예!"

제비를 뽑은 결과 황비호는 청룡관을 홍금은 가몽관을 치도록 결정되었다. 두 장수에게는 모자에 꽂을 붉은 꽃이 하사되었고 그들은 각기 십만 명의 병력을 거느리게 되었다. 황비호 부대의 선봉장은 등구공이었으며 황명과 주기, 용환, 오겸, 황비표 형제, 황천록, 황천작, 황천상, 태란, 등수, 조승, 손염홍이 부장으로 임명되었다. 그들은 길일을 택해 깃발에 제사를 올리고 청룡관을 향해 떠났다. 홍금 부대의 선봉장은 계강이었고 남궁괄과 소호, 소전충, 신면, 태

강상, 병력을 세 방향으로 나누다.

전, 굉요, 기공, 윤적이 부장으로 임명되었다. 그들 역시 십만 명의 병력을 이끌고 가몽관으로 떠났다.

사수관을 떠난 홍금의 부대는 병사들이 함성을 지르고 말들이 울부짖으며 기세도 당당하게 산 넘고 물 건너 여러 고을을 거쳐 행군했다. 그러던 어느 날 정찰병이 중군 막사에 보고했다.

"가몽관에 도착했사옵니다!"

이에 홍금은 즉시 영채를 세우라고 분부했다. 그는 전군의 함성 속에서 중군 막사로 들어가 장수들과 만났다.

"백 리를 행군해 왔으니 모두들 피곤할 것이오. 그러나 내일은 전투를 개시해야 할 터인데 누가 먼저 나가시겠소?"

그러자 계강이 즉시 나섰다.

"제가 나가겠사옵니다!"

홍금의 허락을 받은 그는 이튿날 칼을 들고 말에 올라 관문 아래에 가서 싸움을 걸었다. 한편 가몽관의 사령관 호승은 마침 호뢰와 서곤徐坤, 호운붕胡雲鵬과 함께 적을 물리칠 방안을 논의하고 있었다. 그때 전령이 들어와서 보고하자 호승이 물었다.

"누가 먼저 나가시겠소?"

그러자 서곤이 자원하고 나서서 곧 무장을 갖추고 관문 밖으로 나왔다. 계강은 그를 알아보고 호통쳤다.

"서곤, 지금 천하가 모두 주나라를 섬기고 있거늘 너는 어째서 아직 천명을 거스르며 대항하느냐?"

"뭐라고? 이 역적! 한낱 하수인에 지나지 않는 네놈이 무슨 재간이 있다고 감히 그런 큰소리를 치느냐?"

서곤은 말을 몰고 달려와 창을 내질렀고 계강도 칼을 휘둘러 맞서며 둘은 순식간에 쉰 판 넘게 맞붙었다. 그때 계강이 중얼중얼 주문을 외자 갑자기 그의 머리 위에서 검은 연기가 피어나더니 그 속에서 한 마리 개가 나타났다. 서곤은 계강의 칼을 맞받아치느라 정신이 없어서 미처 방비하지 못하는 사이에 개에게 볼을 덥석 물려 창술이 크게 어지러워지고 말았다. 계강이 그 틈을 놓치지 않고 칼을 내지르니 서곤은 그대로 낙마해버렸고 계강은 곧 수급을 베어 들고 승전고를 울리며 영채로 돌아와서 전과를 보고했다.

한편 전령으로부터 서곤의 패전 소식을 들은 호승은 기분이 몹시 울적했다. 이튿날 다시 수하의 보고가 올라왔다.

"주나라 장수가 싸움을 걸어오고 있사옵니다."

"그래? 이번에는 호운붕이 다녀오도록 하라!"

호운붕은 즉시 도끼를 들고 말에 올라 관문 밖으로 나갔다. 상대편 장수는 바로 소전충이었다. 이에 그가 버럭 고함을 질렀다.

"역적 놈! 온 천하가 반역을 한다 해도 네놈만은 그래서는 아니 되지 않느냐? 네 누이가 지금 폐하의 총애를 받는 황후이거늘 네가 이렇게 본분을 잊어서야 되겠느냐? 거기 그대로 얌전히 앉아서 내 오랏줄을 받아라!"

호운붕이 달려들어 도끼로 공격하자 소전충도 도끼로 맞서 격전이 벌어졌다. 그렇게 삼사십 판쯤 맞붙고 나서 호운붕은 자기도 모르게 식은땀을 흘렸으니 바로 이런 격이었다.

참담한 전쟁의 구름 붉은 해를 가리고

바다 들끓고 강물 뒤집혀 귀신도 시름하는구나!

征雲慘淡遮紅日　海沸江翻神鬼愁

애초에 소전충의 적수가 되지 못했던 호운붕은 결국 말과 함께 땅바닥에 쓰러져 속수무책이 되고 말았다. 그 틈에 소전충이 벼락같이 호통치면서 창을 내질러 호운붕의 수급을 베어 들고 영채로 돌아와서 전과를 보고했다.

그 무렵 전령에게 호운붕의 패전 소식을 들은 호승은 호뢰에게 말했다.

"아우, 두 차례 전투에서 두 명의 장수를 잃었으니 천명이 어디에 있는지 알 수 있겠네. 게다가 천하에서 주나라에 귀의한 제후가 한둘이 아니니 우리도 상의를 좀 해보세. 차라리 주나라에 귀순하여 하늘의 시세를 따르는 것이 호걸의 체신을 잃지 않는 일이 아니겠는가?"

"형님, 그것이 무슨 말씀이십니까! 우리는 대대로 나라의 은혜를 입어 고관대작으로서 후한 녹봉을 받아왔는데 이제 나라가 위기에 처한 마당에 주군의 근심을 나눠 가짐으로써 보답할 생각은 하지 않고 이렇게 목숨에 연연하는 말씀을 하시면 되겠습니까? '주군의 근심은 신하의 치욕'이라는 말도 있지 않습니까? 그러니 죽음으로 나라의 은혜에 보답하는 것이 당연한 도리지요! 풍속을 망치는 말씀은 절대 하지 마십시오! 내일은 제가 출전하여 반드시 공을 세우겠습니다."

그러자 호승은 대꾸할 말이 없었다. 곧 둘은 각자의 침소로 돌아갔다.

이튿날 호뢰는 분연히 관문 밖으로 나가 주나라 진영 앞에서 싸움을 걸었다. 수하의 보고를 받은 홍금은 남궁괄을 출전시켰고 호뢰는 그를 보고 호통쳤다.

"남궁괄, 꼼짝 마라!"

호뢰가 남궁괄의 머리를 향해 칼을 내리치자 남궁괄도 칼로 맞서니 둘 사이에 일대 격전이 벌어졌다.

흉맹하기 그지없는 두 장수 함께 지내기 어려워
사나운 맹수처럼 승패를 놓고 대결했지.
왔다 갔다 손은 멈출 새 없고
오르락내리락 심장은 계속 두근거렸지.
한쪽은 천자를 지키려고 남은 인생 걸었고
한쪽은 영토를 넓히려고 목숨 걸었지.
생전에 살인의 원수를 맺었으니
두 호랑이 가운데 하나가 다쳐야 비로소 승리할 수 있었지.

二將兇猛俱難併　棋逢對手如梟獍
來來去去手無停　下下高高心不定
一個扶王保駕棄殘生　一個展土開疆拚性命
生前結下殺人寃　兩虎一傷方得勝

둘이 삼사십 판쯤 맞붙었을 때 호뢰가 남궁괄의 가슴팍으로 힘껏 파고들었는데 양쪽 전마의 머리가 엇갈리는 순간 도리어 남궁괄이 호뢰의 칼을 옆으로 흘리고 재빨리 손을 뻗어 그대로 사로잡아버렸다. 곧 남궁괄은 원문 앞에 호뢰를 끌어다 놓고 중군 막사로 들어가서 전과를 보고했다. 그러자 홍금이 포로를 끌고 오라고 했고 호뢰는 병사들에게 끌려 막사 앞으로 와서도 무릎을 꿇지 않고 뻣뻣이 서 있었다. 이를 보고 홍금이 말했다.

"포로가 되었는데도 여전히 반항하는 것이냐?"

"닥쳐라, 역적 놈! 나라의 은혜에 보답할 생각은 하지 않고 오히려 악적을 도와 나라에 해를 끼치는 너야말로 정말 개돼지 같은 종자가 아니더냐! 내 너의 살을 씹어 먹지 못한 것이 한스러울 뿐이다!"

"뭣이! 여봐라, 당장 끌고 나가서 목을 쳐라!"

병사들은 그 즉시 호뢰를 원문 밖으로 끌고 나갔고 잠시 후 형을 집행하라는 명령이 떨어졌다. 이어서 홍금이 남궁괄의 공적을 축하하고 막 술상을 차리게 하여 술을 마시려는데 수문장이 들어와서 보고했다.

"호뢰가 다시 와서 싸움을 걸고 있사옵니다!"

"뭐라고? 무슨 말도 안 되는 보고를 하느냐! 당장 저 전령의 목을 쳐라!"

이에 수하들이 전령을 오랏줄에 묶어 끌고 나가려 하자 그가 고함을 질렀다.

"억울하옵니다!"

홍금은 그를 다시 데려오게 해서 물었다.

"보고를 제대로 못했으니 참수형을 당해야 마땅하거늘 왜 억울하다는 것이냐?"

"제가 어찌 감히 허튼 보고를 올릴 수 있겠사옵니까? 밖에 있는 장수는 분명 호뢰이옵니다."

그러자 남궁괄이 말했다.

"제가 나가서 사실인지 알아보고 오겠사옵니다."

홍금은 기이한 일이라고 생각하며 말없이 생각에 잠겨 있었다. 남궁괄이 말을 타고 영채 밖으로 나가보니 과연 호뢰인지라 그가 소리쳤다.

"감히 요사한 사술로 미혹하다니! 꼼짝 마라!"

남궁괄은 칼을 휘두르며 달려들었고 다시 둘 사이에 격전이 벌어졌다. 하지만 호뢰의 재능은 남궁괄보다 못해서 이번에도 서른 판이 되기 전에 사로잡혀버렸다. 보고를 받은 홍금은 무척 기뻐하며 호뢰를 막사 앞으로 끌고 오게 했다. 하지만 그가 무슨 술법을 썼는지 몰라서 여전히 당혹스러웠다. 주위의 장수들 사이에서도 논의가 분분했는데 그 소란이 뒤쪽 영채까지 전해졌다. 이에 용길공주가 중군 막사로 나와서 무슨 일인지 물으니 홍금이 호뢰의 일에 대해서 자세히 들려주었다. 이야기를 다 들은 용길공주는 호뢰를 끌고 오라고 해서 그를 슬쩍 살펴보고는 미소를 지으며 말했다.

"하찮은 술법에 지나지 않으니 전혀 어려울 게 없지요! 여봐라, 저놈의 머리카락을 갈라보아라!"

용길공주는 세 치 다섯 푼의 건곤침乾坤針을 꺼내 호뢰의 니환궁에 찔러 넣고 즉시 목을 베게 했다.

"육신을 바꾸는 체신법替身法이라는 별것 아닌 술법일 뿐이지요."

그야말로 이런 격이었다.

호뢰를 참수하는 바람에 큰 재앙을 초래했으니
강상도 이번 실수에 대한 책임 피하기 어려우리라!
因斬胡雷招大禍　子牙難免這場非

한편 호뢰가 원문 밖에 효수되었다는 소식을 들은 호승은 깜짝 놀랐다.
"아우가 내 말을 듣지 않더니 결국 목숨을 잃고 말았구나. 천하의 태반이 주나라에 귀의했으니 지금이라도 투항하는 것이 최선일 것 같구나. 여봐라, 중군의 장수는 속히 항복 문서를 작성하여 주나라 영채에 바치도록 하라. 백성이 도탄에 빠지는 일이 없어야 할 게 아니더냐?"
잠시 후 수하가 항복 문서를 작성해 올리자 호승은 전령을 통해 주나라 영채에 바치도록 했다.
그 무렵 홍금은 장수들과 함께 공적을 축하하는 잔치를 벌이고 있었다. 그때 가몽관에서 항복 문서를 보내왔다는 소식이 전해졌다.
"이리 데려오너라!"
호승의 전령이 중군 막사로 와서 항복 문서를 바치자 홍금이 읽어보았다.

가몽관 총사령관 호승과 부장들이 삼가 봉천토역원수奉天討逆元帥께 항복 문서를 올리나이다.
저희가 여러 해 동안 상나라에서 벼슬살이를 해왔으나 뜻밖에 주왕이 무도한 짓을 자행하며 황음을 일삼는 것이 정도를 넘어서 결국 하늘의 버림을 받았사옵니다. 선비와 백성을 원수처럼 잔혹하게 학대하니 하늘도 상나라를 보우하지 않고 우리 주나라 무왕으로 하여금 하늘을 대신하여 토벌하게 하셨사옵니다. 이리하여 주나라의 병력이 가몽관에 이르렀지만 저희가 스스로 덕을 헤아리지 못하고 대항함으로써 원수님을 수고롭게 만들고 장수와 병사들이 목숨을 잃는 지경에 이르렀으니 이제 그 위세를 실감하여 감히 더 이상 저항할 수 없음을 깨달았사옵니다. 이에 지난 잘못을 뉘우치고 이 항복 문서를 작성하여 전령을 통해 바치오니 어리석은 저희의 정성을 헤아리시어 새로운 길을 걸을 수 있도록 은혜를 베풀어주시기를 간절히 바라옵나이다.

원수께서는 하늘을 대신하여 민심을 교화하시고 백성을 위로하여 죄인을 정벌하러 나서셨으니 저희도 그 뜻에 한없이 감복하며 간절하게 처분을 기다리나이다.

이상과 같이 삼가 아뢰옵나이다.

홍금은 문서를 다 읽고 전령에게 후한 상을 내리며 말했다.

"답장을 쓸 시간은 없으니 내일 아침에 일찍 관문으로 들어가 백성을 안정시키면 되겠구려."

전령은 돌아가서 호승에게 보고했다.

"홍 사령관께서 항복 문서를 받아들이셨사옵니다. 미처 답장은 쓰지 못하지만 내일 아침에 관문을 들어오시겠다고 하셨사옵니다."

호승은 수하들에게 가몽관 위에 주나라 깃발을 내걸게 하고 백성의 명부와 창고의 재물을 정리한 장부를 점검하여 이튿날 인수인계할 준비를 했다. 그때 갑자기 수하의 보고가 올라왔다.

"밖에 붉은 옷을 입은 여도사가 찾아와서 뵙고 싶다고 하옵니다."

호승은 무슨 영문인지 알 수 없었지만 일단 안으로 모시라고 분부했다. 잠시 후 몹시 흉험한 기세를 가진 여도사가 음양의 매듭을 지은 허리띠인 수화조水火絛를 매고 대전 앞으로 와서 고개를 숙여 절했다. 이에 호승도 허리를 숙여 답례하며 물었다.

"도사님, 무슨 가르침을 주시려고 오셨는지요?"

"나는 구명산邱鳴山의 화령성모라고 해요. 그대의 아우인 호뢰는 내 제자이기도 한데 그 아이가 홍금에게 죽었기에 복수를 하려고 하산했어요. 그런데 그대는 그 아이와 친형제이면서 혈육의 정이나 군주와 신하 사이의 의리도 고려하지 않고 오히려 외부의 원수와 손을 잡으려 하는군요!"

호승은 그 말을 듣고 황급히 큰절을 올리며 공손하게 말했다.

"도사님, 그런 줄도 모르고 미처 마중을 나가지 못했으니 용서해 주십시오. 사실 제가 원수를 섬기려는 것은 아니었고 그저 아무리 생각해도 병력이 중과부적 상태이고 저 또한 재주와 학문이 모자라 이 임무를 감당하기에 부족하다고 판단해서 항복을 택했던 것입니다. 게다가 지금 천하가 어지러워 모두들 주나라에 귀의하려 하고 있습니다. 그러니 설령 제가 이 관문을 지킨다 해도 결국 나라가 남의 손에 넘어가면 괜히 병사와 백성들만 밤낮으로 고생시키는 꼴이 되지 않겠습니까? 그래서 그들의 목숨을 구하려는 마음에 어쩔 수 없이 항복한 것이지 어찌 제 개인의 목숨에 연연해서 그렇게 결정

했겠습니까?"

"그건 그렇다고 치지요, 다만 내가 하산했으니 반드시 복수를 하고 말겠어요. 그대도 성 위의 깃발을 다시 상나라 것으로 바꿔 내걸도록 해요. 내 나름대로 방법이 있으니까요."

호승은 어쩔 수 없이 수하에게 다시 상나라의 깃발로 바꾸라고 분부했다.

그 무렵 홍금은 다음 날 아침 관문으로 들어갈 준비를 하고 있었다. 그때 갑자기 전령이 달려와서 보고했다.

"가몽관에서 다시 상나라 깃발을 내걸었사옵니다!"

"뭐라고! 그 천한 작자가 감히 태도를 바꾸어 우리를 희롱하다니! 내일 그놈을 잡아 몸뚱이를 가루로 만들어야 분이 풀리겠구나!"

한편 화령성모는 호승에게 물었다.

"관문 안에 병력이 얼마나 되지요?"

"보병과 기마병을 합쳐서 삼만 명쯤 됩니다."

"그러면 삼천 명만 뽑아서 내게 맡기도록 해요. 내가 직접 훈련시켜서 쓸 데가 있으니까요."

호승은 즉시 건장하고 용맹한 병사 삼천 명을 선발했다. 그러자 화령성모는 그들에게 모두 붉은 옷을 입히고 맨발에 머리카락을 풀어 헤친 채 붉은 종이로 만든 호리병을 등에 붙이게 하고 모두의 발바닥에 '풍화風火'라고 적힌 부적을 찍어주었다. 그리고 각기 한 손에는 칼을 다른 한 손에는 깃발을 들고 훈련장에 모이게 하여 훈련시켰다.

이튿날 홍금은 소전충으로 하여금 관문 아래로 가서 싸움을 걸게 했다. 그러나 호승이 휴전패를 내거는 바람에 그냥 돌아올 수밖에 없었다. 홍금은 화가 치밀었지만 어쩔 수 없었다. 화령성모는 이레 동안 병사들을 훈련시켜서 비로소 원하는 수준에 이르자 관문에 내걸었던 휴전패를 걷게 하고 포성을 울리며 병사들을 이끌고 밖으로 나갔다. 그녀는 금빛 눈동자의 낙타를 타고 훈련이 잘된 화룡병火龍兵과 함께 뒤쪽에 숨어 호승으로 하여금 앞으로 나가서 싸움을 걸게 했다. 이에 호승이 홀로 말을 몰고 앞으로 나가 홍금에게 나오라고 요구했다.

정찰병의 보고를 받은 홍금은 칼을 들고 말에 올라 좌우로 부장을 거느리고 출전했다. 그는 호승을 보자마자 호통쳤다.

"역적 놈! 말 뒤집기를 밥 먹듯이 하는 것을 보니 정말 개돼지 같은 놈이로구나! 비천한 놈이 감히 나를 희롱하다니!"

그러면서 그가 말을 몰고 달려들어 칼을 휘두르자 호승이 미처 반격하기도 전에 화령성모가 금빛 눈동자의 낙타를 몰고 달려 나와 두 자루 태아검을 휘두르며 소리쳤다.

"홍금, 꼼짝 마라! 내가 간다!"

홍금이 자세히 보니 웬 여도사가 괴이한 짐승을 타고 마치 불덩어리가 굴러오듯 달려드는 것이었다.

"그대는 누구인가?"

"나는 구명산의 화령성모다. 네가 감히 내 제자인 호뢰를 죽였으니 복수를 하러 왔느니라! 당장 말에서 내려 목을 내밀어라, 내가 화를 내면 거기 십만 명의 병력까지 한 놈도 살아남지 못하게 될 것이다!"

그러면서 그녀가 태아검을 날려 공격하자 홍금도 들고 있던 칼로 황급히 맞섰다. 몇 판 맞붙고 나서 홍금은 기문둔으로 화령성모를 공격했는데 뜻밖에 화령성모의 금하관에 덮인 연노란 보자기가 펼쳐지면서 열대여섯 길쯤 되는 금빛이 피어나 그녀를 감싸버렸다. 이렇게 되자 그녀는 홍금을 볼 수 있었지만 홍금은 그녀의 모습을 볼 수 없었다. 결국 홍금은 화령성모의 칼에 가슴을 맞고 사슬로 엮어 만든 갑옷이 갈라져 "아이쿠!" 하고 비명을 지르며 도주했다. 이어서 화령성모는 삼천 명의 화룡병을 움직여 주나라 영채를 공격했으니 그야말로 무시무시한 화공이었다.°

거센 불길 활활 공중으로 타올라
드센 바람 타고 온 땅이 시뻘겋구나!
불 수레바퀴가 위아래로 날아다니는 듯
불새가 동서로 춤추는 듯
이 불은 수인씨가 나무 문질러 만든 것도
태상노군이 단약 만들던 화로의 것도 아니니
하늘의 불도 아니요
들불도 아닌
화령성모가 단련해낸 삼매의 불이었지.
삼천 명의 화룡병 용맹하기 그지없고
풍화의 부적은 오행의 원리에 부합하여
오행이 상생함으로써 불길 만들어졌으니

간목肝木은 심장의 불꽃 왕성하게 일으킬 수 있고
심화心火는 비토脾土를 평탄하게 만들며
비토는 금金을 낳고 금은 수水로 변하니
수는 목木을 낳아 신령함과 맑게 통하여
끝없이 상생하고 변화함은 모두 불 때문이요
불꽃이 허공을 가득 덮어 만물이 번성하게 하지.
기문을 태워 쓰러뜨리니 막아낼 방법 없어
징도 북도 내던지고 저마다 죽자 살자 도망치지만
머리 타고 이마 데여 시신이 가득 쌓이고
나라 위해 몸 바치고 하루아침에 허사가 되어버렸지.
그야말로 홍금은 닥쳐온 재앙에서 도망치기 어렵고
용길공주 또한 흉한 일 당했지.

炎炎烈燄迎空燎　赫赫威風遍地紅
却似火輪飛上下　猶如火鳥舞西東
這火不是燧人鑽木　又不是老君煉丹
非天火　非野火
乃是火靈聖母煉成一塊三昧火
三千火龍兵勇猛
風火符印合五行　五行生化火煎成
肝木能生心火旺　心火致令脾土平
脾土生金金化水　水能生木澈通靈
生生化化皆因火　火燎長空萬物榮
燒倒旗門無攔擋　拋鑼棄鼓各逃生

焦頭爛額尸堆積　爲國亡身一旦空

正是　洪錦災來難躲逃　龍吉公主也遭凶

그러니까 홍금은 검상을 입고 영채로 도망쳤는데 뜻밖에 화령성모가 삼천 명의 화룡병을 이끌고 들이닥치니 그 기세를 도저히 감당할 수 없었다. 병사들은 비명을 지르며 다투어 도망치느라 서로 짓밟혀 죽는 이의 수를 헤아릴 수 없었다. 뒤쪽 영채에 있던 용길공주는 병사들의 비명 소리를 듣고 황급히 말에 올라 칼을 뽑아 들고 중군으로 나왔지만 홍금은 안장에 엎드려 도망치느라 그녀에게 화령성모의 금빛에 대해 설명해줄 틈이 없었다. 불길이 하늘로 치솟고 뜨거운 연기가 몰아쳐오자 용길공주는 주문을 외어 불을 끄려고 했는데 갑자기 한 덩이 금빛이 앞으로 달려와 용길공주는 영문도 모른 채 황급히 금빛의 안쪽을 살펴보았다. 그 순간 화령성모의 칼이 그녀를 향해 날아왔으니 이제 용길공주의 목숨이 어찌 되는지는 다음 회를 보시라.

제72회

광성자, 벽유궁을 세 차례 찾아가다

廣成子三謁碧游宮

세 차례 신선 세계 찾아가 위대한 신선 만나니
보배로운 신선의 궁궐 자연 그대로다.
상서로운 난새 옥 계단 아래에서 쌍쌍이 춤추고
순록은 푸른 우리 앞에서 우우 울어댄다.
끝없는 전쟁 이로부터 시작되고
수많은 살육 지금부터 먼저 시작되었지.
주나라의 왕성한 기운은 새로운 천명을 받아
서방에서는 다시 올바른 깨달음의 인연 생겼지.

三叩玄關禮大仙　貝宮珠闕自天然
翔鸞對舞瑤階下　馴鹿呦鳴碧檻前
無限干戈從此肇　許多誅戮自今先
周家旺氣承新命　又有西方正覺緣

그러니까 용길공주는 화령성모의 칼에 맞아 가슴이 갈라지는 부상을 당하고 비명을 지르며 고삐를 돌려 서북쪽으로 도망쳤다. 그러자 화령성모는 육칠십 리쯤 추격하고 나서야 돌아갔다. 이에 호승은 무척 기뻐하며 화령성모를 맞이하여 관문 안으로 들어갔다. 홍금은 이 전투에서 일만 명이 넘는 병력을 잃었는데 예궁의 선녀로서 속세에 떨어진 용길공주도 미처 재앙을 피하지 못했던 것이다. 부상당한 부부는 육칠십 리를 도주하고 나서야 겨우 패잔병을 수습하여 영채를 차리고 황급히 단약을 꺼내 발랐다. 그러자 상처는 금방 완치되었다. 홍금은 서둘러 서신을 작성하여 강상에게 구원병을 청했다.

전령은 하루도 되지 않아서 강상의 영채에 도착했고 중군 막사에 앉아 있던 강상은 전령이 가져온 서신을 펼쳐 읽어보았다.

명을 받아 동쪽 가몽관을 정벌하러 나섰던 부장 홍금이 삼가 머리를 조아려 대원수께 올리나이다.

저는 보잘것없는 재주로 과분한 임무를 부여받고 책임을 다하지 못해 대원수님의 밝은 지혜에 누가 되지나 않을까 밤낮으로 두려워했사옵니다. 나눠주신 병력을 이끌고 가몽관에 도착했을 때에는 여러 차례 전투에서 승리를 거두었고 그 와중에 천명을 거슬러 관문을 열어주지 않고 버티던 적장 호뢰가 요사한 술법을 함부로 쓰다가 제 아내의 도술에 의해 목이 잘렸사옵니다. 그런데 뜻밖에 그의 사부인 화령성모가 복수를 하겠다고 하산하여 자신의 도술을 믿고 함부로 굴었사온데 첫 번째 전투에서 저는 그만 그녀가 이끄는 화룡병의 기습을 받아 대패하고 말았사옵니다. 바라옵건대 속히 구원병을 보내셔서 이 위기를 극복할 수 있게 해주시옵소서. 이 일은 예사로운 상황이 아니오니 부디 너그러이 보살펴주시기 바라나이다.

간절히 바라는 마음으로 이렇게 서신을 올리나이다.

강상은 깜짝 놀라며 이렇게 말했다.

"내가 직접 가지 않으면 안 되겠구나!"

그리고 그는 이정을 불러 잠시 영채의 업무를 맡으라고 분부했다.

"이번에는 내가 직접 다녀올 수밖에 없소. 그러니 그대들은 정해 놓은 규율을 잘 지키며 자중하고 사수관의 병력과 전투를 벌여서는 안 되오. 영채의 수비를 철저히 하되 경거망동하여 군대의 사기가 꺾이는 사태가 발생하지 않도록 하시오. 이를 어긴 자는 반드시 군법에 따라 처벌하겠소! 이 관문을 넘어서는 문제에 대해서는 내가 돌아온 뒤에 다시 논의하도록 하겠소."

"예, 명심하겠사옵니다!"

강상은 곧 위호와 나타를 거느리고 삼천 명의 병력을 선발하여 사수관을 출발했다. 그 병력은 전쟁의 구름을 피워내고 엄청난 살기를 일으키며 하루도 되지 않아 가몽관에 도착해서 영채를 차렸다. 하지만 홍금의 영채가 보이지 않는지라 강상이 중군 막사에 앉아 있노라니 잠시 후 소식을 들은 홍금 부부가 원문 밖으로 와서 대기했다. 그들 부부는 강상의 부름을 받고 중군 막사로 들어와서 패전의 책임을 감수하겠노라며 그간의 경과를 상세히 설명했다. 그러자 모든 설명을 듣고 난 강상이 말했다.

"대장의 신분으로 명령을 받고 원정에 나섰다면 마땅히 기회를 잘 살펴서 병력을 운용해야 하거늘 어찌 함부로 나섰다가 이런 엄청난 패배를 당했단 말인가!"

"처음에는 전승을 거두었지만 뜻밖에 화령성모라는 여도사가 금빛 노을을 뿜어내는데 그것이 사방 열 길이 넘게 퍼져 그 여자를 감싸버리는 바람에 저는 그 여자를 보지 못했고 그 여자는 저를 볼 수 있었사옵니다. 또한 삼천 명의 화룡병이 마치 화염산처럼 우르르 몰려드니 그 기세를 도저히 감당할 수 없어서 병사들도 보자마자 도망치기 바빴기 때문에 그렇게 되었사옵니다."

그 말을 들은 강상은 무척 의아한 생각이 들었다.

'또 좌도방문의 술법이라는 말인가?'

그러면서 그들은 적을 격파할 계책을 연구했다. 한편 며칠 동안 홍금이 관문에 접근하지 않아 지루하게 기다리던 가몽관 안의 화령성모에게 전령의 보고가 올라왔다.

"강상이 직접 병력을 이끌고 이곳으로 왔사옵니다."

"그자가 직접 왔다니 내가 하산한 보람이 있구나. 내 반드시 그자와 직접 붙어봐야 직성이 풀리겠어!"

그녀는 서둘러 금빛 눈동자의 낙타에 올라 화룡병을 은밀히 뒤따르게 하고 관문 밖으로 나갔다. 그리고 강상의 영채 앞으로 가서 그에게 나오라고 요구했다. 이에 강상은 즉시 장수들을 점검한 후 포성을 울리고 밖으로 나갔다. 그러자 화령성모가 고함을 질렀다.

"그대가 강상인가?"

"그렇소이다. 그런데 도우, 그대는 도교 문하에 있으니 천명을 아실 것이 아니오? 지금 주왕의 죄가 차고 넘쳐서 천하가 함께 분노하는지라 천하 제후들이 맹진에서 회합하여 상나라 정치를 대신 관장하려 하고 있소이다. 그런데 그대는 어찌 주왕의 폭정을 도우면서 하늘을 거스르는 행위를 하는 것이오? 이것은 하늘에 죄를 짓는 행위라는 것을 모르시는 것이오? 게다가 나는 개인적인 야망 때문이 아니라 옥허궁의 명령에 따라 하늘을 대신하는 토벌을 하려는 것인데 왜 그대는 굳이 하늘을 거스르며 억지로 주왕을 돕고 있소? 그러니 내 말대로 어서 무기를 내려놓고 투항하시오. 나도 목숨을 아끼는 하늘의 어진 덕을 본받아 절대 무고한 백성을 해치지 않을 것이오."

"흥! 당신도 기껏 그런 혹세무민하는 말로 우매한 백성을 기만할 뿐이지. 겨우 낚시질이나 하던 늙은이가 공명에 눈이 어두워 어리석은 백성을 부추겨 제 공을 세우려 하면서 감히 하늘과 백성의 뜻에 순응하느니 어쩌니 하는 말을 늘어놓다니! 게다가 당신의 도술이 얼마나 대단하다고 그렇게 거드름을 피우는 거야?"

그러면서 그녀가 금빛 눈동자의 낙타를 몰고 달려들어 태아검을 휘두르자 강상도 다급히 칼로 맞섰다. 강상의 왼편에 있던 나타는 풍화륜을 몰고 나와 화령성모의 가슴을 향해 화첨창을 내질렀고 위호도 항마저를 들고 나는 듯이 달려 나와 싸움에 가세했다.

큰 구렁이가 위세를 드러내 자줏빛 안개 내뿜고

교룡이 떨쳐 일어나 눈부신 빛을 토하지!

大蟒逞威噴紫霧　蛟龍奮勇吐光輝

그런데 창과 칼, 몽둥이로 덤비는 세 사람과 맞서 싸워본 경험이 없는 화령성모가 어찌 그것을 견뎌낼 수 있었겠는가? 그녀는 재빨리 도주하면서 칼을 들어 모자 위의 연노란 보자기를 풀었고 그러자 금하관에서 열 길 남짓한 금빛이 피어났다. 그 순간 화령성모의 칼이 그녀의 모습을 보지 못하는 강상의 가슴을 내리그어버렸다. 갑옷조차 입지 않은 강상은 결국 살갗이 갈라져 옷깃을 피로 적신 채 사불상의 고삐를 돌려 서쪽으로 도주했다. 그것을 본 화령성모가 고함을 질렀다.

"강상, 이번에는 재앙을 피할 수 없을 게다!"

그러자 삼천 명의 화룡병이 일제히 불꽃 속에서 함성을 내질렀고 강상의 원문에서는 금빛 뱀이 어지럽게 꿈틀거리듯 불길이 일어나 그 안에 갇힌 이들은 재앙을 피하지 못했다. 불길이 하늘로 치솟아 시뻘건 빛이 깃발을 모조리 태워버리니 부장들은 상관을 돌볼 겨를도 없이 제 목숨을 구하려고 어지럽게 도망치기 시작했는데 그야말로 이런 상황이었다.

칼에 베인 시체가 땅바닥에 가득하고
불에 탄 시체 냄새 역겹기 그지없구나!

刀砍尸體滿地　火燒人臭難聞

화령성모는 강상을 바짝 뒤쫓았다. 도망치는 이는 쇠뇌를 떠난 살처럼 맹렬했고 뒤쫓는 이는 날아가는 구름을 쫓는 번개 같았다. 하지만 강상은 나이도 많고 검상까지 입은 데다가 화령성모가 금빛 눈동자의 낙타를 타고 긴박하게 쫓아오자 도저히 그녀를 떨쳐버릴 수 없었다. 그렇게 위급한 상황에서 또 화령성모가 그의 등을 향해 혼원추混元錘를 휘둘러 그대로 등짝을 쳐버리니 강상은 몸이 훌러덩 뒤집혀 그대로 사불상에서 떨어지고 말았다. 마침내 화령성모는 금빛 눈동자의 낙타에서 내려서 강상의 수급을 베려고 했다. 그때 갑자기 누군가 노래를 부르며 다가왔다.

소나무 대나무 사이 길을 지나면 울타리와 사립문 나타나고
노을에 싸인 창과 두 짝의 문이 보이지.
『황정경』 세 권 있고
사계절 내내 꽃이 피는 곳
손 가는 대로 새로운 시를 적고
단약 만드는 화로 스스로 피우지.
마름 우거진 포구에 낚시 드리우고
계곡과 산속을 산보하다가
부들방석에 앉아
음양의 기운 조절하지.
수련하면서
속세의 먼지 멀리 피하고
마음껏 소리 지르며

세월에 매이지 않고 느긋하게 노닐지.

一徑松竹籬扉　兩葉煙霞窗户
三卷黃庭　四季花開處
新詩信手書　丹爐自己扶
垂綸菱浦　散步溪山處
坐向蒲團　調動離龍虎
功夫　披塵遠世途
狂呼　嘯傲兎和烏

화령성모가 강상의 목을 베려는 순간 광성자가 노래를 부르며 나타난 것이었다. 그를 알아본 화령성모가 소리쳤다.

"광성자, 그대는 여기에 오지 말았어야 했소!"

"옥허궁의 명령을 받고 여기서 그대를 기다린 지 오래라오!"

그러자 화령성모는 버럭 화를 내며 칼을 휘두르면서 달려들었다.

이쪽이 도의 걸음 가볍게 옮기면
저쪽은 삼실로 엮은 신 신고 다급히 돌아서지.
칼 찔러오면 칼로 막아
비스듬히 부딪친 칼날에 꽃이 피어나고
칼 내지르면 칼로 맞아
머리 뒤에 서늘한 안개 수천 무더기 솟구치지!

這一個輕移道步　那一個急轉麻鞋
劍來劍架　劍鋒斜刺一團花

劍去劍迎　惱後千團寒霧滾

화령성모는 곧 금하관에서 금빛을 피워냈는데 그녀는 광성자가 도포 안에 노을을 없애는 소하의掃霞衣를 입고 있는 줄은 꿈에도 몰랐다. 그 바람에 금하관의 금빛이 단번에 스러져버리자 그녀는 격노하여 고함쳤다.

"감히 내 술법을 깨다니 절대 용서할 수 없다!"

그러면서 그녀가 거친 숨을 몰아쉬며 칼을 휘두르자 악에 받친 불꽃이 일며 다시 격전이 벌어졌다. 광성자는 이왕 살계를 범한 신선이니 이제 무슨 자비심 같은 것이 남아 있었겠는가? 이에 그는 재빨리 번천인을 꺼내 공중에 던졌다.

화령성모가 번천인을 만나니
천 년의 수련이 강물에 떠내려가고 말았지.

聖母若逢番天印　道行千年付水流

화령성모는 번천인이 공중에서 떨어지자 미처 피하지 못하고 그대로 정수리에 맞아 가련하게도 뇌수가 터져 죽고 말았다. 그리고 그녀의 영혼은 그대로 봉신대로 떠났다. 광성자는 번천인을 거두며 화령성모의 금하관을 함께 챙겨서 황급히 산을 내려왔다. 그는 계곡에서 물을 떠 와서 강상을 부축하여 머리를 무릎 위에 얹고 호리병에서 꺼낸 단약을 입에 넣어 목 안으로 넘어가게 했다. 그로부터 두 시간쯤 후에 강상이 눈을 번쩍 뜨더니 광성자를 발견하고 이렇게 말했다.

"도형께서 구해주지 않으셨다면 저는 되살아나지 못했을 것이외다."

"사부님의 분부를 받들고 여기서 한참 동안 기다렸소이다. 그대는 이 재앙을 겪어야 할 운명이었던 게지요."

그리고 그는 강상을 부축하여 사불상에 태워주며 말했다.

"자, 조심히 가시구려."

"고맙소이다, 이 목숨을 구해주신 은혜는 절대 잊지 않겠소이다!"

"저는 이제 금하관을 돌려주러 벽유궁으로 가봐야겠소이다."

강상은 광성자와 작별하고 가몽관으로 향했다. 그런데 갑자기 아주 매서운 바람이 불어와 숲의 나무가 뽑히고 강이며 바다가 뒤집어질 듯했다.

"정말 괴이하군! 이것은 꼭 호랑이가 나타날 때와 비슷한걸?"

그 말이 끝나기도 전에 과연 신공표가 호랑이를 타고 나타났다.

'좁은 길에서 이 못된 작자를 만났으니 이를 어쩌지? 에라, 내가 피해주고 말지!'

강상은 사불상의 고삐를 당겨 숲으로 숨으려고 했는데 뜻밖에 신공표가 먼저 그를 발견하고 고함을 질렀다.

"강상, 숨을 필요 없다. 내가 벌써 봤다!"

강상은 어쩔 수 없이 마음을 다잡고 그에게 다가가 고개를 숙여 절했다.

"아우, 어디서 오시는 길인가?"

"흥! 너를 만나려고 특별히 왔지! 강상, 오늘은 남극선옹과 함께 있지 않군? 혼자 있을 때 나를 만났으니 오늘은 내 손에서 벗어날 수 없을 게다!"

"아우, 내가 자네와 원수진 일도 없는데 왜 이리 나를 귀찮게 하는 것인가?"

"곤륜산에서는 남극선옹의 위세를 믿고 나를 안중에 두지도 않더니 벌써 잊어버린 것이냐? 먼저는 내가 불러도 대답조차 하지 않았고 나중에는 남극선옹과 함께 내게 모욕을 주었지. 게다가 백학동자로 하여금 내 머리를 물고 가게 해서 나를 해치려 하지 않았더냐? 이야말로 사람을 죽일 뻔한 원수인데도 그런 일이 없었다고? 네가 지금 금대에서 대원수에 봉해져서 백성을 위로하기 위해 죄인을 정벌한답시고 나대는데 다섯 관문을 들어가기도 전에 먼저 여기서 죽게 될 것이다!"

그러면서 신공표가 달려들어 칼을 휘두르자 강상도 황급히 칼로 막으며 말했다.

"아우, 자네는 정말 각박한 사람이구먼! 우리 둘 다 사부님의 제자로 사십 년을 함께 지냈는데 어찌 이리 매정할 수 있는가? 내가 곤륜산에 갔을 때는 환술로 나를 놀리더니 남극선옹이 백학동자를 시켜 자네를 곤란하게 했을 때도 내가 재삼 자네를 위해 해명해주었네. 그런데 은혜를 갚기는커녕 나를 원수로 대하다니 정말 무정하고 의리도 없는 사람이구먼!"

"뭐라고? 둘이서 나를 해치려고 의논해놓고 이제 와서 교묘한 말로 둘러대다니. 그러면 내가 널 용서해줄 것 같으냐?"

그 말이 끝나기도 전에 신공표가 다시 칼을 내지르자 강상도 화를 냈다.

"신공표! 내가 너에게 양보하는 것은 네가 무서워서가 아니다. 다만 후세 사람들이 내가 너와 똑같이 인의를 모르는 인간이라고 입방아를 찧을까 염려스러워서 그런 것뿐이지. 그런데 너는 너무 나를 무시하는구나!"

그러면서 그도 칼을 들어 맞섰지만 강상은 이제 막 부상에서 회복된 상태인지라 신공표와 대적하기에는 무리였다. 그는 금방 앞가슴이 저릿하고 등이 아파서 어쩔 수 없이 사불상의 고삐를 돌려 동쪽을 향해 도망쳤다. 그러자 신공표의 호랑이가 바람과 구름을 타고 바짝 뒤쫓았다.

조금 전에 하늘 그물에서 어렵사리 벗어났는데
또 원수가 땅에 쳐놓은 그물에 걸렸구나!

方纔脱却天羅難　又撞寃家地網來

신공표는 강상을 뒤쫓다가 천주天珠를 꺼내 던졌고 강상은 그것에 등짝을 정통으로 얻어맞아 더 이상 버티지 못하고 안장에서 떨어져버렸다. 이에 신공표가 호랑이에서 내려 강상을 죽이려 하자 갑자기 산비탈 아래에서 구류손이 나타나 고함을 질렀다.

"신공표, 무례한 짓은 그만둬라! 여기 내가 있다! 내가 있단 말이다!"

옥허궁의 분부를 받들어 그곳에서 신공표를 기다리고 있던 구류손이 연달아 소리치자 신공표는 고개를 돌려 그를 발견하고 깜짝 놀랐다. 그 역시 구류손이 대단하다는 것을 알고 있었기 때문이다.

'이런, 곤란하게 됐구나!'

신공표는 얼른 호랑이를 타고 도망치려고 했다. 그러자 구류손이 코웃음을 쳤다.

"흥! 어딜 도망치느냐!"

구류손은 황급히 곤선승을 던져 신공표를 사로잡아 황건역사에게 분부했다.

"일단 기린애로 데려다 놓고 내가 갈 때까지 기다리도록 해라!"

"예!"

황건역사는 신공표를 데리고 떠났고 구류손은 산에서 내려와 강상을 부축하여 소나무 아래에 있는 바위에 기대 앉혔다. 그리고 단약을 꺼내 먹이자 강상이 다시 정신을 차렸다.

"감사하외다, 도형! 부상이 아직 완전히 회복되지 않았는데 또 천주에 맞다니 이 또한 제가 겪어야 할 일곱 번의 죽음과 세 번의 재앙 가운데 하나인 모양이구려."

강상은 곧 구류손과 작별하고 사불상에 올라 가몽관으로 돌아갔다.

한편 구류손은 종지금광법으로 옥허궁에 도착하여 기린애로 갔다. 그곳에는 황건역사가 기다리고 있었다. 그들은 곧 옥허궁 대문 앞으로 갔고 잠시 후 깃발과 향로를 든 두 쌍의 도동과 깃털 부채를 들고 양쪽으로 늘어선 도동 사이로 원시천존이 나왔다.

혼돈이 처음 나뉘었을 때부터 명성 날렸고
선천의 도를 수련하여 오행을 모았지.
머리 위의 삼화는 북궐로 향하고
가슴속의 다섯 기운은 남명을 관통했지.
여러 신선들 가운데 원시천존이라 불리고
현묘한 종교에서 생명 이전의 진리를 이야기했지.
향긋한 꽃이 수레 따르는 것이야 말할 것도 없고
만겁의 창상 속에서 영원한 수명 누린다네!

鴻濛初判有聲名　煉得先天聚五行
頂上三花朝北闕　胸中五氣透南溟
群仙隊裏稱元始　玄妙門庭話未生
漫道香花隨輦轂　滄桑萬劫壽同庚

구류손은 교주이신 사부가 옥허궁을 나오는 모습을 보고 길가에 엎드려 공손히 절을 올렸다.

"사부님, 만수무강하시옵소서!"

"그래, 너희도 구름과 안개를 걷고 조만간 본래의 모습으로 돌아갈 것이니라."

"분부하신 대로 신공표를 잡아 와서 기린애에 데려다 놓았사옵니다."

원시천존은 곧 기린애로 가서 신공표를 보고 말했다.

"못된 놈! 강상이 네게 무슨 원수가 될 일을 저질렀다고 삼산오악의 도사들을 불러 주나라를 공격하게 했느냐? 하늘이 정한 운수가 모두 완성되었는데도 오늘 너는 그 아이를 도중에 해치려 했더구나. 내가 미리 대책을 마련해놓지 않았더라면 네놈이 그 아이를 해칠 뻔하지 않았느냐? 이제 신에게 벼슬을 봉하는 모든 일은 그 아이가 나를 대신해서 처리하고 있으니 응당 주나라를 보좌해야 한다. 그런데 너는 지금도 그저 그 아이를 해쳐서 무왕이 진격하지 못하게 만들 생각만 하고 있구나. 여봐라 황건역사, 기린애를 들어 올려 이 못된 놈을 그 아래에 눌러놓고 강상이 신에게 벼슬을 봉하는 모든 일을 완수하고 난 뒤에 풀어주도록 해라!"

여러분, 신공표가 봉신방에 올라갈 365명의 정신正神을 모아야 한다는 사실을 원시천존이 어찌 모르겠소? 다만 그가 또 문제를 일으킬까 염려되어 이런 식으로 고난을 겪게 하였던 것이지요.

어쨌든 황건역사가 신공표를 데려가 기린애 아래에 눌러놓으려 하자 신공표가 소리쳤다.

"억울하옵니다!"

그러자 원시천존이 말했다.

"네가 강상을 해치려 하는 것이 명백하거늘 어째서 억울하다는 것이냐? 허나, 지금 내가 너를 가둬두면 너는 내가 강상의 편만 든다고 하겠지? 그렇다면 다시는 강상을 해치지 않겠다고 맹서를 하도록 해라."

신공표는 맹서라는 것이 그저 말에 지나지 않을 뿐 그것이 그대로 이루어지리라고는 믿지 않았다.

"제가 만약 또 신선들을 시켜서 강상을 방해하면 제 몸뚱이로 북해의 눈[北海眼]을 막겠사옵니다!"

"됐다, 그 아이를 풀어줘라."

결국 신공표는 그 재난을 피해 옥허궁을 떠났고 구류손도 작별 인사를 하고 떠났다.

한편 화령성모를 때려죽인 광성자는 곧장 벽유궁으로 갔다. 그곳은 원래 절교 교주의 거처로 궁전 주변의 경치가 정말 아름다웠으니 이를 묘사한 부가 있다.

안개와 노을 상서롭게 서려 있고
해와 달은 상서로운 빛 토해낸다.
오래된 측백나무 산기운과 더불어 푸르나니
마치 가을 호수와 하늘이 같은 색인 것 같고
들판의 울긋불긋한 꽃은 아침노을과 함께 어울리나니
푸른 복숭아와 붉은 살구가 일제히 향기 풍기는 듯하구나.
화려한 색채 감싸고 있으니
온통 도덕의 밝은 빛 속에 자줏빛 안개 날리고
향 연기 아스라이 피어나니
모두가 선천의 무극에서 뿜어져 나온 맑은 향기로구나.
신선 세계의 복숭아와 과일
알알이 금단인 듯하고
푸른 버들가지
모두가 가는 옥을 늘어뜨린 듯하구나.
때때로 언덕에서 황학의 울음소리 들리고

언제나 푸른 난새는 날개 퍼덕이며 춤추지.

속세의 발길 끊어져

오가는 이는 모두 선녀와 신선 동자뿐.

옥 창호는 언제나 닫혀 있어

속세의 나그네 훔쳐보지 못하게 하지.

그야말로 더없이 존엄한 분이 노니는 곳

그 속의 오묘한 모습 아는 이 드물지.

煙霞凝瑞靄　日月吐祥光

老柏青青與山嵐　似秋水長天一色

野卉緋緋同朝霞　如碧桃丹杏齊芳

彩色盤旋　盡是道德光華飛紫霧

香煙縹緲　皆從先天無極吐清芬

仙桃仙果　顆顆恍若金丹

綠楊綠柳　條條渾如玉線

時聞黃鶴鳴皐　每見青鸞翔舞

紅塵絕跡　無非是仙子仙童來往

玉户常關　不許那凡夫凡客閒窺

正是　無上至尊行樂地　其中妙境少人知

광성자가 벽유궁 앞에 이르러 한참 동안 서 있노라니 안쪽에서 '도덕의 옥 같은 구절[道德玉文]'을 강론하고 있었다. 잠시 후 도동 하나가 밖으로 나오자 광성자가 다가가서 말했다.

"여보게, 광성자가 교주님을 뵈러 왔다고 말씀 좀 전해주시게."

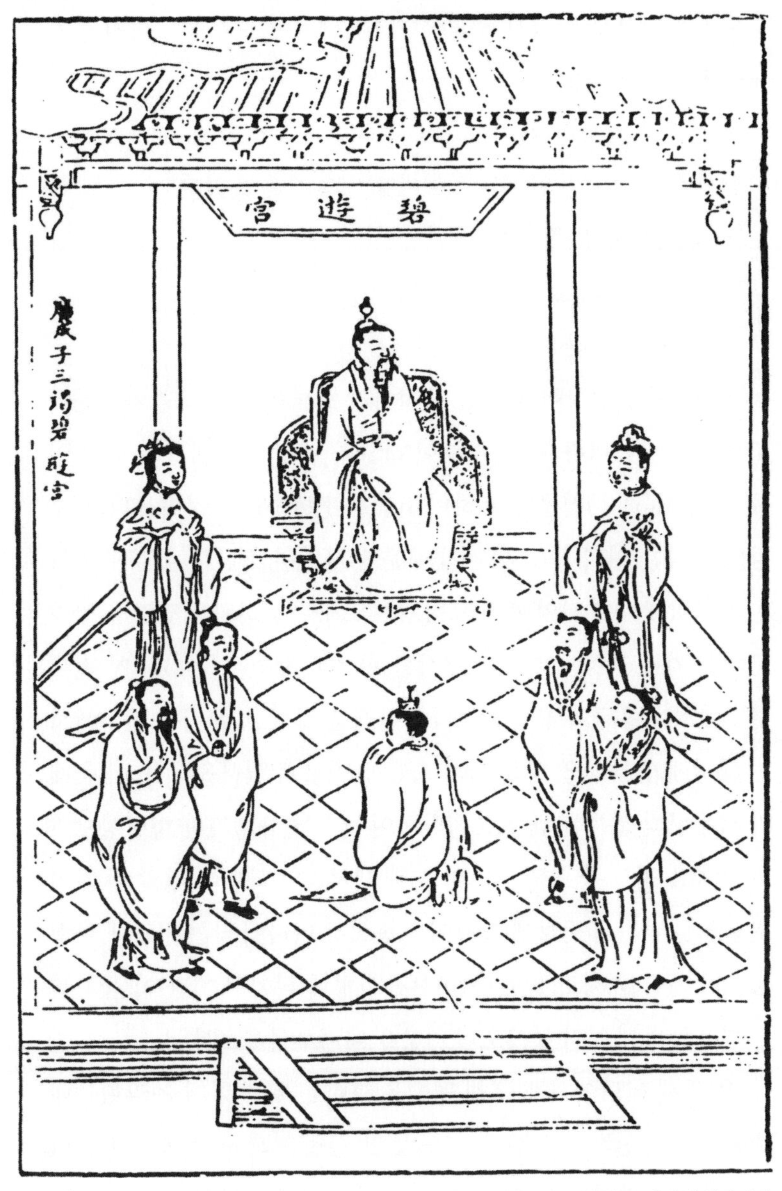

광성자, 벽유궁을 세 차례 찾아가다.

도동이 안으로 들어가 구룡침향련 아래에 이르러 보고하자 통천교주通天教主가 말했다.

"안으로 데려오너라."

잠시 후 광성자는 안으로 들어가 엎드려 절을 올렸다.

"사숙, 만수무강하시옵소서!"

"광성자, 무슨 일로 찾아왔느냐?"

광성자가 금하관을 바치며 말했다.

"사숙, 지금 강상이 동쪽을 정벌하려고 병력을 이끌고 가몽관에 도착해 있사옵니다. 이는 무왕이 하늘과 백성의 뜻에 순응하는 인물이기 때문에 백성을 위로하여 죄인을 정벌하려는 것이옵니다. 주왕의 죄악은 이미 차고 넘치기 때문에 당연히 소탕하여 없애야 하온데 뜻밖에 사부님의 제자인 화령성모가 이 금하관을 믿고 강상의 군대를 가로막으며 백성과 병사를 함부로 해쳤사옵니다. 첫 번째 전투에서는 홍금과 용길공주에게 부상을 입혔고 두 번째 전투에서는 강상에게 부상을 입혀 거의 죽음에 이르게 했사옵니다. 이에 제가 사부님의 분부를 받들고 하산하여 재삼 권유했지만 화령성모가 이 보물을 믿고 횡포를 부리며 저를 해치려고 하기에 어쩔 수 없이 번천인을 썼는데 뜻밖에 그것이 정통으로 머리에 맞는 바람에 화령성모가 목숨을 잃고 말았사옵니다. 이렇게 되어서 제가 이 금하관을 벽유궁에 바치러 왔사오니 처분을 내려주시옵소서."

"우리 세 교단에서 신에게 벼슬을 봉하는 일을 함께 논의했는데 개중에는 충신과 의로운 선비도 있고 신선은 되지 못했지만 신의 경지까지 수련한 이도 있지. 각기 깊이가 다르기 때문에 그에 따른 인연이 있어서 신이라 할지라도 지위의 높고 낮음에 차이가 있고 죽음에도 먼저 죽거나 나중에 죽는 차이가 있을 수밖에. 우리 절교에도 봉신방에 이름이 올라간 이가 아주 많지. 이것은 하늘이 정한 운수이기 때문에 가벼이 여길 일이 아니고 게다가 이름이 가려져 있기 때문에 죽은 뒤에나 자세한 사정을 알게 되는 것이지. 광성자, 강상에게 이야기해줘라. 강상은 타신편을 가지고 있으니 혹시 우리 절교의 제자 가운데 그를 가로막는 이가 있거든 알아서 판단하고 쳐도 된다고 말이다. 예전에 내가 궁 바깥에 조서를 내려서 모든 제자들로 하여금 각자의 처소를 굳게 지키라고 지시했는데 그 훈시를 어긴 이들은 재앙을 자초한 것이니 강상과는 아무 관계가 없다. 너도 어서 가봐라!"

광성자는 벽유궁을 나와서 길을 떠나려고 했다. 그때 마침 절교의 서열 높은 제자들이 벽유궁 밖에서 그를 기다리고 있었는데 그들은 통천교주가 '우리 절교의 제자 가운데 그를 가로막는 이가 있거든 알아서 판단하고 쳐도 된다'라고 말했을 때 옆에서 그 말을 듣고 마음속으로 몹시 불만스러웠다. 개중에 가장 분개한 금령성모와 무당성모無當聖母가 다른 제자들에게 말했다.

"화령성모는 다보도인多寶道人의 제자인데 광성자가 그를 때려죽인 것은 우리를 공격한 것이나 마찬가지가 아니오? 그래 놓고 금하관을 갖다 바치다니 이것은 명백히 우리 절교를 무시하는 행위인 것이오! 우리 교주님께서는 그 점을 헤아리지 못하시고 오히려 알아서 판단하고 타신편으로 치라고 하셨으니 분명 우리 가운데 훌륭한 인물이 없다고 여기신 처사가 아니고 무엇이냐는 말이오!"

그 말을 들은 귀령성모龜靈聖母가 벌컥 화를 내며 소리쳤다.

"그자가 화령성모를 때려죽이고도 오히려 금하관을 갖다 바치다니! 내가 그놈을 잡아서 우리의 한을 풀겠어요!"

그러면서 그녀는 광성자에게 달려들어 칼을 휘두르며 소리쳤다.

"광성자, 도망치지 마라! 내가 간다!"

광성자는 귀령성모가 달려오는 모습이 예사롭지 않다는 것을 알고는 얼른 웃음을 지으며 맞이했다.

"도형, 무슨 분부하실 말씀이 있소이까?"

"네가 우리 절교의 제자를 때려죽이고 또 여기에 와서 수작을 부린 것은 분명 우리 절교를 무시하면서 제가 잘났다고 자랑한 것이 아니냐? 정말 가증스럽구나! 내가 화령성모의 복수를 해주겠다!"

그러면서 그녀가 칼을 휘두르며 달려들자 광성자도 들고 있던 칼로 막으며 말했다.

"도우, 그것이 아니오! 그대의 교주께서도 봉신방을 함께 작성하셨는데 어째서 우리가 화령성모를 무시한 것이겠소이까? 그것은 본인이 자초한 일이기도 하고 또 하늘이 정해놓은 운수이기도 한데 내가 무슨 죄라는 말씀이시오? 복수를 하시겠다는 것은 정말 사리를 제대로 분별하지 못하는 처사이외다!"

"뭣이! 아직도 감히 변명을 늘어놓는 게냐?"

그녀가 다짜고짜 다시 칼을 휘두르자 광성자도 정색하고 말했다.

"예의를 차려 설득했는데도 계속 이렇게 나오다니! 설마 내가 그대를 무서워할 줄 아시오? 설사 내 사형이라 할지라도 두 번의 칼질만 양보할 뿐이오!"

그래도 귀령성모가 다시 칼을 휘두르자 광성자는 화가 치밀어 얼굴이 시뻘겋게 변해서 칼을 휘둘러 맞섰다. 잠시 후 광성자가 번천인을 꺼내 던지자 도저히 막아내기 어렵다고 판단한 귀령성모는 다급히 본색을 드러냈는데 바로 거대한 거북이었다. 옛날에 한자를 창조한 창힐倉頡이 문자를 만들 때 거북 등짝의 무늬와 새 날개의 형상을 본떴는데 귀령성모는 바로 그 무렵에 득도하여 인간의 모습이 되었고 그 거북은 원래 암컷이었기 때문에 '성모'라고 불리게 되었던 것이다. 한편 금령성모와 다보도인은 귀령성모가 원래 모습을 드러내자 모두 부끄러워하며 괜히 부추겼다고 후회했다. 그때 규수선虯首仙과 오운선烏雲仙, 금광선金光仙, 영아선靈牙仙°이 일제히 고함을 질렀다.

"광성자, 네가 어찌 우리 절교를 이렇게 무시할 수 있느냐?"

그들이 모두 화를 내며 칼을 들고 달려들자 광성자도 생각이 달라졌다.

'남의 집에 들어왔으니 조심해야지. 실 한 가닥으로는 끈을 엮을 수 없는 법이니 잘못하면 오히려 낭패를 당하겠구나!'

그는 그들이 겹겹이 포위하자 다른 대책을 생각해냈다.

'차라리 다시 벽유궁으로 도망쳐서 통천교주를 뵈면 자연스럽게 해결되겠지!'

이에 안에다 알리지도 않고 재빨리 통천교주가 있는 누대 아래로 달려가자 통천교주가 물었다.

"광성자, 또 무슨 할 말이 있어서 찾아왔느냐?"

광성자는 무릎을 꿇고 말했다.

"사숙, 분부에 따라 제가 하산하려 하는데 어찌 된 영문인지 사숙의 제자인 귀령성모와 여러 제자들이 화령성모의 복수를 하겠다고 달려들었사옵니다. 그 바람에 제가 궁지에 몰려서 다시 사숙을 찾아뵐 수밖에 없었사오니 부디 저들을 설득해주시옵소서!"

그러자 통천교주가 수화동자水火童子에게 분부했다.

"가서 귀령성모를 불러 오너라!"

잠시 후 귀령성모가 누대 아래로 와서 절을 올리고 공손히 말했다.

"사부님, 부르셨사옵니까?"

"너는 왜 광성자를 공격했느냐?"

"광성자는 우리 절교 제자를 때려죽이고도 오히려 벽유궁을 찾아와 금하관을 바쳤으니 이는 명백히 우리 절교를 무시하는 행위가 아니옵니까!"

"교주인 내가 너희보다 못하다는 것이냐? 이 일은 너희가 내 지시를 지키지 않아 화를 자초한 것이고 또 그 모두가 하늘이 정해놓은 운수이기도 하다. 내 어찌 그것을 모르겠느냐? 광성자가 금하관을 가져온 것은 바로 우리 절교를 존중하여 우리의 보물을 함부로 쓰지 않겠다는 뜻을 밝힌 것이다. 너희들에게 아직 사나운 야성이 남아 있어서 내가 정한 청정한 규범을 지키지 않으니 대단히 고약한 일이로구나! 여봐라, 귀령성모를 벽유궁에서 축출하여 다시는 안에 들어와서 설교를 듣지 못하게 하라!"

이렇게 해서 귀령성모가 쫓겨나자 그 모습을 지켜본 많은 제자들이 뒷전에서 원망을 늘어놓았다.

"광성자 편만 들어주고 우리 교단의 제자에게 모욕을 주시다니 교주께서 어찌 이렇게 편파적일 수 있단 말이냐!"

그들은 모두 불만을 품고 대문 밖으로 나갔다. 그때 통천교주가 광성자에게 말했다.

"너도 어서 가봐라!"

광성자가 절을 올리고 다시 벽유궁을 나서자 갑자기 뒤쪽에서 일단의 절교 제자들이 쫓아오며 소리쳤다.

"광성자를 잡아 우리의 원한을 풀자!"

그 소리를 들은 광성자는 몹시 당황했다.

'아무래도 잘못 온 모양이로구나! 이대로 가기도 곤란하고 저들과 대적하자니 중과부적이라 어쩔 수 없이 다시 벽유궁으로 들어가는 수밖에!'

여러분, 광성자는 애초에 벽유궁에 오지 말았어야 했지만 '벽유궁을 세 차례 방문해야 하는' 운명으로 인해 이렇게 되었던 것이지요.

연못에서 낚시 거두니
이로부터 시비가 낚여 올라왔지.

沿潭撤下鉤和線　從今鉤出是非來

그러니까 광성자는 이번에도 다급히 벽유궁의 누대 아래로 달려가서 통천교주를 만났는데 그 결과가 어찌 되는지는 다음 회를 보시라.

제73회

황비호, 청룡관에서 장수를 잃다

青龍關飛虎折兵

도도히 흐르는 강물 밤낮으로 깎아대고
세월은 어느새 베틀 북처럼 빨리 지나는구나.
조금 전에 고해가 평탄한 육지로 변하는 것을 보았는데
다시 울창한 뽕밭이 푸른 바다로 변하는구나.
용맹한 장수는 허연 칼날 위에서 밥을 먹고
영웅호걸은 전쟁터에서 술을 마시지.
늦고 빠름은 그저 하늘의 운수에 따라 정해지거늘
공연히 피눈물만 뚝뚝 떨어지게 만들었구나!

流水滔滔日夜磨　不知烏兎若奔梭
纔看苦海成平陸　又見滄桑化碧波
熊虎將軍餐白刃　英雄俊傑飲干戈
遲早只因天數定　空教血淚滴婆娑

그러니까 광성자가 세 번째로 벽유궁으로 들어가 통천교주 앞에 무릎을 꿇자 통천교주가 물었다.

"또 무슨 일이냐? 도대체 법규 따위는 안중에도 없이 멋대로 구는구나!"

"사숙의 분부를 받들어 떠나려 하는데 제자분들이 놓아주지 않고 저와 힘을 겨루려 하고 있사옵니다. 저는 어른을 공경하는 마음에 이곳을 찾아왔사온데 이런 식이라면 저는 영광을 얻으려다가 오히려 모욕만 당하는 꼴이 되지 않겠사옵니까? 부디 저를 위해 자비를 베풀어주시옵소서. 그 또한 사숙께서 지난날 세 교단이 공동으로 봉신방을 작성하는 일에 참여하신 체면을 그르치지 않는 일이 아니겠사옵니까?"

그 말을 들은 통천교주는 진노하며 수화동자에게 분부했다.

"그 무지한 놈들을 궁으로 불러들여라!"

이에 수화동자가 밖으로 나가서 제자들에게 말했다.

"사형들, 사부님께서 진노하셔서 사형들 모두 입궁하라고 분부하셨습니다."

이러니 제자들은 어쩔 수 없이 벽유궁으로 들어가야 했다. 통천교주는 그들을 보고 호통쳤다.

"네 이놈들, 왜 규범을 지키지 않는 것이냐? 사부의 분부도 따르지 않고 힘을 내세워 사단을 일으키다니 이 일을 어떻게 설명하겠느냐! 광성자는 우리 세 교단의 분부에 따라 주나라 무왕을 돕고 있으니 이는 주나라가 하늘이 정한 운세에 부응해서 흥성해야 하기 때문이다. 봉신방에 이름이 오른 이들이 하늘을 거스르는 일을 행한 것도 이치상 당연하다. 그런데 너희는 어째서 이런 짓을 함부로 저지른 것이냐? 참으로 고약한 일이로다!"

이렇게 면전에서 질책당한 제자들은 모두 고개를 숙이고 아무 말도 하지 못했다. 그러자 통천교주가 광성자에게 분부했다.

"너는 분부한 대로 행하도록 해라. 이 아이들과 겨룰 생각은 하지 말고 어서 떠나거라!"

이에 광성자는 은혜에 감사하고 벽유궁을 나와 구선산으로 향했으니 후세 사람이 시를 지어 이 일을 탄식했다.

광성자가 분부 받들어 선계에 들어간 것은
오로지 금하관을 돌려주기 위해서였지.
그 바람에 하늘이 원래 의도한 것은 아니지만
계패관에 주선진이 나타나게 되었지!

廣成奉旨涉先天　只爲金霞冠欲還
不是天心原有意　界牌關下有誅仙

어쨌거나 통천교주는 이렇게 말했다.

"강상은 우리 세 교단의 분부에 따라 하늘의 운세에 부응하는 제왕을 보좌하고 있다. 그리고 세 교단에 모두 봉신방에 이름이 올라간 이들이 포함되어 있다. 광성자도 교단의 규칙을 어긴 신선이라 화령성모를 때려죽이게 된 것이다. 그 아이가 일부러 일을 찾아 저지른 것이 아니라 너희가 그를 찾아가 문제를 만들었으니 이 모두가 하늘의 뜻이니라. 너희는 왜 굳이 그 아이와 적대하려 하느냐?

심지어 내 훈시조차 듣지 않으니 체면이 뭐가 되겠느냐!"

여러 제자들이 입을 열기도 전에 다보도인이 무릎을 꿇고 말했다.

"교주님의 분부를 어찌 어길 수 있겠사옵니까? 다만 광성자가 우리 절교를 너무 무시하고 자기네 옥허궁의 가르침만 함부로 과장하며 우리를 너무나 모욕했사옵니다. 사부님께서 그런 것까지 아실 리 없겠지요. 오히려 그자가 면전에서 늘어놓은 허황된 말을 사실로 여기고 속아 넘어가신 것이 아니옵니까?"

"연꽃은 붉고 뿌리는 희되 잎은 푸르다. 이처럼 세 교단도 원래는 하나였던 게야. 그 아이가 그것을 모를 리 없는데 어찌 감히 우리 교단을 무시할 수 있었겠느냐? 그러니 너희도 절대 피아를 나누어 사단을 일으켜서는 아니 된다, 알겠느냐?"

"교주님, 원래는 감히 이런 말씀까지 드릴 생각이 없었는데 사부님께서 자세한 내막을 모르시고 또 일이 이미 이 지경이 되었으니 직접적으로 말씀드리지 않을 수 없게 되었사옵니다. 그자는 우리 절교를 좌도방문이라고 매도하면서 '몸뚱이가 털로 덮인 자나 뿔이 난 자, 습지에서 태어나거나 알에서 태어난 자를 막론하고 모두 한통속으로 어울릴 수 있다'라고 했사옵니다. 그러면서 저희를 아무것도 아닌 존재로 취급하고 오로지 자기네 옥허궁의 도법만이 더없이 지고하다고 칭송했사옵니다. 그러니 저희도 승복하지 못했던 것이옵니다."

"내가 보기에 광성자는 진정한 군자였으니 절대 그런 말을 했을 리 없다. 너희들이 잘못 들었겠지."

"제가 어찌 감히 교주님께 거짓말을 아뢰겠사옵니까!"

그러자 다른 제자들도 일제히 거들었다.

"그런 말을 한 것은 사실이옵니다. 그에 대해 저희는 모두 대질심문을 하시더라도 응하겠사옵니다."

"흥! 그래? 내가 깃털을 지닌 이들과 어울리지만 그 아이의 사부는 어떤 이더냐? 내가 깃털을 가진 존재가 되었듯이 그 양반 또한 같은 부류다. 그런데도 그놈이 그렇듯 경박하게 굴다니! 금령성모, 뒤편에 가서 네 자루의 보검을 가져오너라!"

잠시 후 금령성모가 네 자루의 칼을 싼 보따리를 가져와서 탁자 위에 올려놓자 통천교주가 말했다.

"다보도인, 이리 나와서 내 분부를 들어라. 그 아이가 우리 절교를 비웃었으니 너는 이 칼을 가지고 계패관으로 가서 주선진誅仙陣을 펼쳐라. 천교의 제자 가운데 감히 내 진으로 들어올 능력을 가진 자가 있는지 보자! 만약 무슨 문제가 생기면 내가 직접 가서 따지겠다."

이에 다보도인이 공손히 물었다.

"이 칼은 무슨 묘용이 있사옵니까?"

"그것은 각기 주선검誅仙劍과 육선검戮仙劍, 함선검陷仙劍, 절선검絕仙劍이라고 한다. 칼을 문 위에 걸어놓으면 우레가 진동하고 한 번 흔들면 설령 그가 만겁을 살아온 신선이라 할지라도 재난을 피할 수 없을 것이다."

그러고 보니 옛날에 이 칼을 칭송한 노래가 있었다.

구리도 쇠도 강철도 아니요

일찍이 수미산 아래 숨겨져 있었지.

음양을 쓰지 않고 거꾸로 단련했지만

칼날을 담금질할 물과 불이 없었으랴?

주선검은 날카롭고

육선검은 신선을 없애며

함선검은 이르는 곳마다 붉은 빛 일어나고

절선검의 변화는 한없이 오묘하니

대라천의 신선이라 해도 옷자락이 피에 물들게 되리라!

非銅非鐵亦非鋼　曾在須彌山下藏

不用陰陽顚倒煉　豈無水火淬鋒芒

誅仙利　戮仙亡

陷仙到處起紅光　絕仙變化無窮妙

大羅神仙血染裳

통천교주는 그 칼과 주선진을 그린 그림을 다보도인에게 건네주며 말했다.

"계패관으로 가서 주나라 군대를 막아라. 그놈이 어찌 나오는지 보자!"

"예!"

이에 다보도인은 산을 떠나 계패관으로 갔다.

한편 강상은 신공표에게서 벗어나 가몽관으로 돌아오고 있었다. 그 무렵 영채 안에서도 사방으로 사람을 파견해 그의 행방을 찾고 있었는데 나타는 풍화륜을 타고 사방으로 돌아다녔다. 그때 위호가 우연히 강상이 사불상을 타고 돌아오는 것을 발견하고 무척 기뻐하며 다가가 안부를 여쭈었다.

"화령병의 공격으로 병력이 흐트러져 수습하기가 어려웠사온데 뜻밖에 화령성모가 사숙을 뒤쫓자 원래 좌도방문의 사이한 술법을 부리던 그들은 지휘관을 잃고 우왕좌왕하다가 순식간에 불길이 사그라져 속수무책이 되어버렸사옵니다. 그 틈에 저희가 병력을 수습하고 돌아가서 다시 공격하여 말끔히 쓸어버렸사옵니다. 하지만 사숙이 보이지 않아서 지금 나타 등이 사방으로 탐문하고 있는 중이온데 뜻밖에 제가 여기서 뵙게 되었으니 정말 다행이 아닐 수 없사옵니다!"

마침 정찰병이 멀리서 그 모습을 보고 나는 듯이 달려가 홍금에게 보고했다. 그러자 홍금이 멀리까지 나가서 강상을 맞이하여 원문으로 돌아왔고 모든 장수들이 기뻐했다. 강상이 병력을 수습하고 헤아려보니 사오천 명의 병졸을 잃은 상태였다. 그는 장수들에게 화령성모와 신공표에 대해 이야기해주었고 장수들은 모두 기뻐하며 축하했다. 그리고 그들은 병력을 정돈하여 가몽관에서 오십 리 떨어진 곳으로 이동해 그곳에서 사흘을 묵고 나서 다시 병력을 점검하여 포성을 울리며 가몽관 아래로 가서 영채를 차렸다.

한편 호승은 가몽관 안에서 화령성모의 소식을 궁금해하고 있었는데 그때 갑자기 전령이 달려와서 보고했다.

"강상의 병력이 다시 관문 아래에 왔사옵니다."

"뭐라고! 그렇다면 화령성모는 틀렸겠구나!"

이에 그는 황급히 좌우의 부장들과 상의했다.

"저번에 이미 주나라에 투항했는데 난데없이 화령성모가 와서 판을 어지럽히는 바람에 내가 변심할 수밖에 없었네. 강상과 두 번의 전투에서 승리하기는 했지만 결국 아무 성과도 없지 않은가! 이제 어찌 그분의 얼굴을 뵌단 말인가?"

그러자 부장 왕신王信이 말했다.

"이렇게 된 이상 화령성모의 탓으로 돌리면 저쪽에서도 사령관께 뭐라고 하지 않을 것입니다. 그렇게 하시지요."

"괜찮은 생각이구먼."

그는 즉시 왕신에게 항복 문서를 들고 강상을 찾아가게 했고 강상은 그를 안으로 데려오게 하여 문서를 읽어보았다.

이미 항복을 승인받은 가몽관의 사령관 호승과 대소 장수들이 주나라 대원수께 삼가 머리를 조아리고 올리나이다.

저 호승은 지방관에 임명되어 가몽관을 지키며 신중하고 조심스럽게 신하의 도리를 다함으로써 제 능력을 알아주신 군주에게 보답하려 했사옵니다. 그런데 뜻밖에 하늘이 보살펴주시지 않아 상나라에 재앙을 내림으로써 하늘도 근심하고 백성이 등을 돌려 천하 제후들이 주나라 정권을 대신 장악하려 하는 지경에 이르렀사옵니다. 저번에 대원수께서 병력을 이끌고 이 관문 아래에 오셨을 때 제 동생 호뢰와 화령성모가 천명을 모르고 천자의 군대에 저항하다가 죽음을 자초했으니 이미 후회해도 늦은 일이 되어버렸사옵니다. 저의 죄는 도저히 용서받을 수 없는 것이지만 대원수께서는 하해와 같은 도량을 가지고 생명을 아끼시는 분인지라 그 은덕을 입지 않은 이가 없사옵니다.

이에 부장 왕신으로 하여금 목욕재계하고 서신을 바치게 하오니 부디 어리석은 제 정성을 감안하셔서 항복을 받아주시옵소서. 이는 그야말로 때맞춰 내리는 비처럼 이곳 백성을 구제하는 일이오니 만백성이 모두 축원하여 마지않을 것이옵니다.

호승이 다시 머리 조아리며 올리나이다.

강상은 문서를 다 읽고 나서 왕신에게 물었다.

"너희 사령관이 항복 문서를 보냈으니 나 또한 지난 일을 따지지 않겠다. 내일 즉시 관문을 바치되 더 이상 미루는 일이 없어야 할 것이다!"

그러자 옆에 있던 홍금이 강상에게 말했다.

"호승은 말 뒤집기를 손바닥 뒤집듯이 하는 자이니 함부로 믿으시면 그자의 속임수에 걸려들지 않을까 염려스럽사옵니다."

"저번에는 그의 동생이 문제를 일으켰고 이번에는 좌도방문의 술법을 믿고 횡포를 부린 화령성모 때문에 그렇게 된 것이지. 내가 보기에 호승이 항복하려 하는 것은 진심인 것 같구먼. 그러니 그대도 더 이상 다른 말은 하지 마시게."

그리고 강상은 왕신에게 분부했다.

"가서 알려라, 우리가 내일 관문으로 진입하겠다고 말이다."

"예, 알겠사옵니다!"

왕신은 가몽관으로 돌아가 호승에게 강상의 말을 자세히 전해주었다. 이에 호승은 무척 기뻐하며 군문 위의 병사들에게 즉시 주나라 깃발을 내걸라고 지시했다.

이튿날 호승은 장수들과 함께 백성을 거느린 채 항복을 알리는 깃발을 들고 향을 살라 붉은 비단을 성에 걸어놓고 관문 밖으로 나가 강상의 병력을 맞이했다. 이에 강상은 사령부의 대청에 이르러 자리에 앉았고 장수들은 양쪽으로 나뉘어 시립했다. 잠시 후 호승이 대청 앞으로 나와서 절을 올리고 아뢰었다.

"저 호승은 줄곧 주나라에 귀의하고 싶었으나 제 아우가 하늘의 운세를 모르는 바람에 죽임을 당했사옵니다. 저번에 이미 홍 장군께 항복 문서를 올려 승낙을 받았사온데 뜻밖에 화령성모가 하늘을 대신하는 군대를 막으려고 했사옵니다. 저는 재삼 만류하려 했으나 어쩔 수 없이 결국 대원수께 죄를 짓고 말았사오니 부디 용서해주시옵소서!"

"네 말을 들으니 너는 정말 손바닥 뒤집듯이 자주 마음이 바뀌었구나. 처음에 항복했을 때는 네 본심이 아니었음이 분명하다. 그러다가 이제 관문 안에 우리 병력을 감당할 만한 장수가 없는 것을 보고 구차하게 목숨을 구걸할 생각을 하게 되었을 테지. 그러니 화령성모가 오자 즉시 마음을 바꾸어 옛 주인을 생각하게 된 것이지. 결국 너는 조삼모사朝三暮四의 소인배일 뿐 결코 한 번 뱉은 말을 끝까지 사수하는 군자는 아니야! 이 일은 비록 화령성모가 주도했다 하더라도 너 역시 스스로 그렇게 할 생각이 있었으니 따랐겠지. 나는 네 말을 믿기 어렵거니와 너를 살려두면 훗날 반드시 재앙 덩어리가 될 것이야. 여봐라, 끌고 나가서 참수하라!"

호승은 변명의 여지가 없었고 후회해도 이미 때는 늦은 상태였다. 이에 좌우의 장수들이 그를 오랏줄에 묶어 사령부 밖으로 끌고 나갔다가 잠시 후 수급을 들고 와서 보고했다. 강상은 그 수급을 관문 앞에 효수하라고 지시한 다음 가몽관을 수습하고 기공에게 방어 임무를 맡겼다. 그리고 그날로 즉시 병사들을 이끌고 사수관으로 돌아갔다. 이정은 여러 장수들과 함께 원문 밖으로 나가서 그를 영접했다. 강상은 곧 뒤쪽 영채의 무왕을 찾아가 가몽관에서 있었던 일을 자세히 아뢰었고 무왕은 중군 막사에 술상을 차리게 하여 강상의 공로를 치하했다.

한편 황비호의 지휘 아래 청룡관으로 향한 십만의 병력은 행군하는 내내 사기가 드높아 기세가 등등했다. 어느 날 정찰병이 중군으로 달려와서 보고했다.

"사령관님, 청룡관에 도착했사오니 분부를 내려주시옵소서!"

"영채를 차려라!"

이에 즉시 영채를 차린 병사들은 포를 울리고 함성을 내질렀다.

한편 청룡관의 사령관 구인은 주나라 병사들이 도착했다는 소식을 듣고 부장 마방馬方과 고귀高貴, 여성余成, 손보孫寶 등 장수들을 소집해서 논의했다.

"오늘 주나라가 아무 까닭 없이 국경을 침범했으니 너무나 방자하고 도리에 어긋나는 짓이오. 이에 우리의 온 마음과 힘을 다해 나라의 은혜에 보답할 때가 되었소이다."

장수들은 이구동성으로 대답했다.

"목숨을 바쳐 최선을 다하겠습니다!"

그러면서 그들은 너나없이 주먹을 말아 쥐고 당장이라도 출전할 기세였다.

그즈음 황비호는 중군 막사에서 장수들을 모아놓고 말했다.

"이제 관문에 도착했는데 첫 번째 전투는 누가 나서서 공을 세우겠는가?"

그러자 등구공이 말했다.

"제가 출전하고 싶습니다."

"기왕 나서기로 하셨으니 틀림없이 큰 공을 세우리라 믿소이다."

이에 등구공은 말을 타고 영채를 나가 관문 아래에 이르러 싸움을 걸었다. 정찰병의 보고를 받은 구인은 황급히 마방에게 군령을 내렸다.

"첫 번째 전투에 나가서 적의 실력을 알아보고 오시오!"

마방은 말에 올라 칼을 들고 두 개의 깃발을 앞세운 채 나가서는 붉은 전포에 황금 갑옷을 입은 등구공을 보고 소리쳤다.

"꼼짝 마라, 역적 놈!"

"마방, 너는 정말 하늘의 시운을 모르는구나! 지금 전쟁이 끊이지 않고 재앙이 무르익어 상나라는 조만간 망하게 될 판인데도 네가 감히 관문 밖으로 나와서 전투를 벌이겠다고?"

"하늘을 거스르는 역적 놈이 양심까지 속이는구나. 비천한 놈이 감히 요망한 말로 내 청정한 귀를 미혹하려 하느냐?"

마방은 말을 몰고 달려들어 창을 휘둘렀고 등구공도 들고 있던 칼로 맞섰다. 둘은 서로 빙빙 돌며 서른 판쯤 맞붙었는데 마방이 백전노장의 등구공을 어찌 대적할 수 있었겠는가? 결국 그는 격전의 와중에 틈을 보이고 말았고 등구공은 그것을 놓치지 않고 벼락같은 호통과 함께 칼을 내질러 낙마시켜버렸다. 등구공은 그의 수급을 베어 승전고를 울리며 돌아가 황비호에게 전과를 보고하고 수급을 바쳤다. 황비호는 무척 기뻐하며 그의 첫 번째 공적을 기록하고 술상을 차리게 하여 축하해주었다.

한편 상나라 패잔병들은 관문으로 들어가서 보고했다.

"사령관님, 마방이 패전하여 등구공에게 목이 잘려 지금 주나라 영채 앞에 효수되었사옵니다."

이에 구인은 삼시신이 날뛰고 칠공에서 연기가 날 정도로 화가 치밀어 이튿날 직접 병력을 이끌고 관문 밖으로 나갔다. 황비호는 관문을 함락할 방안을 논의하고 있다가 정찰병의 보고를 받았다.

"청룡관의 수많은 병력이 포진해서 사령관님께 나오라고 요구하고 있사옵니다!"

"그렇다면 우리도 병력을 포진하고 나가야지!"

잠시 후 포성이 울리면서 붉은 깃발이 펼쳐지고 용맹하기 그지없는 병력이 영채 밖으로 나갔다.

사람은 기뻐 날뛰는 표범처럼 드넓게 치달리고
말은 거대한 바다의 늙은 용이 뛰어오르는 듯했지!

구인은 황비호를 보고 장수들을 좌우로 물린 뒤 홀로 말을 몰아 앞으로 나서서 고함을 질렀다.

"황비호, 너는 나라의 은혜를 저버리고 아비도 군주도 안중에 두지 않는 역적이다! 반란을 일으켜 다섯 관문을 나가며 조정에서 임명한 관리를 살해하고 주왕의 창고를 약탈하여 희발의 악행을 도왔지. 그러고도 오히려 천자의 관문을 침범하다니 너야말로 악행이 차고 넘쳐서 기필코 하늘의 처벌을 받을 것이다!"

"흥! 지금 천하의 제후들이 회합하여 병력을 집결했으니 주왕이 망하는 것은 시간문제일 뿐이다. 그러면 너희는 모두 죽어도 묻힐 곳이 없어질 것이다! 한낱 남의 부림이나 받는 하찮은 작자가 무슨 재간이 있다고 감히 하늘을 대신하는 군대를 막으려 드느냐?"

그러면서 황비호가 주위의 장수들을 돌아보며 말했다.

"누가 나가서 저 구인을 잡아 오겠소?"

그러자 뒤쪽에 있던 황천상이 즉시 대답했다.

"제가 다녀오겠사옵니다!"

이제 겨우 열일곱 살인 황천상은 그야말로 '하룻강아지 범 무서운 줄 모르는 격'으로 말을 몰고 달려가 창을 휘두르며 덤벼들었다. 그러자 상나라 측에서 고귀가 나와서 도끼를 휘두르며 대적했는데 황천상도 봉신방에 이름이 오른 인물인지라 무한한 힘을 자랑했다. 치고받는 격전이 쉰 판도 되지 않아서 황천상의 창이 고귀의 심장을 관통하여 그는 그대로 자빠져 낙마하고 말았다. 이를 본 구인이 고함을 질렀다.

"이런 괘씸한 놈! 꼼짝 마라, 내가 간다!"

구인은 은빛 갑옷에 은빛 투구를 쓰고 백마를 탄 채 나는 듯이 달려가서 창을 휘둘러 공격했다. 그러자 그 모습을 본 황천상은 오히려 속으로 좋아했다.

'이 공은 내 몫이로구나!'

그는 재빨리 들고 있던 창을 휘두르며 엄청난 격전을 벌였다.

호적수 만나니 흥을 감출 수 없고
장수가 좋은 적 만나니 공적 보고하기 좋겠구나!

棋逢敵手難藏興　將遇良材好奏功

황천상은 마치 소낙비가 쏟아지듯 창을 휘둘렀는데 구인이 생각하기에도 그 기세가 감당할 수 없을 정도였다. 이번 전투에서 황천상의 용맹함과 창술의 신비로움은 예전에 비할 바가 아니었다.

하늘과 땅을 통틀어 정말 몇 명 되지 않고
온 세상을 살펴도 과연 보기 드물구나.
태상노군의 화로에서 단련하여
십만 팔천 번의 망치질을 하고
태항산 꼭대기의 바위에 갈고
황하의 아홉 굽이 계곡에 담금질했지.
출전할 때는 속세의 먼지 묻지 않았는데

한바탕 격전 치르고 돌아오니 피비린내 날리는구나!

乾坤眞個少　蓋世果然稀

老君爐裏煉　曾敲十萬八千錘

磨塌太行山頂石　湛於黃河九曲溪

上陣不沾塵世界　回來一陣血腥飛

황천상이 창술을 펼치자 구인은 간신히 막아내기만 할 뿐 반격할 여력이 없었다. 이에 구인의 부장인 손보와 여성이 각각 말을 타고 달려와 칼을 휘두르며 협공했고 이를 본 등구공이 힘차게 말을 달려 나가 단칼에 여성을 두 동강 내어 낙마시켜버렸다. 그러자 그것을 본 손보가 분개하여 욕을 퍼부었다.

"비천한 놈, 감히 우리 장수를 해치다니!"

그는 즉시 고삐를 돌려 등구공에게 힘껏 공격을 퍼부었다.

한편 황천상의 공세에 몰린 구인은 창을 막는 데에도 정신이 팔려 좌도방문의 술법을 지니고 있어도 쓸 틈이 없었다. 그런데 또 등구공이 나와서 단칼에 여성을 죽여버리자 마음이 조급해져서 틈을 드러내고 말았는데 황천상은 그 틈을 놓치지 않고 창을 내질러 구인의 왼쪽 눈을 찔러버렸다. 그러자 구인은 고삐를 돌려 비명을 내지르며 도망쳤고 황천상은 창을 안장에 걸어놓고 활을 꺼내 도망치는 구인의 등을 향해 발사했다. 그러자 그 화살은 그대로 구인의 어깨에 박혀버렸다. 자기편 사령관이 패주하는 것을 본 손보는 당황하여 허점을 드러냈고 그는 즉시 등구공의 칼에 맞아 낙마해 수급이 베어져 효수되었다. 이렇게 황비호 일행은 승전고를 울리며 영채로 돌아왔으니 그야말로 이런 격이었다.

그저 승리하고 영채로 돌아갈 줄만 알았지
아들에게 엄청난 재난 닥칠 줄 어찌 알았으랴?

只知得勝回營去　那曉兒男大難來

한편 패주하여 관문으로 들어간 구인은 자기도 모르게 화가 치밀었다.

"두 번의 전투에서 네 명의 부장을 잃고 나 또한 황천상의 창과 화살에 왼쪽 눈과 어깨를 다쳤구나. 내일 출전하면 기필코 이놈을 잡아서 천참만륙하여 원한을 씻고 말겠다!"

여러분, 사실 구인은 지렁이[蚯蚓]가 득도하여 사람의 모습으로 변한 존재였으니 역시 좌도방문의 술법을 알고 있었지요. 이에 그는 단약을 꺼내 상처에 발랐고 그 즉시 완치되었다.

사흘 후 그는 다시 말에 올라 창을 들고 주나라 영채 앞으로 가서 소리쳤다.

"황천상, 나와라!"

정찰병이 중군 막사에 보고하자 황천상이 다시 출전했다. 구인은 원수를 보고 이런저런 말도 섞지 않은 채 다짜고짜 달려들어 창을 내질렀다. 그러자 황천상도 들고 있던 창으로 맞섰는데 둘이 서른 판쯤 맞붙었을 때 황천상은 구인의 은빛 투구 밖으로 머리카락이 드러나자 속으로 생각했다.

'이놈이 분명 무슨 술법을 쓸 테니 잘못하면 당하겠구나!'

그러면서 그는 창을 일부러 허공에 내질렀는데 복수심에 불타는 구인이 그 틈을 이용해 달려들었지만 그 역시 허공을 찌르는 바람에 몸이 비틀거리면서 황천상의 품 안으로 기울어져버렸다. 그때 황천상이 재빨리 은으로 장식한 쇠몽둥이를 꺼내 들었다.

보석 박아 장식한 옥 손잡이
황금 잎사귀 새겨 넣었구나.
푸른 융단으로 꼰 새끼줄로 손을 보호하고
정련한 구리 감아 광채도 찬란하다.
장수를 쳐서 낙마시키고
적진에 돌격하면 귀신도 구슬피 통곡하지.
고리 세 개 장식한 칼을 부러뜨리고
한 길 여덟 자의 창도 꺾어버리지.
으스스한 한기는
삼동의 눈발 날리는 듯하고
서늘한 냉기는
한가을 서리보다 차갑구나!

寶攢玉靶　金葉鑲成
綠絨繩穿就護手　熟銅抹就光輝
打大將翻鞍落馬　沖行營鬼哭神悲
亞斷三環劍　磕折丈八槍
寒凜凜　有甚三冬雪
冷溲溲　賽過九秋霜

황천상이 쇠몽둥이로 구인의 앞가슴에 걸친 호심경을 정확히 때려버리자 구인은 입에서 피를 내뿜으며 가까스로 낙마를 면하여 패주했다. 그리고 관문으로 들어간 그는 문을 단단히 닫아걸고 나오지 않았다. 황천상은 승전고를 울리며 돌아가 부친에게 상황을 보고했고 황비호는 등구공과 함께 관문을 함락할 방책을 의논했다.

한편 몽둥이에 맞아 계속 피를 토하던 구인은 황급히 단약을 먹었지만 상처가 금방 낫지 않아서 이를 갈며 황천상에 대한 원한을 골수에 새기면서 며칠 동안 몸조리를 해야 했다.

다음 날 주나라 군대가 청룡관을 공격하자 상처가 낫지 않은 구인이 성에 올라 직접 순시하며 관문을 지킬 방법을 골똘히 연구했다. 이 관문은 조가를 지키는 서북쪽의 중요한 요소로 성이 높고 해자도 깊어 공략하기가 무척 어려운 곳이었다. 주나라 군대는 사흘 동안 내리 공격을 퍼부었지만 성을 함락하지 못했고 다급해진 황비호는 징을 울려 군사를 물린 다음 다시 계책을 모색했다. 구인도 주나라 군대가 물러간 모습을 보고 성에서 내려와 답답한 심정으로 사령부에 앉아 있었다. 그때 전령이 들어와서 보고했다.

"양곡 조달을 담당한 독량관 진기陳奇가 대령하고 있사옵니다."

"들여보내라!"

잠시 후 진기가 들어와서 허리를 숙여 절을 올렸다.

"양곡과 군수품을 기한에 맞춰 가져왔습니다."

"노고가 많았소이다. 이 모두 나라를 위해 애쓰신 것이지요."

"주나라 군대가 와 있던데 며칠 동안 전과가 있었습니까?"

"강상이 병력을 나누어 관문을 공략하고 있는데 나는 저들이 양곡이 떨어지기만을 기다리며 며칠 동안 연이어 전투를 벌였소. 그런데 뜻밖에 저쪽의 장수들이 용맹하더구려. 등구공은 우리 쪽 부장을 죽였고 황천상도 기마술과 창술이 뛰어나 나 역시 그자의 창과 화살, 쇠몽둥이에 부상을 입었소이다. 그 역적 놈을 잡기만 하면 기필코 몸뚱이를 가루로 만들어 한을 풀고야 말겠소!"

"걱정 마십시오, 제가 그놈을 잡아다가 한을 풀어드리겠습니다."

이튿날 진기는 본부의 비호병들을 이끌고 화안금정수에 올라 탕마저蕩魔杵를 들고 주나라 영채로 가서 싸움을 걸었다. 보고를 받은 황비호가 장수들에게 물었다.

"누가 나가시겠소?"

"제가 나가겠습니다."

그러면서 등구공은 즉시 말에 올라 칼을 들고 영채 밖으로 나갔다. 잠시 후 상대편 진영에서 북이 울리더니 탕마저를 들고 화안금정수를 탄 장수가 홀로 앞으로 나섰다. 등구공이 물었다.

"그대는 누구인가?"

"나는 독량관 진기다. 그러는 그대는 누구인가?"

"나는 주나라의 부장 등구공이다. 저번에 구인이 패전하여 문을 닫아걸고 나오지 않는데 그대가 먼저 나와서 대신 죽을 모양인가? 그렇다고 해도 그자의 부하 노릇은 하지 못하겠구먼!"

"하하! 가소롭기 그지없는 너 따위가 무슨 재간이 있다는 것이냐!"

진기는 즉시 화안금정수를 몰고 달려들어 탕마저를 휘둘렀고 등구공도 자루가 긴 칼을 휘두르며 맞섰다. 화안금정수와 말이 엇갈리고 칼과 탕마저가 부딪치며 순식간에 서른 판쯤 격전이 벌어졌는

황비호, 청룡관에서 장수를 잃다.

데 등구공이 신묘하기 그지없이 칼을 휘두르니 길이가 짧은 무기를 든 진기는 감당하기 어려웠다. 이에 그가 탕마저를 들어 신호를 보내자 삼천 명의 비호병들이 갈고리와 밧줄을 들고 장사진을 이루어 마치 누군가를 잡아가려는 듯한 모양새로 달려들었다. 그 모습을 본 등구공은 영문을 몰라서 어리둥절했다. 진기는 원래 좌도방문의 인물로 기인에게 비전의 도술을 전수받아 배 속에 황색 기운을 단련하여 채워놓고 있었는데 그 기운을 입으로 내뿜어 피와 살을 가지고 태어나 세 개의 혼과 일곱 개의 백을 가진 보통 사람에게 쐬면 혼백이 순식간에 흩어지게 만드는 효용이 있었다. 그러니 등구공은 그 기운을 쐬자마자 정신을 잃고 낙마했고 곧 비호병들에게 사로잡혀버렸다. 이들이 등구공을 끌고 관문 안으로 들어가자 상나라 병사들은 일제히 함성을 내질렀다. 사령부에 앉아 있던 구인도 전령의 보고를 받고 무척 기뻐했다.

"이리 끌고 오너라!"

등구공이 깨어보니 몸이 이미 밧줄에 꽁꽁 묶여 꼼짝할 수 없는 상황이었다. 병사들이 그를 구인 앞으로 끌고 가자 등구공이 호통쳤다.

"비천한 놈에게 좌도방문의 술법으로 사로잡혔으니 나는 죽어도 승복할 수 없다! 어차피 패전했으니 죽으면 그만이다. 내가 살아서 네 살을 씹어 먹지 못하지만 죽은 뒤에는 반드시 원귀가 되어 역적 놈들을 죽이고야 말겠다!"

그러자 구인이 화가 나서 군령을 내렸다.

"끌고 나가 참수하라!"

가련하게도 등구공은 주나라에 귀의하여 맹진의 회합에 참여하지 못하고 이날 주나라 군주를 위해 충성을 다하고 죽고 말았다.

공을 미처 세우지 못하고 제왕의 뜻을 받들어
오늘 액운을 당함으로써 충성을 다했지.

功名未遂扶王志　今日逢厄已盡忠

구인은 형을 집행하라는 패를 발행하여 등구공의 수급을 관문 위에 효수하게 했다. 이때 주나라 정찰병이 중군 막사에 보고했다.

"사령관님, 등구공이 진기의 입에서 뿜어져 나온 노란 연기에 사로잡혀 관문으로 끌려가 참수당해 성 위에 효수되었사옵니다."

그 말에 황비호는 깜짝 놀랐다.

"등구공은 대장의 재목이었는데 불행히도 좌도방문의 술법에 목숨을 잃었구나!"

그는 너무나 슬퍼했다.

한편 구인은 술상을 차리게 하여 진기의 공을 축하해주었다. 이튿날 진기는 다시 비호병을 이끌고 주나라 진영으로 가서 싸움을 걸었다. 정찰병이 중군 막사에 보고하자 등구공의 부장 태란이 분개하여 말했다.

"제가 재주는 모자라지만 대장님의 복수를 하고 싶사옵니다!"

이에 황비호의 허락을 받은 태란은 말을 타고 밖으로 나가 통성명도 하지 않고 곧장 달려들어 진기와 스무 판 가까이 격전을 벌였다. 그때 진기가 탕마저를 치켜들자 비호병들이 우르르 달려들었고 그가 입을 벌리자 태란은 낙마하여 비호병들에게 사로잡혀 끌려갔다. 구인이 그에게 말했다.

"이놈은 역적의 하수인에 불과하니 참수할 필요 없이 잠시 옥에 가둬두도록 해라. 적의 수괴를 사로잡으면 한꺼번에 조가로 압송하여 국법에 따라 다스릴 것이다. 그래야 진 장군의 공이 헛되지 않을 것이다."

그 말을 들은 진기는 무척 기뻐했다.

한편 태란마저 잃게 된 황비호는 기분이 몹시 울적했다. 그는 이튿날 진기가 다시 싸움을 걸어오자 주위를 돌아보며 말했다.

"이번에는 누가 나가시겠소?"

그 말이 끝나기도 전에 옆에서 황비호의 세 아들인 황천록과 황천작, 황천상이 대답했다.

"저희 셋이 나가겠사옵니다!"

"조심해야 한다!"

"알겠사옵니다!"

세 형제는 곧장 말을 타고 영채 밖으로 나갔다. 그러자 진기가 물었다.

"너희는 누구냐?"

"우리는 개국무성왕의 왕자인 황천록과 황천작, 황천상이다."

그 말을 들은 진기는 속으로 기뻐했다.

'마침 이놈들을 잡으려고 했는데 제 발로 죽을 곳을 찾아왔구나!'

그는 더 이상 말을 하지 않고 곧 화안금정수를 몰고 달려들어 탕마저를 휘둘렀다. 이에 세 형제도 창을 휘두르며 삼 대 일의 격전을 벌였다.

진영 앞에서 네 장수가 분노 터뜨리며
짐승과 말을 몰고 달려들어 대치했지.
창이 눈부시게 흔들리며 붉은 무지개 번쩍이고
탕마저는 살벌하게 휘둘렀지.
이쪽은 목숨 걸고 승부 결정하려 하고
저쪽 셋은 나라 위해 가족도 잊고 경중 가리려 하지.
조금이라도 실수하면 목숨 부지하기 어렵나니
맑은 명성 후세에 길이 전하리라!

四將陣前發怒　顚開獸馬相持
長槍晃晃閃紅霓　蕩魔杵發來峻利
這一個拚命捨死定輸贏　那三個爲國忘家分軒輕
險些失手命難存　留取清名傳後世

황비호의 세 아들이 진기를 상대로 격전을 벌였는데 결과가 어찌 되는지는 다음 회를 보시라.

| **주석** |

제*60*회

1) 탕 임금이 즉위하고 나서 상나라 왕기王畿에 오 년 동안 큰 가뭄이 들자 사관에게 교외에 장작을 쌓게 하고 소와 양, 돼지를 희생으로 삼아 상제에게 기우제를 지냈지만 효험이 없었다. 가뭄이 칠 년째 이어지자 탕 임금은 뽕나무 숲에 제단을 차리게 하고 기우제를 지냈는데 사관이 점을 쳐보고 살아 있는 사람을 희생으로 써야 한다고 하자 탕 임금은 스스로 희생이 되겠다고 나서서 장작더미 위에 앉았다. 그런데 무당이 불을 붙이려는 순간 하늘에서 큰비가 내려서 백성들이 환호하며 탕 임금의 덕을 노래하고 그 노래의 이름을 「상림桑林」이라고 했다. 이 노래는 「대大」라고도 하며 후세에는 '탕악湯樂'이라고 불렀다. 여기서는 탕 임금이 세운 상나라를 암시한다.

2) 이것은 진피陳皮, 주사朱砂, 마빈랑馬檳榔, 인삼, 방풍防風, 귀전鬼箭, 오두烏頭, 부자附子, 지황地黃 등의 약재를 이용한 말장난인데 전체적으로 매끄럽게 해석하기가 곤란하다.

제*61*회

1) 인용된 부는 『서유기』 제85회에 수록된 것을 일부 변형한 것이다.

2) 인용된 시는 『서유기』 제2회에 수록된 것을 일부 변형한 것이다.

3) 보리菩提는 범어 Bodhi를 음역한 것으로 깨달음 또는 지혜를 의미한다.

4) 준제準提는 범어 cundī를 음역한 것으로 청정을 의미한다. 그는 불법을 수호하고 단명한 중생의 수명을 늘려주는 보살로 선종禪宗에서는 관음부觀音部에 속한 부처의 하나로 간주하여 대단히 높이 떠받들며 일본 밀종密宗에서는 여섯 명의 관음보살 가운데 하나로 간주한다.

5) 불이문不二門은 불교를 가리킨다.

6) 불교에서 삼승三乘은 여러 가지 뜻이 있지만 대승불교에서는 성문승聲聞乘과 연각승緣覺乘, 보살승菩薩乘을 가리킨다.

제 *62* 회

1) 이상은 『서유기』 제84회에 수록된 시를 그대로 인용한 것이다.

2) '윷놀이'라고 번역한 '호로呼盧'는 고대의 도박 가운데 하나로 다섯 개의 알을 던져서 모두 검은 면이 나오면 가장 높은 점수를 얻게 되며 이것을 '로盧'라고 부른다. 알을 던져서 '로'가 나오라고 소리치기 때문에 '호로'라는 이름이 붙었다고 한다.

3) 게체揭諦는 불교의 호법신護法神 가운데 하나로 오방게체五方揭諦, 금광게체金光揭諦, 바라게체波羅揭諦, 마하게체摩訶揭諦 등으로도 불린다.

4) 인용된 부는 『서유기』 제86회에 수록된 것을 일부 변형한 것이다.

제63회

1) 인용된 노래는 『서유기』 제83회에 수록된 것을 일부 변형한 것이다.

2) 인용된 부는 『서유기』 제70회에 수록된 것을 축약하고 변형한 것이다.

3) 홍사마紅砂馬는 입술과 눈을 제외하고 온몸이 붉은 털로 덮인 말이다.

제64회

1) 여기까지 인용된 부는 『서유기』 제16회에 수록된 것을 일부 변형한 것이다.

2) 인용된 노래는 『서유기』 제41회에 수록된 것을 일부 변형한 것이다.

제65회

1) 인용된 시는 『서유기』 제98회에 수록된 것을 일부 변형한 것이다.

2) 이상은 『서유기』 제98회에서 뇌음사雷音寺의 풍경을 묘사한 부를 변형한 것이다.

제66회

1) 인용된 부는 『서유기』 제28회에 수록된 것을 몇 글자만 바꿔서 거의 그대로 인용한 것이다.

제67회

1) 중화서국본에는 삼십오 년으로 되어 있다.

2) 이것은『상서』「태서상」에 있는 내용으로 원문은 다음과 같다. "天佑下民 作之君 作之師 惟共克相上帝 寵綏四方 作民父母".

3) 이것은『상서』「태서하泰誓下」에 있는 내용으로 원문은 다음과 같다. "狎侮五常 荒怠弗敬".

4) 이것은『상서』「목서牧誓」에 있는 내용으로 원문은 다음과 같다. "惟婦言是用 昏棄厥肆祀弗答 昏棄厥遺王父母弟不迪 乃惟四方之多罪逋逃 是崇是長 是信是使 是以爲大夫卿士 俾暴虐於百姓 以姦宄於商邑".

5) 이것은『상서』「태서하」에 있는 내용으로 원문은 다음과 같다. "天有顯道 厥類惟彰".

6) 이것은『상서』「태서상」에 있는 내용으로 원문은 다음과 같다. "乃夷居弗事上帝神祇 遺厥先宗廟弗祀".

7) 이 문장의 뒷부분은『상서』「태서상」에 있는 내용으로 원문은 다음과 같다. "乃曰吾有民有命 罔懲其侮".

8) 용장龍章은 용의 문양이 수놓인 황제의 깃발을 가리키며 봉전鳳篆은 도교에서 사용하는 문자로 운전雲篆 또는 봉문鳳文이라고도 한다. '용장봉전'은 대개 제왕의 조서나 칙령을 미화하는 뜻으로 쓰인다.

9) 이것은『상서』「태서상」에 있는 내용으로 원문은 다음과 같다. "天矜於民 民之所欲 天必從之".

10) 주왕이 비간比干의 배를 갈라 성인의 심장에 일곱 개의 구멍이 있다는 말이 사실인지 살펴보았다는 이야기를 가리킨다.

11) 기자箕子가 올바른 말로 간언했으나 주왕이 오히려 그를 옥에 가두고 노예로 부린 일을 가리킨다.

12) 이상은 『상서』「태서하」에 있는 내용으로 원문은 다음과 같다. "今商王受 狎侮五常 荒怠弗敬 自絕於天 結怨於民 斮朝涉之脛 剖賢人之心 作威殺戮 毒痛四海 崇信姦回 放黜師保 屏棄典型 囚奴正士 郊社不修 宗廟不享 作奇技淫巧以悅婦人". 이하의 내용도 같은 책의 구절을 부분부분 인용한 곳이 많으나 더 이상 주석으로 밝히지 않겠다.

13) 이 두 구절의 원문은 "祇承上帝 以遏亂略"과 "華夷蠻貊 罔不率俾"인데 이것은 『상서』「무성武成」에서 인용한 것이다.

제 68 회

1) 원작에는 이 문장이 없으나 내용상 필요할 듯하여 역자가 첨가했다.

2) 『회남자淮南子』「수무훈修務訓」에 따르면 "문왕은 젖꼭지가 네 개였으니 이는 대단히 어질다는 것을 나타낸다[文王四乳 是謂大仁]"라고 했다.

3) 앞에 거명된 이들이 스무 명이므로 전사한 이는 열여섯 명이 되어야 옳은 듯하지만 일단 원문에 따라 번역했다.

제 69 회

1) 원문에는 좌초左哨라고 되어 있으나 오류이기 때문에 바로잡아 번역했다.

제70회

1) 색상色相은 불교에서 육안으로 보이는 모든 물질의 형상을 의미한다.

제71회

1) 인용된 시는 『서유기』 제98회에 수록된 것을 일부 변형한 것이다.
2) 도교의 구계九戒는 구진묘계九眞妙戒라고도 하며 그 구체적인 내용은 다음과 같다. 첫째 근면함[克勤]으로 나라에 충성하는 염진계念眞戒, 둘째 공경과 양보[敬讓]로 부모에게 효도하며 봉양하는 초진계初眞戒, 셋째 살생을 하지 않음[不殺]으로써 중생을 자애롭게 구제하는 지진계持眞戒, 넷째 음란하지 않음[不淫]으로써 처신을 올바로 하는 수진계守眞戒, 다섯째 도적질하지 않음[不盜]으로써 의로움을 위해 오히려 자신의 손해를 감수하는 보진계保眞戒, 여섯째 화내지 않음[不嗔]으로써 남을 멸시하지 않는 수진계修眞戒, 일곱째 속이지 않음[不詐]으로써 선량한 이에게 해를 끼치지 않는 성진계成眞戒, 여덟째 교만하지 않음[不驕]으로써 소탈하고 진솔하게 처신하는 득진계得眞戒, 아홉째 다른 생각을 하지 않고[不二] 오로지 도를 받드는 등진계登眞戒가 그것이다. 이에 대해서는 『금병매사화金甁梅詞話』 제66회에서도 설명이 있다.
3) 도교의 삼귀三皈 또는 삼귀의三皈依는 첫째 귀신皈身으로서 태상무극대도太上無極大道인 도보道寶를, 둘째 귀신皈神으로서 36부部의 경전인 경보經寶를, 셋째 귀명皈命으로서 현묘한 세계의 위대한 스승[法師]인 사보師寶를 가리킨다.

4) 가지加持는 범어 adhiṣṭhāna의 의역으로 연약한 중생에게 부처의 힘을 더해주어 삶을 지탱하게 해준다는 뜻이다. 또 부처의 세 가지 신비한 힘[密力]이 중생으로 하여금 몸의 행실[身]과 입으로 한 말[口], 마음의 생각[意]이라는 세 가지 업(業)을 지키게 해준다는 뜻으로도 풀이한다.

5) 인용된 시는 『서유기』 제41회에 수록된 것을 일부 변형한 것이다.

제72회

1) 이다음부터 '금아선'이 더 이상 등장하지 않고 대신 '영아선靈牙仙'이라는 이름의 신선이 등장하는 것으로 보아 이 부분은 원작에서 표기를 잘못한 듯하다.

|『봉신연의』 5권 등장인물 |

광성자

곤륜산 12대선 중 한 명으로 구선산 도원동에 동부를 열고 주왕의 큰 아들 은교를 제자로 삼아 훈련시킨다.

신공표

원시천존의 제자이자 강상의 사제인 그는 강상이 원시천존에게 명받은 봉신 계획을 막기 위해 용수호, 일성구군, 삼선도 세 선녀, 토행손, 여악, 나선, 유환, 은홍, 은교, 마원 등을 설득해서 상나라를 도와 천교 출신의 선인들과 싸우게 한다. 그러나 그는 결국 몸으로 북해의 눈을 막는 벌을 받고 영혼은 신의 벼슬에 봉해진다.

용길공주

호천상제와 요지금모 사이에서 태어난 딸로 반도회에서 술을 올려야 하는데 법규를 어기는 바람에 봉황산 청란두궐로 쫓겨나서 귀양살이를 하다가 강상을 도와 상나라를 정벌하는 데 나선다. 그녀는 홍금과 결혼한 뒤 여러 차례 공을 세우지만 결국 만선진에서 금령성모의 사상탑에 목숨을 잃는다.

은교

상나라의 황태자로 광성자의 명령을 받고 역성혁명을 도우러 가던 중

동생의 죽음을 접하고 천수를 따르기보다는 인륜을 따라 동생의 복수를 하기로 결심한다. 후에 스승인 광성자에 의해 땅에 묻힌 채 목을 쟁기로 갈아버리는 형벌을 당한다.

은홍

상나라의 황자로 적정자의 명령을 받고 하산하여 서기군을 도와야 하나 신공표의 꾐에 넘어가 상나라의 편에 선다. 후에 스승인 적정자에 의해 태극도 위에서 목숨을 잃는다.

이정

연등도인의 제자이자 금타, 목타, 나타의 아버지로 곤륜산 도액진인에게서 도술을 배웠으나 신선의 경지에 오르지 못하고 하산해서 상나라 진당관의 사령관이 된다. 나타에게 쫓기다가 연등도인의 도움을 받아 영롱탑을 지니고 강상의 군대에 합류하여 많은 공을 세우고 다시 산으로 들어가 수행한다.

적정자

곤륜산 12대선 중 한 명으로 태화산 운소동에 동부를 열고 주왕의 둘째 아들 은홍을 제자로 삼아 훈련시킨다.

준제도인과 접인도인

천교와 절교의 대결에서 천교를 도우며 그 과정에서 불교와 인연이 있는 이들을 제도하여 데려간다. 특히 접인도인은 선계 3교의 하나인 서방교(불교)의 도인으로 태상노군, 원시천존, 준제도인과 더불어 사성四聖이라 불린다.

홍금

원래는 절교도였으나 주나라에 귀순하여 용길공주를 아내로 맞고 많은 공을 세우지만 만선진에서 금령성모의 용호여의에 목숨을 잃는다.

1판 1쇄 인쇄 2016년 8월 19일
1판 1쇄 발행 2016년 8월 29일

지은이 허중림
옮긴이 홍상훈
펴낸이 임양묵
펴낸곳 솔출판사

기획편집 홍지은, 임정림
교정교열 임홍열
편집디자인 오주희
마케팅 김지윤
제작관리 김윤혜, 김영주

주소 서울시 마포구 서교동 342-8
전화 02-332-1526~8
팩시밀리 02-332-1529
홈페이지 www.solbook.co.kr
이메일 solbook@solbook.co.kr
출판등록 1990년 9월 15일 제10-420호

ISBN 979-11-86634-99-8 04820
979-11-86634-94-3 (세트)

• 이 도서의 국립중앙도서관 출판예정도서목록(CIP)은 서지정보유통지원시스템 홈페이지(http://seoji.nl.go.kr)와 국가자료공동목록시스템(http://www.nl.go.kr/kolisnet)에서 이용하실 수 있습니다. (CIP제어번호:CIP2016014802)